KB068289

스물셋,
죽기로
결심하다

편도 티켓 들고 떠난
10개월간의 아프리카 방랑기

스물셋, 죽기로 결심하다

조은수 지음

RHK
RH Korea

차례

에티오피아

마다가스카르

케냐
우간다
탄자니아

스물세 살의 나와 스물세 살의 당신에게

나는 언제 돌아올지,
아니 언젠가 돌아오기는 하는지
기약하지 않은 채 한국을 떠났다.

공교롭게도 내가 아프리카로 떠난 해는
오빠가 죽은 꼭 그 나이가 되던 해였다.

인천공항의 천장은 높고 웅장했다. 그리고 천장 아래로는 이제 막 여행을 시작하는 사람들과 여행을 끝내려는 사람들로 바글거렸다. 그 사람들 가운데 나는 혼자였다.

"각설이가 따로 없네."

나는 무심코 넓은 유리문에 비친 여자의 몰골을 발견하곤 중얼거렸다. 길게 늘어뜨린 레게머리, 마사이 부족의 붉은 전통 옷, 낡은 배낭은 시간의 흐름으로부터 홀로 고립된 것처럼 보였다.

좀 더 가까이 다가가 유리문에 얼굴을 들이밀고 유심히 들여다보았다. 화상으로 까맣고 붉게 얼룩덜룩해진 얼굴에는 허옇게 벗겨진 피부껍질이 너덜거리고 있었고 팔다리는 화산 분화구처럼 푹 패인 상처들로 처참하게 뒤덮여 있었다.

'흠.'

나는 일어난 피부껍질을 북 뜯어낸 뒤 씨익 웃었다. 꼴이 어떻든 아무럼 어떤가. 나는 마침내 (다소) 멀쩡히 살아 돌아온 것이었다.

10개월 전, 나는 겨우 스물셋 먹은 여자애였고 이미 삐뚤어질 대로 삐뚤어져 있었다. 그리고 지난 인생의 19년은 꾸깃꾸깃 구겨 쓰레기통에 처박아버린 뒤 없었던 걸로 치기로 한 터였다. 차라리 난 네 살인 게 나았다.

온실 속 화초처럼 유복한 집에서 곱디 곱게 자란 여자애. 그렇게 자라온 내 인생이 햇수로 23년째 흘러갈 무렵, 나는 더 이상 살고 싶지 않아졌다. 죽고 싶을 만큼 힘든 일 따위가 있었던 게 아니다. 단지 나는 왜 매일을 꾸역꾸역 살아내야 하는지 궁금했을 뿐이었다.

"오늘도 부모님이랑 싸웠어요."

반년째 심리상담을 받고 있었지만 상담은 늘 비슷한 레퍼토리였다. 상담사는 늘 자상한 얼굴로 이야기를 들어줬고 나는 비슷한 푸념을 늘어놓았다.

"지구에 운석이라도 떨어져서 이 빌어먹을 세상이 하루 빨리 멸망해 버렸으면 좋겠네요."

이 세상의 스물셋 중 죽고 싶을 만큼 불행한 여자애들은 길바닥에 눌어붙은 껌 개수만큼 널려있겠지만, 나는 그런 부류가 아니었다. 그러기에 나는 너무 많은 것을 가지고 태어났고 그런 내가 인

생을 한탄한다면 그건 그저 철부지의 징징댐 이상도 이하도 되지
못했다. 내가 그다지 겸손하지 못한 사람이라는 것을 감안하더라
도 말이다.

물론 그렇다고 해서 지금 당장 시궁창 같은 기분이 조금이라도
나아지는 것은 아니었다. 왠지 핑크빛이어야 할 것 같은 스물셋 나
의 세상은 온통 썩어버린 잿빛이었다. 이른 아침 출근하는 행렬들
로 가득 찬 지하철 안에서 꽉 끼어있을 땐 정말이지 구역질이라도
하고 싶은 심정이었다.

"오빠가 암에 걸린 건 제가 중학교 때였어요."

나는 상담 첫날에 이미 오빠 이야기를 했었다. 그리고 그것은 사
실관계를 설명하는 것에 불과했다.

"뭐, 당연한 얘기겠지만……. 부모님은 오빠를 살려내려고 필사
적으로 모든 방법을 동원했죠."

불임인 줄로만 알았던 부부에게 결혼 10년 만에 기적처럼 찾아
온 자식. 그렇게 찾아와 가까스로 20년을 넘기고 죽어버린 자식.

나는 오빠가 죽기 전, 착한 딸로 살아왔던 열아홉 이전의 기억이
잘 나지 않았다. 어릴 적부터 그에게 종종 두들겨 맞던 것이 억울
해서가 아니었다. 하필 내가 학교에서 따돌림을 당하던 중학교 시
절, 그가 암에 걸려버리는 바람에 누구에게도 도움받지 못한 채 고
립되어버린 탓도 아니었다. 그건 정말 그냥 쓰레기통에 통째로 처
박아버린 줄 알았던 내 삶이 길바닥에 떨어트린 아이스크림 조각

같은 것이기 때문이었다. 그것은 누구의 것도 아닌 채로 뜨거운 태양빛에 녹아 없어질 운명이었다.

어린 시절 머리가 유달리 비상하고 언변이 좋았던 오빠와 달리 나는 뭐든지 중간쯤 하는 평범하고 어리광 많은 여자아이였다. 나는 그저 엄마 아빠의 기대대로 살아가고 싶었던, 말 잘 듣는 딸이었다. 그 기대를 엇나가는 것은 생각조차 해본 적이 없었다.

"오빠는 왜 치료를 거부했을까요. 항암치료가 너무 고통스러워서?"

182센티미터의 큰 키에 덩치가 산만했던 오빠의 몸은 몇 년에 걸쳐 시든 나무처럼 말라비틀어졌다. 의사는 충분히 살 수 있다고 했었다. 고작해야 어린 대학생이던 오빠는 자신을 덮쳐오는 죽음 앞에서 대체 어떤 것들을 저울질했던 걸까.

오빠가 죽던 날은 기이한 날이었다. 마쳐야 할 숙제가 있어 밤 10시에 알람을 맞춰두고 얼핏 잠이 들었는데, 나를 깨운 것은 알람과 동시에 들린 엄마의 비명소리였다. 엠뷸런스에 실려간 오빠는 심폐소생술 끝에 살아났지만 호흡기 신세를 면하지 못한 채 병원 침대에 눕혀졌다. 그날 나는 홀로 직감했다. 그것이 마지막이라는 것을.

불이 꺼지고 모두가 잠든 어스름한 시간, 오빠와 나는 단둘이 서로를 마주보고 있었다. 그리고 병실 안은 죽음 앞에서 실제 시공간과는 상관없는 그런 어그러진 공간이었다. 그 안에는 오빠와 내가 있었지만 그보다 많은 것들이 존재하고 있었고 동시에 그것들은 아무것도 아니기도 했다.

의식이 몽롱한 그는 내게 호흡기를 떼어달라고 부탁했다. 손을 뻗어 그의 숨이 맺혀 있는 호흡기를 떼어내자 그의 심박수가 천천히 곤두박질치기 시작했다. 나는 그 숫자가 무엇을 의미하는지 잘 몰랐지만 이대로 내버려두면 그가 천천히 죽어갈 것이라는 것을 알 뿐이었다. 거꾸로 심박수를 세던 나는 도로 그에게 호흡기를 씌웠다.

씌웠다, 뗐다. 씌웠다, 뗐다. 아무런 저항도 할 수 없을 정도로 쇠약해진 오빠와의 가볍고 무의미한 실랑이는 다음날 아침 9시가 되어서야 끝이 났다.

오빠의 장례를 치르고 나자 입시는 불과 3개월 앞으로 다가와있었다. 대학교에 진학하는 것은 내 인생의 전부였다. 나는 그대로 오빠의 죽음을 기억에서 지웠다.

자식 잃은 부모가 남은 아이라도 지켜내겠다는 필사적인 일념으로 고개를 돌렸을 때, 나는 이미 모래처럼 손가락 사이를 빠져나간 뒤였다. 나는 집밥을 먹지 않았다. 나는 엄마가 차려주는 밥을 싫어했다. 통금 따위는 개나 줘버린 지 오래였다. 술은 마실 수 있을 때까지 마셨고 집에 가고 싶지 않으면 가지 않았다. 싸우다 지쳐 그저 들어만 오라는 말에도 며칠이고 친구들의 자취방을 전전했고, 급기야 엄마는 나를 실종신고를 하기에 이르렀지만 달라지는 것은 없었다.

아침부터 술이 덜 깬 현관문을 들어서는 내 멱살을 잡고 대체 뭐가 문제냐고, 왜 그러는 거냐고 오열하는 엄마에게 나는 덤덤하게 말했다.

"내가 누군지 모르겠어."

그로부터 4년이 흘렀다. 질풍노도 같던 시절을 지나 내 안에 활활 타오르는 불덩이도 차츰 사그라들었고 셀 수 없이 즐겁고 유쾌한 시간들도 지나갔지만, 나는 여전히 엉망이었다. 그리고 나는 여전히 혼자였다. 친구들과의 시끌벅적한 시간들이 지나가고 집으로 돌아와 방문을 닫으면 세상의 모든 것이 사라져버리고 등 뒤에 숨어있던 회의와 허무가 나를 비웃듯이 덮쳐왔다.

"살아야 하는 이유를 모르겠어요. 오빠는 살 수 있었으면서 대체 왜 죽은 거죠."

담담한 내 목소리에 상담사가 물었다.

"혹시 가끔 죽고 싶은 충동을 느끼나요?"

"아니요. 저는 그런 용기는 없어요."

"그럼 자해는요? 자해를 해본 적 있어요?"

"……."

"…… 해요?"

순간 상담실에는 시계초침이 틱, 틱 하는 소리만 울리는 듯 했다. 긴 침묵 끝에 나는 무어라고 말을 하려다 말고 고개를 떨구어버렸다.

무릎 위로 눈물이 후두둑 떨어졌다.

"아니, 제가 죽고 싶어서 그러는 게 아니라고요."

나는 잘못을 저지른 어린아이처럼 황급히 변명하기 시작했다.

"저는 죽을 용기는 없다니까요. 가끔 숨도 쉬기 힘들 정도로 답답해질 때가 있어요. 그럴 때 어디라도 조금씩 상처를 내면 숨이 조금씩 쉬어져요."

상담사는 그날 나를 정신과로 보냈다. 그날부터 나는 하루에 아침저녁으로 두 번씩 처방받은 약을 먹기 시작했다. 그래도 딱히 달라지는 건 없었다.

그날도 다른 때와 다름없던 날이었다. 나는 다음 수업에 가기 위해 강의실을 나와 터벅터벅 걷고 있었다. 익숙한 이 길도, 아스팔트도, 건물들도 전부 지겹다고 생각하던 중이었다. 나는 문득 궁금한 게 생각났다. 그것은 나와는 상관없는 미지의 세계에 대한 궁금증이었다.

'아프리카 사람들은 무슨 생각을 하며 살까.'

아프리카는 내가 생각해낼 수 있는 가장 먼 땅이었다. 그곳에선 정말 사람들이 파리처럼 죽어가고 있을까. 텔레비전에서나 보았던 아프리카 초원을 야생동물들이 누비고 있을까. 나는 언젠가 동물원에서 보았던, 철창 안에 갇혀 드러누워있던 맹수의 두 눈을 떠올렸다. 나는 그 후로 차마 동물원에 다시 가지 못 했다.

뜬금없이 떠오른 생각에 나는 이상하리만치 사로잡히기 시작했다. 그리고 아프리카에 가야겠다고 생각했다. 그것도 가능한 당장. 수업을 가던 발걸음을 멈추었다. 나는 무언가에 홀린 듯 다급하게 학교 사무실로 뛰어들어가 휴학계를 써냈다. 그리고 컴퓨터를 켜고 아르바이트 자리를 알아보기 시작했다.

말도 안 되는 일이 일어난 것은 아프리카에 가야겠다는 생각이 떠오른 지 정확하게 이틀 만에 휴대폰으로 날아온 문자 한 통이었다.

[고객님의 적금 만기일이 지났습니다.]

"이상하다? 난 적금 같은 거 든 적이 없는데?"

애써 기억을 쥐어짜고 보니 나조차도 모르던 이 적금의 정체는 내가 아주 어릴 적부터 용돈과 세뱃돈을 한 푼 두 푼 모으다가 언제부터인가 그 존재조차 잊어버린 돈이었다. 그렇게 기억 저편으로 잊혀졌던 돈이 이제서야 만기일이 지났으니 찾아가라며 거짓말처럼 연락이 온 것이다. 마치 아프리카로 떠날 나를 오랫동안 기다려왔던 것처럼.

그렇게 내 수중에는 적금으로 탄 300만 원과 밥도 안 먹고 잠도 안 자고 몇 달간 악착같이 모은 돈 400만 원이 들어왔다. 비로소 떠날 준비가 된 나는 긴 머리를 짧은 스포츠 머리로 짧게 잘랐다.

나는 언제 돌아올지, 아니 언젠가 돌아오기는 하는지 기약하지 않은 채 한국을 떠났다. 공교롭게도 내가 아프리카로 떠난 해는 오빠가 죽은 꼭 그 나이가 되던 해였다.

수단

Sudan

•

무식하면
용감하다

처음 아프리카 땅에 떨어졌을 때 내가
이 땅에 대해 알고 있는 것이라곤 거의 전무했다. 수단은 볼거리도
없고 영어도 통하지 않는데다 땅덩이만 커서 이동시간만 엄청나기
때문에 여행자들이 거의 없다고 했다.

내가 원하는 건 단 하나였다. 그저 증오스러운 땅을 떠나 온전히
아무도 모르는 곳으로 사라져버리는 것, 그리고 아무도 내가 살았
는지 죽었는지 조차 모르게 되는 것. 수단 대사관에서 나라 전체에
한국인 여행객은 나 하나뿐인데 괜찮겠냐고 물어왔을 때, 나는 제
대로 찾아왔음을 깨달았다.

아프리카에 가겠다고 폭탄선언을 하던 날, 부모님은 의외로 침착
했다. 뭘 할 건지, 얼마나 가있을 건지 묻는 말에도 나는 '모르겠다'

는 말만 기계처럼 반복하는 중이었다. 아빠는 한숨을 푹 쉬며 수단에서 일하는 친구가 있으니 연락을 해두겠다고 했다. 이 망나니를 논리로 설득하느니 대책을 세우는 편이 빠를 것이었다. 반대를 한다고 해도 나는 쪽지 하나만 달랑 남겨놓은 채 집을 나와버릴 테니 말이다.

차라리 잘 된 일이었다. 출발 전 이것저것 알아봐야 할 것이 몹시 귀찮던 차였는데 오히려 일이 수월하게 풀리고 있었다. 무식하면 용감하다더니, 덕분에 나는 비행기 표 한 장 달랑 챙긴 채로 수단 한가운데에 뚝 떨어지게 되었다. 그것이 얼마나 무식하고 대책 없는 행위였는지는 떨어지고 나서야 알았다.

오죽했을까. 수단이 이슬람국가라는 것조차 출발 직전에야 알았으니 말이다.

•

길을
잃다

카르툼 공항에 도착하자마자 나를 처
음으로 맞이한 건 무섭도록 뜨거운 공기였다. 땅은 성이 난 듯 열
기를 내뿜었고 햇빛이 닿는 쪽 뺨은 빨갛게 달궈지고 있었다. 야자
수가 즐비한 길가, 도심 한가운데 염소가 울고 새가 지저귀는 소리.
나는 지구 반대편 낯선 대륙에 기어코 발을 디디고야 만 것이었다.
아빠 친구 K씨가 공항으로 마중을 나왔다. 나는 K씨 댁에서 얼마간
신세를 지며 앞으로 여기서 어떻게 살아나갈지 차차 생각해볼 작
정이었다.

일단 수단에 오긴 왔는데 이곳은 정말 볼거리도 할 거리도 없는
그저 황량한 사막의 땅이었다. 모래바람이 부는 날이면 온 도시에
먼지가 뽀얗게 앉는 그런 사막 땅. 도심에는 유리로 지은 현대식

건물도 간혹 눈에 띄었지만, 그 조차도 매캐한 모래색 풍경을 벗어날 수는 없었다. 대부분의 건물은 낮은 벽돌집이었고 1층짜리 몇몇 집들은 천장조차 없었다. 집집마다 문 앞에는 간이침대가 놓여있었는데, 그건 밤이 되면 사람들이 야외에서 잠을 자기 때문이라고 했다. 그건 제법 그럴듯해 보이는 일이었다. 이런 찜통 같은 날씨에 에어컨도 없는 실내에서 자기란 불가능해 보였다.

그래도 운이 좋았던 것은 이곳의 치안이 썩 나쁘지 않다는 사실이었다. 오랫동안 독재국가였던 수단 길거리에는 제복을 입은 경찰들이 깔려있었고, 그들뿐 아니라 사람들 틈에 일반인으로 위장한 사복경찰이 잠복해 있다고 했다. 관공서의 사진을 찍을 경우 이유 불문 체포하도록 되어있는 이곳에서 풍경 사진 한 장이라도 잘못 찍었다간 끌려갈지도 모르니, 마냥 좋은 것인지는 모르겠지만 말이다.

거리의 사람들은 대부분 젤라비야와 아바야라고 불리는 이슬람 전통의상을 입고 있었다. 나는 스쳐 지나가는 사람들의 따가운 눈길을 느끼고 있었다. 그들은 나에게서 시선을 떼지 못한 나머지 내가 지나가는 방향을 향해 고개가 돌아가는 중이었다.

'찰칵.' 모르는 남자들이 나를 보며 수군거리더니 대놓고 사진까지 찍어갔을 때, 나는 동물원의 원숭이라도 된 기분이었다. 이곳에서는 함부로 누군가의 사진을 찍는 게 아주 무례한 일이라던데, 그들은 사진을 찍고 낄낄대기까지 했다. 살짝 기분이 상한 나는 신기한 듯 힐끔거리는 사람들의 눈빛을 느끼며 아주 옛날 탐험가들이 새로운 땅을 찾아 원주민들을 만났을 때 원주민들에게 이방인들이 얼마나 신기했을 지를 상상했다. 그러자 왠지 내가 호기심 넘치는 탐험가가 된 것 같은 기분이 들기도 했다.

어떤 사람들은 지나가는 내게 '사디가' 혹은 '니 하오'를 외쳤다. 사디가는 아랍어로 친구라는 뜻이었다. 나는 니 하오라는 인사도 재미있고 정겹다고 생각했었는데 K씨는 그건 동양인들을 비하하는 말이라며 기분 나빠했다. 사람 마음이라는 게 참 이상하다. 그런 이야기를 듣자마자 니 하오라는 말이 기분 나쁘게 들리기 시작했기 때문이다.

길바닥 곳곳에는 아무렇게나 드러누워 낮잠을 자는 사람들이 있었다. 처음에는 노숙자도 아닌 멀쩡한 사람들이 그렇게 잠을 청하는 모양새가 굉장히 이상해 보였는데, 찌는 듯한 날씨에 땀을 뻘뻘 흘리다 나무 밑 그늘이라도 찾아 드러눕는 게 얼마나 천국 같은 일인지 나는 머지않아 알게 되었다. 그 근처에는 늘상 싸구려 플라스틱 의자를 내놓고 차와 커피를 파는 노점상들이 있었다.

K씨는 출처도 모르는 물로 만드는 차라며 질색을 했지만 호기심이 발동한 나는 그것을 몰래 사 마셨다. 그 맛은 차가 아니라 찐득한 설탕물에 가까웠다. 물의 출처가 나일강이라는 소문도 있던데, 사실 그것보다 진짜 궁금한 건 이 방사선 쬐는 듯한 날씨에 어떻게 그런 뜨거운 차를 마시냐는 것이다. 우리나라 조상들의 지혜인 이

열치열의 법칙이 이 먼 땅에서도 통한단 말인가.

도로에는 뼈대밖에 없는 수준이지만 노란 택시도 돌아다녔다. 에어컨은 기대할 수 없었고 깨진 창문과 고장 나 열리지 않는 문은 기본 옵션이었다. 가끔가다 밑바닥이 뚫려 도로가 훤히 보이는 차도 있었다. 노란 택시보다 저렴하고 흔하게 이용되는 건 암자드라고 불리는 다마스 택시였는데, 대부분 우리나라에서 수입된 중고 용달차들이었다. 우리나라에서 수입되었다고 해서 뾰족한 수가 있는 것은 아니었다. 암자드는 열을 받으면 내려앉기 때문에 기사는 손님이 없을 때마다 그늘에 암자드를 주차시켜놓고 열을 식혀주어야만 했다.

"알리바바!"

이곳에 와서 처음으로 배운 아랍어 중 하나는 바로 '도둑놈'이라는 뜻의 아주 모욕적인 말이었다. 물정 모르는 내게 기사들이 바가지를 씌워댔기 때문이었다.

사막은 그저 황량하기만 했다. 이 황량한 사막 속에서 나는 대체 뭘 해야 할지, 뭘 할 수 있는지 몰랐다. 나는 한없이 외로워졌다가 그냥 그대로 이 외로움 속에 처박히기로 했다.

나는 길을 잃었다. 길을 잃었고
이대로 그냥 둥둥 떠다니는 수밖에 없었다.

•

갈증

수단에 와서 내가 제일 충격받은 것은
바로 술이 불법이라는 사실이었다.

'아, 이래서 여행에 사전조사가 필요하구나. 이럴 줄 알았으면
비행기에서 맥주 한 잔이라도 더 마시고 내리는 건데⋯⋯.'

왕년에 알코올중독 소리 깨나 듣던 내가 강제 금주라니. 아쉬운
마음에 입맛을 쩝쩝 다실 수밖에 없었다.

나는 그저 매일 나가 하릴없이 길을 걸었다. 나일강 다리를 건너
무단횡단을 몇 번쯤 하고 나면 머지않아 시내가 보였다. 심각한 길
치인 내가 동네 풍경이 눈에 익어 시내와 숙소를 혼자 걸어서 오갈
수 있게 되었을 즈음 흥미로운 장소 하나를 알게 되었다.

K씨의 집에서 시내에 가기 위해 매일 건너는 나일강 다리 아래

에는 늘 쪽배들이 정박해 있었는데, 그 앞에는 빨간 모래가 깔려있고 테이블과 의자가 놓여있었다. 더운 낮 시간 동안 텅텅 비어있던 그곳은 슬슬 해가 지고 열기가 한풀 꺾이면 차를 마시거나 담소를 나누는 아저씨들로 북적거리기 시작했다. 그리고 그 옆에는 망고와 바나나, 파인애플, 자몽 등 과일을 잔뜩 쌓아 올린 생과일 주스 가판대가 있었다.

"수까르 라!(설탕 아니요.)"

나는 내 최선의 아랍어로 주스를 주문했다. 더 이상 설탕물인지 차인지 주스인지도 모를 것을 마실 수는 없었다. 그리고 종일 걷기만 한 탓에 저려오는 다리를 이끌고 슬그머니 그들 사이에 빈 자리를 찾아 털썩 주저앉았다. 뭘 하는 곳인지는 모르겠지만 경비에게 약간의 입장료도 냈으니 쫓길 것도 없었다. 나는 다리를 쭉 뻗고 달지 않은 주스를 쪽쪽 빨았다.

나는 이곳이 무척 마음에 들었다. 나중에 알고 보니 그곳은 세일 링을 취미로 하는 수단인들이 모이는 장소였다. 하얀 대문에는 '블루나일 세일링클럽'이라는 글자가 쓰여 있었다. 수단에서 세일링 이라니, 아마도 최상류층이 모이는 곳이 아닐까.

그렇게 매일 세일링클럽에 출석체크를 하다보니 어느새 그곳 사람들과도 안면을 트게 되었다. 구멍 난 트레이닝복을 입고 어디서 사은품으로 받았는지 기억도 나지 않는 찢어진 싸구려 백팩을 맨 내 옆에는 눈부시게 새하얀 젤라비야에 짐승의 털로 만든 신발을 신은 아저씨가 최신 갤럭시3으로 동영상을 찍고 있었다.

"신발이 멋지네요. 무슨 털이에요?"

아저씨는 내 칭찬에 으쓱하며 호랑이 털로 만든 값비싼 신발이라고 했다.

"표범 아니에요? 표범 같은데."

"아냐, 호랑이라구."

아저씨는 발끈하며 우겼다. 아무리 봐도 표범 같았지만 어쨌든 나는 수긍했다.

"그나저나 삼성 최신기종이네요. 그거 좋아요?"

서투른 영어의 호랑이 털 신발 아저씨에게 나의 출신을 설명하기에 삼성 휴대폰은 더없이 좋은 물건이었다.

"나는 그 휴대폰을 만든 나라에서 왔어요."

그렇게 한 마디씩 주고 받으며 말을 튼 아저씨들이 한두 명씩 늘어갔다. 아저씨들은 나를 보면 반가워하며 차나 소다를 대접해주곤 했는데, 낯선 이방인인 나에게 베푸는 것은 비단 세일링클럽의 아저씨들만은 아니었다.

수단인들은 길거리에서 서성이는 나를 불러들여 어서 밥 좀 먹고 가라며 거리낌 없이 모르는 사람을 초대하는 사람들이었던 것이다. 무시무시한 곳이라던 아프리카. 파이터의 눈빛으로 카르툼에 떨어졌던 나는 수단사람들의 친절에 민망해지고 말았다.

무시무시한 곳이라던 아프리카.
파이터의 눈빛으로 카르툼에 떨어졌던 나는
수단사람들의 친절에 민망해지고 말았다.

·

메마른 사막의
오아시스

세일링클럽에서 내가 제일 친해진 건
검은 피부에 희끗희끗한 머리칼과 콧수염을 기른 카말 할아버지였
다. 호쾌한 성격의 카말은 종종 나를 불러 보트를 태워주곤 했다.
매주 열리는 세일링 대회와 세일링클럽 만찬에 나를 데려가 소개
한 것도 카말이었다. 카말을 비롯한 세일링클럽 아저씨들과 시간
을 보내는 것이 너무나도 즐거워진 나는 매일 그곳에서 시간을 보
내다 늦은 밤에야 집에 들어가기 시작했다. K씨는 그런 내게 못마
땅한 표정을 지었지만 말이다.

"저는 수단에서 술이 불법인 줄 몰랐어요. 나 술 진짜 좋아하는
데⋯⋯."

"술? 어떤 거 좋아하는데?"

"그냥 술이면 다 좋아요. 젠장, 술 땡기는 밤이구먼."

아저씨들은 이슬람 국가 한가운데에서 어린 여자애의 정신 나간 발언에 껄껄 웃었다. 그때 우스워죽겠다는 듯 폭소하던 호랑이 털 신발 아저씨가 상체를 일으키더니 은근하게 물었다.

"좀 구해다 줄까?"

"어떻게요? 술을 구할 수가 있어요?"

"다 방법이 있지."

그는 술이 불법인 이곳에서는 사람들이 집에서 몰래 대추야자로 술을 제조해서 마신다고 이야기해 주었다. 이런 홈메이드 술을 아라기라고 부른다고. 그럼 그렇지, 역시 사람 사는 곳에 술 있고 술 있는 곳에 사람 사는 법이 아니겠는가.

"이따 같이 가지러 가자."

호랑이 털 신발 아저씨의 서툰 영어를 제대로 들었는지 확신하지 못한 나는 대수롭지 않게 헤헤거리고 웃어 넘겼다.

어두컴컴한 밤이 되자 아저씨는 내게 따라오라고 하더니 자신의 승용차로 나를 안내했다. 나는 멈칫하지 않을 수가 없었다. 아무리 경계가 풀어졌다지만 늦은 밤 낯선 남자의 차를 타는 건 위험하지 않을까. 나는 머리를 굴리며 아저씨를 훑어보았다. 금빛으로 번쩍번쩍 빛나는 시계, 호랑이 털 신발, 수단에서는 흔치 않을 세단 자동차. 일단 세일링클럽 멤버라면 틀림없이 사회적 지위가 있거

나 좀 산다 하는 사람일 텐데, 지금 내 지갑에는 돈이 몇 푼 있지도 않을뿐더러 설사 있다 해도 내 몰골은 아저씨보다 단 몇 푼이라도 많아 보이지 않았던 것이다. 여기까지 생각이 미치자 여성 여행자들이 외국에 나가서 당한 성범죄에 대한 뉴스들이 떠올랐다.

"왜 그래?"

내가 우물쭈물 하고 있자 아저씨가 의아한 얼굴로 돌아봤다. 잠시 아저씨와 차를 번갈아 쳐다보던 나는 냉큼 올라탔다. **어차피 다 버리고 떠나온 판국에 무슨 일을 당한들 그게 뭐 어떻단 말인가.**

아저씨는 운전을 하며 어딘가에 바로 전화를 걸더니 누군가와 통화하기 시작했다. 내가 알아들을 수 있는 단어는 코리아와 아라기, 단 두 개뿐이었다. 무슨 이야기인지는 모르겠지만 딱히 무언가를 공모하는 내용 같지는 않았다. 아저씨는 서툰 영어로 내게 아라기를 가지러 친구네 가는 중이라고 했다. 십분도 채 지나지 않아 도착한 어느 집 앞에서 그는 내게 차에서 기다리라고 하더니 몇 분 되지 않아 한 컵의 맑은 아라기를 가져와 건넸다. 그는 이게 바로 백 퍼센트 퓨어 1등급 아라기라며 자랑에 자랑을 늘어놓았다.

나는 맑게 찰랑거리는 아라기를 내려다 보았다. 얼른 들이키고 싶은 마음보다는 아직 놓지 않은 의심의 끈이 팽팽하게 나를 제지했다.

"이 좋은 걸 어떻게 혼자 마셔요. 자, 먼저 한입 쭉 들이켜요."

나는 능청스럽게 아저씨에게 먼저 아라기를 권했다. 괜찮다며 손을 휘휘 젓던 그는 결국 반 강제적으로 아라기 잔을 받아 들고 입술을 살짝 축였다. 그제서야 나는 꼭 그가 마신 만큼만 입술을 축였다. 중국 고량주를 연상시키는 진한 알코올이 타는 듯이 목구멍을 타고 넘어갔다. 나는 나머지는 세일링클럽에 돌아가 마시겠다고 했다. 다시 돌아온 세일링클럽에는 카말을 비롯한 아저씨들이 아직 집에 가지 않고 시간을 보내고 있었다.

"아저씨가 아라기를 구해다 줬어요."

나는 가장 믿고 있는 카말에게 검사를 받기라도 하듯 아직 찰랑거리는 아라기 잔을 들어 보였다.

"1등급 퓨어 아라기래요."

카말이 허허거리는 동안 옆에 앉은 조지 클루니를 닮은 아저씨 한 명이 잔을 받아 들더니 한 모금을 죽 들이켰다. 그리고는 내게 잔을 돌려준 뒤 엄지 손가락을 치켜들었다. 나는 그제서야 씨익 웃었다.

술이 마른 땅, 수단. 이곳에서 나는 술의 샘을 뚫어버린 것이었다.

•

스물여덟 살의

소년을 만나다

        모래바람이 심하지 않으니 보트를 타자
는 카말의 연락을 받고 달려갔던 그날, 세일링클럽에는 처음 보는 지
긋한 나이의 무리가 둘러앉아 커피와 차를 마시고 있었다.

    "살람 알레이쿰."

    "와알레이쿰 살람."

    한 명씩 악수를 건네면서 인사를 나누는데, 내 시선이 그중 혼자
앳된 얼굴을 한 남자애에게 꽂혔다.

    "살람 알레이쿰."

    "헤이, 안녕."

    악수를 청하자 그는 놀랍게도 영어로 대답해 왔다. 그리고 그것
은 수단에 온 이래 한 번도 들어본 적 없는 유창한 영어였다.

"반가워. 나는 이브라힘이야."

다른 사람보다 조금 옅은 피부에 마른 편이지만 강단 있는 어깨, 부드럽게 곱슬거리는 머리칼. 한쪽 입꼬리를 올리며 담배를 비벼 끈 그는 내게 손을 내밀며 자신의 이름을 이브라힘이라 소개했다. 그는 수단인 아버지와 노르웨이 계 미국인 어머니 사이에서 태어나 소년기의 대부분을 사우디아라비아에서 보낸 독특한 이력의 소유자였다.

"영국대사관에서 일하다가 최근에 그만뒀어. 난 기계 만지는 일이 좋거든."

이브라힘의 영어 실력에 놀란 나는 그가 스물여덟씩이나 된다는 것에 한 번 더 놀라고 말았다. 앳된 얼굴이 나이가 많아 봐야 내 또래일 거라고 생각했기 때문이었다.

내가 카말과 모터보트를 타러 가기 위해 일어나자 이브라힘도 노를 챙기더니 강에 동동 떠있는 파란색 카누에 들어앉았다. 해가 뉘엿뉘엿 지기 시작할 즈음 나일강 위에서 보트를 타고 바람을 가르며 달리는 건 기분이 째지도록 짜릿한 일이었다. 카말이 속도를 낼 때마다 나는 두 팔을 번쩍 들고 환호성을 질렀다.

"이브라힘! 카누 재미있어?"

나는 조금 떨어진 곳에서 깨작깨작 노를 젓는 이브라힘을 향해 낄낄거리며 외쳤다. 그러자 이브라힘이 씨익 웃으며 몸을 일으키더니 이내 강물 속으로 뛰어들었다. 풍덩, 소리와 동시에 나는 입을 떡 벌리고 경악했다.

"야! 이건 똥물이잖아!"

나는 나일강을 똥물이라 부르는데 아무런 죄책감을 느낄 수 없었다. 비린내 나는 갈색 나일강 위에는 거품 섞인 쓰레기가 둥둥 떠다니고 있는 것이 육안으로도 보였기 때문이다. 그보다도 K씨가 내게 했던 경고가 불현듯 떠오르는 중이었다.

'나일강에는 기생충이 사니까 절대 수영해서는 안돼.'

나일강 깊이 사라진 이브라힘은 한참 후에야 숨을 몰아 쉬며 물 밖으로 모습을 드러냈다. 기껏해야 보트 앞머리에 앉아 종종거리며 발장구를 치고 있던 나는 노을로 붉게 물든 나일강에서 헤엄치는 이브라힘을 황홀하게 바라보고 있었다. 장난기 어린 표정으로 헤엄치는 모습이 꼭 열넷 먹은 소년 같았기 때문이었다.

이브라힘을 다시 만난 것은 다음날 세일링클럽에서였다.

"마침 잘 됐다. 심심한데 시내 구경이나 가지 않을래?"

이브라힘이 먼저 아는 척을 하더니 차가운 음료수를 한아름 사 들고 또따라는 이름의 보트 위로 나를 안내했다. 나일강 위를 미끄러지듯 달리는 또따 위에서는 모래바람 속에 갇힌 시내가 훤히 보였다.

"내가 운전해 볼래."

휘파람을 불며 한 손으로 대충대충 운전하는 그의 모습에 호기심을 참지 못한 내가 고집을 부렸다. 보트 운전은커녕 자동차 운전 면허시험에도 두 번이나 실격당했었다고 말하는 내게 이브라힘은 두말 않고 운전대를 내주었다. 이브라힘이 물결이 큰 곳은 수심이

얕은 곳이니 그런 곳을 피해 물결이 잔잔한 곳으로 운전하라는 팁을 설명하는 동안 나는 구시렁대기 시작했다.

'다 똑같아 보이는데, 알게 뭐람.'

나는 훗날 이브라힘의 SNS에서 그날 작성된 글귀를 발견했다.

[한국인들은 지루하다고 누가 이야기해 줬는지 기억이 잘 안나. 미안 친구, 내가 어제 만난 한국인은 최고거든.]

·

은수,

잊어버리다

"미쳤어. 미친 게 분명해.

제정신이 아니군."

이브라힘은 날 처음 만난 날, 학기를 때려치우고 아프리카행 편
도 티켓만 달랑 끊어서 왔다는 내 이야기를 듣고 여태껏 자기가
미친놈인 줄 알고 살았는데 넌 진짜 미친년이 틀림없다고 했다. 우
리는 거의 매일 만났다. 가끔은 약속을 정하기도 했지만 약속을 굳
이 하지 않아도 세일링클럽에 가면 그는 어김없이 나를 기다리고
있었다.

그리고 지금 아무리 목이 터져라 소리 지른들 사방으로 곧게 뻗
은 지평선 안에 도와줄 사람은커녕 쥐새끼 한 마리 얼씬거리지 않
을 사막 한가운데에, 나는 이브라힘과 단둘이 덜렁 남겨져 있었다.

이것은 우리가 만난 지 5일 만에 벌어진 일이었다.

"카르툼 근교에 나랑 친구들이 자주 캠핑 가는 사막이 있는데 가보지 않을래?"

내가 냉큼 콜을 외치자 이브라힘은 영국대사관의 옛 동료에게서 사륜구동 자동차를 빌려와 아이스박스에 음료수 몇 개를 던져넣더니 출발하자고 했다.

"그런데 그 사막이 어디쯤인데?"

"자발올리아."

"그렇게 대답해주면 내가 알 것 같아?"

나는 참을성 있게 되물었다.

"글쎄……. 어떻게 설명해야 할지 모르겠네."

이브라힘은 자발올리아는 근처 지명이고 우리가 가는 곳은 그냥 그와 친구들이 어느 날 우연히 발견해서 캠핑 다니기 시작한 이름없는 사막이라고 했다. 그곳은 아무도 가지 않는 이브라힘과 친구들의 비밀스러운 아지트였다.

도시를 빠져나와 낮은 흙집들이 줄줄이 늘어선 동네를 지나고 360도로 펼쳐진 지평선이 보이는 사막을 한 시간 반 정도 달렸을까. 나는 이미 다섯 번 정도 까무러칠뻔한 위기를 넘긴 터였다. 고속도로라고 부르기도 민망하게 사막 한가운데 얼기설기 닦아놓은 2차선 도로. 그 근처에는 아주 오래 전부터 버려져 있었던 것으로 추정되는 뼈대밖에 남지 않은 차량들이 여기저기 뒤집히고 널브러

져 있었고, 나는 머지않아 저 꼴의 당사자가 될 것이라고 확신하고
있었다.

"후, 하, 후, 하……."

나는 자꾸만 가빠지는 숨을 진정시키려고 노력 중이었다. 이 도
로에서 추월을 하려면 중앙선을 넘어야만 했는데, 맞은편에서 화
물트럭이 오고 있는데도 이브라힘은 중앙선을 넘어 역주행을 하더
니 얼른 추월을 끝낸답시고 속력을 높여 트럭과 마주보고 질주했
다. 그리고 트럭이 순식간에 눈앞으로 가까워지면 곡예운전을 하
듯 옆 차선을 타는 것이었다. 기억도 나지 않는 꼬마 시절부터 아
버지에게 운전을 배웠다던 이브라힘은 이쯤은 식은 죽 먹기라고
했다. 내 앞에 지난 인생이 파노라마처럼 스쳐 지나가는 동안 이브
라힘은 혼자 신이 나 콧노래를 불렀다.

나 홀로 생사를 오가는 한 시간 반이 지나고 이브라힘은 이제부
터 재미있어 질 거라며 회심의 미소를 짓더니, 오프로드로 빠져 사
막 위에 나있는 타이어 자국을 그대로 따라가기 시작했다. 그는 그
흔적이 아마 마지막으로 친구들이랑 캠핑을 왔을 때 남긴 것일 거
라고 했다. 그렇게 한참을 꼬불꼬불 대체 어떻게 찾았는지도 모를
길을 달리고 또 달렸다.

이브라힘이 비로소 차를 멈추었을 때, 나는 그곳이 화성일거라
고 생각했다. 차를 멈춘 황량한 사막 끝에는 바다가 펼쳐져 있었다.
한쪽 시야에는 한 번도 본 적 없는 신기한 새들이 날아다니는 연못

이 있었고 그 주위로는 앙상한 가시나무와 풀이 듬성듬성 자라있었다. 그리고 고개를 돌리면 피라미드라도 있을 것 같은 모래언덕들이 펼쳐져 있었다.

사방으로 끝이 없는 이 지평선 안에는 우리 말고 아무도 없었다.

"대체 왜 바다가 사막 한가운데 있는 거야?"

저게 말로만 듣던 신기루일까. 나는 달려가 두 손을 첨벙댔다. 차가운 물의 감촉은 신기루가 아니었다.

"그건 바다가 아니야. 화이트 나일강이지."

잠시 넋을 잃었던 나는 신발을 벗어던졌다. 신이 나서 맨발로 이리저리 모래언덕을 뛰어다니다가 가시나무를 밟고 비명을 질렀다. 찔끔 눈물을 흘리고 절뚝거리면서도 나는 뛰는 것을 멈추지 않았다. 저녁시간이었고 일몰이 이제 막 시작되려는 참이어서 하늘의 색과 그림자, 공기의 온도가 매초마다 달라지고 있었다. 사람의 손길이 닿은 흔적이 없는 풍경 속에 서서 나는 크게 숨을 들이마셨다.

"내가 여기에 온 첫 번째 한국인일까?"

"아마 첫 번째 외국인일걸. 여긴 나랑 내 친구들만 오는 장소니까."

이브라힘은 뿌듯하다는 듯이 대답했다.

이제 그만 돌아가자는 이브라힘에게 '조금만, 조금만 더 있다가'를 연신 외치다 결국은 해가 넘어갔다. 이브라힘은 절대로 갈 생각이 없어 보이는 나를 보고 한숨을 푹 쉬더니 자동차 트렁크에서 커다란 담요를 꺼내와 바닥에 깔았다. 우리가 가져온 거라곤 아이스

박스의 음료수 몇 캔이 전부였다. 쫄쫄 굶은 우리는 담요 위에 드러누워 하나둘씩 떠오르는 별들을 보고 있었다.

"넌 좀 조심해야 할 필요가 있어. 대체 넌 내가 누군 줄 알고 사막 한가운데로 막 따라오는 거야. 사람을 그렇게 함부로 믿으면 안돼, 은수. 특히 아프리카 사람."

"지도 아프리카 사람이면서……."

내가 어이없다는 듯 쳐다보자 이브라힘은 역정을 냈다.

"내가 너라면 만난 지 5일 된 낯선 사람을 따라 사막 한복판으로 들어가는 미친 짓은 하지 않았을 거야. 죽고 싶어서 환장한 게 아니라면 말이야."

죽고 싶어서 환장한 걸지도 모르지, 나는 속으로만 생각했다.

"수단은 생각보다 안전하던데?"

"대체 누가 그래? 지금이야 평화롭고 조용하지만 언제 어떻게 뒤집힐지 모르는 곳이야. 시내에서 한가롭게 커피 마시다가 갑자기 탱크가 밀려들어온 적도 있어. 쿠데타가 일어났었다고."

"하지만 수단사람들은 정말 친절한 걸. 소매치기나 강도도 없는 것 같고. 누군가 내게서 뭔가를 훔쳐가려면 얼마든지 훔쳐갈 기회가 있었는데 말이야."

"어휴, 내가 대신 살피고 있으니까 그렇지."

"정말? 감동인데? 너를 내 보디가드로 임명할게."

장난스럽게 이야기하자 이브라힘이 고개를 절레절레 흔들었다.

"월급이나 주고 얘기하던가."

"그럼 내 운전기사 할래? 물론 오래 살진 못할 것 같지만."

"월급 내놔."

이브라힘과 티격태격하는 동안 나는 그가 아주 오래 전부터 알아온 옛 친구 같다는 생각을 했다. **이 검은 피부, 울퉁불퉁한 이목구비의 무슬림을 내가 알았던 적은 없었을 텐데.**

"이브라힘, 너는 왜 살아?"

생각지 못 했던 질문이었는지 이브라힘이 머뭇거렸다.

"글쎄, 알라만이 아시겠지. 그분의 뜻일 테니."

"나처럼 알라를 믿지 않는 사람은?"

나의 답 없는 질문에 잠깐 동안 정적이 흘렀다. 하긴, 답을 알고 있었다면 그는 이미 무슬림이 아니었을지도 모른다.

"…… 은수."

"응?"

이브라힘이 내 이름을 중얼거리더니 피식하고 웃었다.

"그거 알아? 네 이름이 아랍어로 무슨 말이랑 비슷한지?"

"뭔데?"

"잊어버리다."

"잊어버리다?"

"응, 잊어버리다."

그 순간, 사막이 어둠 속에 휩싸이며 나는 태어나서 단 한 번도 본 적이 없는 우주를 보았다. 모래를 흩뿌려놓은 것 같은 별들 가운데로 위성들이 날아다니고 뭉글뭉글한 은하수가 하늘을 가로지르고 있었다. 나는 어쩌면 내가 누워있는 이 황갈색 모래사막이 푸른 별 지구가 아니라 어쩌면 진짜 화성일지도 모른다고 생각했다. 바다같이 커다란 강이 흐르는 화성.

문득 내가 떠나온 푸른 별이 더 이상 나와 상관없는 머나먼 과거처럼 느껴졌다. 내 가족도, 친구도, 학업도, 매일 웅크리고 누워 우울로 앓아내던 서울에서의 새벽도.

"나 집을 나올 거야. 지금 머물고 있는 곳은 나에겐 너무 호화로워. 눈치도 보이고."

"어디에 머물 건데?"

"글쎄, 알아봐야지."

"우리 집으로 올래? 화장실이 딸린 빈방이 있어."

나는 내 옆에 자기 팔을 베고 누워 건들거리며 하늘을 감상하는 아프리카 사람을 쳐다보았다. 짙은 피부, 검게 기른 수염, 깊이 패인 눈, 알 수 없는 표정의 낯선 외모.

"넌 대체 내가 누군 줄 알고 너네 집에 들이겠다는 건데? 더군다나 잘 알지도 못하는 동양의 어느 나라에서 어느 날 갑자기 뚝 떨어진 애를?"

"어느 날 갑자기 뚝 떨어진 잘 모르는 애라니. 넌 은수잖아."

특유의 한쪽 입꼬리만 올린 웃음을 지으며 이브라힘이 말했다.

열넷 소년 같은 눈빛, 부유한 집안에서 자랐지만 늘 구멍 난 티셔츠 쪼가리를 입고 다니며 더러운 나일강 물에 거리낌 없이 뛰어들어 헤엄 치는 모습. 네가 '아프리카 사람'이라니.

"넌 이브라힘이고."

나도 씨익 웃었다. 말을 하는 사이에 별똥별이 몇 개나 떨어진 터였다. 소원 빌 타이밍을 놓친 나는 사실 별똥별 따위에 소원을 비는 것은 우스운 일이라고 생각했다.

．

모험을
찾아서

　　　　　　　　"엿이나 먹으라지!"

　우리는 우리가 하는 모든 일에 대해 입버릇처럼 외쳐댔다. 태어나서 가장 잘한 일 하나를 꼽으라면 그건 분명 수단에 온 것임이 틀림없었다. 매일 아침 눈을 뜨면 고민거리란 오늘은 뭘 하고 놀까 뿐이고 마음에 안 드는 것이 있다면 조금 더운 것뿐이었다. 나의 하루 일과란 나일강 앞 그늘에 앉아 한가롭게 시샤를 피우거나 새로 만난 친구들과 이야기를 나누고 새로운 놀 거리를 찾아 나서는 것이 전부였다. 우리는 한창 새로운 모험에 빠져있던 차였다. 사막으로의 캠핑은 시작에 불과했다.

　매일같이 나가던 세일링클럽에서 차를 마시거나 시샤를 피우며 시간을 보내기도 했지만, 바람이 너무 희미한 날만 아니면 우린 어김없이 먼지가 뽀얗게 앉은 세일링보트를 타고 나일강을 거슬러 올라갔다.

딱히 목적지가 있는 것은 아니었지만 우리는 몇 시간이고 바람을 탔다. 연료비가 들지 않는 세일링보트 위에서는 땅에 내려가고 싶어질 때까지 내려가지 않아도 상관없기 때문이었다. 내가 좁은 세일링보트 바닥에 비집고 드러누워 하늘을 구경하고 있으면 이브라힘은 바람을 가늠하며 나와 수다를 떨었고, 내가 배 앞머리에 앉아 물장구를 치고 있으면 이브라힘은 꾸란 구절을 노랫가락처럼 흥얼거렸다. 날이 더우면 나일강으로 뛰어들면 그만이었고, 배가 고프면 미리 챙겨둔 미니화로에 고기를 구워 먹으면 되었다. 수영을 잘 못하는 나 때문에 이브라힘이 몇 번이나 구명용 튜브를 던져야 했지만 말이다.

"심심한데 캠핑이나 할까?"

누군가 이렇게 말을 꺼내는 날이면 그날은 어디로든 캠핑을 가야 직성이 풀렸다. 하다못해 이브라힘네 집 옥상으로라도 말이다. 이브라힘네 3층짜리 벽돌집 옥상에는 간이침대가 몇 개나 놓여있었다.

"양고기? 닭고기?"

우리는 옥상에 불을 피우고 고기를 구웠다. 이브라힘이 고기를 준비하는 동안 나는 정원으로 내려가 무성하게 열린 라임나무에서 라임을 따가지고 올라왔다. 그리고 그것을 반으로 갈라 고기 위에 뿌렸다. 나는 상큼한 라임 향을 너무 좋아한 나머지 매번 고기를 흥건한 라임홍수로 만들다시피 했다.

이브라힘은 구워 먹을 햄버거 스테이크를 직접 빚기도 했다. 수단 남자들은 요리를 하지 않지만 미국인 어머니의 영향을 받은 이브라힘은 요리하는 것을 무척 좋아했다. 특히 이브라힘의 스파게티와 샐러드는 일품이었는데, 요리라곤 라면 끓이는 법밖에 모르던 나는 그의 스파게티를 너무 좋아해 조르고 졸라 레시피까지 전수받았다. (사실 그건 지금까지도 내가 유일하게 할 줄 아는 요리다운 요리다.)

돈이 없던 어느 날에는 주머니에 있는 돈을 전부 털어 식량을 사가지고 세일링보트에 올랐다. 우린 그날 나일강을 아주 멀리 거슬러 올라갔다. 가진 것은 매점에서 전 재산을 털어 구입한 인도네시아 라면 두 봉지, 물 한 병, 콜라 한 캔, 파인애플 통조림, 그리고 그 어떤 상황에서라도 이건 포기할 수 없다고 이브라힘이 우겨서 구입한 티백 몇 개가 전부였다. 우리는 그것들로 1박 2일 서바이벌을 벌일 작정이었다.

"저기다!"

나는 적당한 무인도를 발견하고 손가락으로 가리켰다. 그곳에 배를 정박시킨 이브라힘이 가장 먼저 한 일은 불 피울 구덩이를 파는 일이었다. 나는 3분이면 한 바퀴 돌 수 있을 것 같은 작은 무인도를 돌아다니며 땔감을 모았다. 서둘러 마른 장작을 줍던 나는 저 멀리 모스크에서 기도시간을 알리는 방송이 흘러나오는 것을 들었다.

"이브라힘! 기도할 시간이야!"

내 외침에 구덩이 파는 것에 정신이 팔려있던 이브라힘이 벌떡 일어나 기도할 때 까는 카펫을 배에서 꺼내왔다. 둘둘 말려있던 카펫을 평평한 자리에 깐 이브라힘은 강가로 가 손과 얼굴 등을 깨끗이 씻는 의식을 치르더니 카펫 위에서 기도하기 시작했다. 무슬림들은 이렇게 하루에 다섯 번 기도를 했다. 이브라힘 역시 자기가 기억하는 한 언제나 이렇게 기도를 해왔다고 했다.

기도를 마치고 돌아온 이브라힘이 피운 모닥불이 따닥 소리를 내며 타들어가기 시작하자, 우리는 파인애플 통조림을 뜯어 나눠먹고는 빈 깡통을 강물에 씻었다. 이제부터 이 깡통이 우리의 냄비였다.

매점에서 산 노란색 포장의 인도네시아산 라면은 한국식 라면과는 냄새부터 달랐지만 그래봤자 라면은 라면이리라. 이것만큼은 내가 이브라힘보다 고수임이 틀림없었다.

내가 깡통냄비 속에 투하한 라면이 보글보글 끓기 시작하자 우리는 나뭇가지를 꺾어 만든 포크로 면발을 찍어 먹었다. 라면을 다 먹은 강물에 씻어내자 이번에는 훌륭한 찻주전자가 되었다.

어느새 땅거미가 내려앉아 깜깜한 무인도에서 모닥불에 차를 끓이는 동안 저 멀리 카르툼 도시의 불빛이 어른거리고 있었다.

·

수단에서

살아가는 법

　　　　　　K씨의 집을 나온 나는 점점 수단에서
살아가는 요령을 터득해 갔다. 이브라힘은 나를 훈련시켜야 한다
며 가끔 어처구니 없는 것들을 가르치곤 했다.

　"살람 알레이쿰."

　택시를 잡으면 늘 싱글싱글 웃으며 인사를 건네고 가격 흥정을
하는 내게 이브라힘은 그게 아니라며 고개를 휘휘 저었다.

　"그렇게 말하지마. 따라 해봐, 마르합."

　"마르합."

　"그렇지. 앞으로 인사는 그렇게 해."

　"그게 무슨 뜻인데?"

　"인사야, 인사. 안녕하세요."

"인사는 살람 알레이쿰 아니야? 뭐가 다른데?"

"살람 알레이쿰은 당신에게 평화를. 마르합은 말 그대로 그냥 인사야."

"근데 왜 마르합이라고 해야 하는데?"

"당신이 날 호구로 봤다간 좆 되는 수가 있다는 뜻을 내포하는 인사지."

"난 택시기사를 좆 되게 할 생각이 없는데……?"

"안 그러면 만만하게 본단 말이야. 아무튼 앞으로 낯선 사람들에게 인사는 그렇게 해."

한편 안에서 새는 바가지 밖에서도 샌다고 나는 수단에 와서도 여전히 술에 절어 있었다.

"젠장, 왜 나는 하고 많은 나라 중에 술이 불법인 나라를 고른 거야!"

만나는 사람마다 붙잡고 있을 수 없는 일이라며 불만을 터트리던 나는 얼마 안 가 그 말을 취소하고 말았다. 세일링클럽에서 호랑이 털 신발의 아저씨가 마주쳤다 하면 필요하냐며 빈 페트병에 아라기를 은밀하게 나누어 담아주었고, 대사관용으로 반입하는 술은 정부에서도 눈감아줬기 때문에 이브라힘의 옛 영국대사관 동료의 집에 놀러 간 날은 흥청망청 하이네켄을 마시곤 했기 때문이었다.

"요즘 테러리스트들의 납치가 성행한다는 정보가 있어. 조심해."

우리는 그의 동료가 한 말은 들은 체 만 체하며 하이네켄을 목구멍으로 들이부었다. 하지만 흥청망청 술기운이 올라서도 집에 갈 땐 정신을 바짝 차려야 했다. 경찰에게 걸리면 채찍형이 40대였기 때문이다.

이브라힘의 친구들과 술을 진탕 마시고는 옴두르만이라는 옆 동네에 놀러 갔던 날, 우리는 애써 취하지 않은 척하는 서로의 우스운 모습에 폭소했다.

"얘들아, 내가 지금 얼마나 똑바로 걸을 수 있는지 한번 봐봐!"

나는 양팔을 곧게 뻗고 비틀거리며 깔깔 웃기 시작했다. 이브라힘은 그런 나를 보고 재빨리 자동차 안으로 처넣었다.

"누가 봐도 넌 취객이야. 제발 차 밖으로 나오지 마!"

이브라힘과 친구들은 나일강에 배를 띄우고 나가 경찰의 눈을 피해 마리화나를 피우기까지 이르렀다.

"너네 무슬림 맞아?"

기가 차서 묻는 나를 보며 이브라힘과 친구들은 낄낄 웃었다.

"넌 수단까지 와서 하필 우리 같은 놈들을 만났냐. 친구를 잘 사귀어야 한다고."

그런 이브라힘이 금요일에 모스크에 가기 위해 경건한 표정으로 새하얀 젤라비야를 차려 입을 때면 나는 옆에서 혀를 차지 않을 수 없었다. 사실 이브라힘은 하루 다섯 번 기도를 거르지 않는 아주 독실한 무슬림이었다.

그렇게 제법 수단 생활이 익어가던 중이었다. 종종 길거리에서 엉덩이를 만지고 도망가는 남자들에게 엿을 날리는 일마저 귀찮아질 때쯤 나는 이미 몇 번이나 청혼을 받은 터였다. 알고 지내던 한 에리트레아 난민은 나를 초대해 지그니라는 에리트레아 음식을 정성껏 차려주며 나와 결혼하고 싶다고 했고, 어떤 초면의 약사 할아버지는 집과 차와 금을 줄 테니 두 번째 아내가 되어달라고 했다. 테이블과 의자 대신 침대와 베개를 놓고 영업하는 어느 정육식당에서는 시큼한 생 낙타 간을 맛보았다. 세일링클럽의 경비가 언제부터 내게 입장료를 받지 않았는 지는 가물가물하다.

수단의 친구들은 '너는 가끔 수단인보다 더 수단인 같아'라는 말을 하곤 했는데 아마 아무데서나 드러눕던 버릇 때문이었던 것 같다. 이브라힘은 내게 암자드 택시라는 별명을 붙여주었다.

"대체 왜지?"

"암자드 택시가 한국산이잖아."

"고작 그 이유야?"

"그것뿐이겠어? 대체 어떻게 15분을 못 가 그늘에 드러눕는 거야? 암자드도 15분은 더 간다고."

이브라힘이 한심하다는 듯 혀를 찼다. 나는 항의하지 않을 수 없었다.

"젠장, 이 땡볕을 보라구!"

한 번은 경찰에 체포되어 끌려갈 뻔한 적도 있었다. 나와 이브라

힘, 세일링클럽의 아르바이트생 무함마드는 밤늦게까지 클럽에 남아 시간을 보내고 있었는데, 잠시 무함마드가 자리를 비운 사이 클럽의 신참 경비가 우리를 체포해야겠다며 다가온 것이다. 영어를 못 하는 경비와 이브라힘이 아랍어로 말다툼을 벌이는 통에 나는 상황 파악조차 못 하고 어안이 벙벙해서 서 있는데, 서로 언성이 높아질 때쯤 무함마드가 돌아와 둘을 뜯어말리기 시작했다. 체포의 명분은 밤 12시가 넘었는데 미혼 남녀가 단둘이 함께 있다는 이유였다.

남의 나라까지 와서 감옥에 가게 될지 모른다는 걱정과 동시에 그 감옥이란 대체 어떤 곳일까 하는 호기심이 슬그머니 치고 올라오려는데, 이브라힘은 경비가 목적을 가지고 시비 거는 게 틀림없다고 열을 냈다. 수단에서 미혼남녀가 불법으로 시간을 함께 보내는 것을 걸리면 경찰이 그걸 빌미삼아 여자를 강간하는 경우가 있다는 것이었다.

"그게 말이 돼?"

들도 보도 못한 관행에 대해 흥미롭게 이해해 보려고 하는 동안, 불 같은 성격의 이브라힘은 경찰도 아닌 경비 주제에 체포를 논하냐며, 너의 상관을 불러 이야기하자고 역정을 냈다. 경비가 쭈뼛쭈뼛하는 동안 이브라힘은 경찰서에 전화를 해 이곳으로 와달라고 했다. 이것이 회심의 한방이었을까? 당황한 기색이 역력해진 경비를 이브라힘이 따로 불러내 타이르자 얼마 안 가 그 둘은 악수를 하더니 일이 무마되었다.

하지만 그런 중에도 이상하다 싶을 정도로 강도나 소매치기를 당할 뻔한 적은 없었다. 아마 이브라힘이 옆에 있어서이기도 할 테지만 내 초라한 행색도 한몫했던 것 같다. 동양인 특유의 얼굴 때문에 나는 수단인에게 어린 소녀나 소년쯤으로 보이는 모양이었다.

그리고 길거리의 사람들이 왜 그리 나를 보고 유난스럽게 수군거리는지도 알게 되었다. 짧은 머리에 건들건들한 팔자걸음, 구멍 난 트레이닝복, 세상의 불만이란 불만은 전부 떠안은 표정으로 시샤를 뻑뻑 피우는 모습. 그런 부랑자 같은 차림으로 길거리를 활보하는 정체불명의 동양인을 상대로 남자인지 여자인지에 대한 갑론을박이 펼쳐지는 중이었던 것이다.

•

꿈의

세계

　　　　　이브라힘은 내게 종종 어린 시절을 보
낸 사우디 이야기를 들려주었다. 그 이야기에 푹 빠진 나는 하마터
면 아프리카고 뭐고 중동으로 루트를 돌릴 뻔했다.

"나 진짜 사우디 가보고 싶다."

"안 돼, 못 가. 여자가 사우디에 가려면 아버지나 남편이 동행해
야 해."

"난 안되겠네……."

"결혼한 걸로 하면 되지. 결혼 증명서 만들어내기가 얼마나 쉬운
데?"

"정말? 그렇게 사우디에 입국할 수 있어?"

"응. 해줄까?"

"정말? 여행 끝나면 이혼은 해주는 거지?"

한동안 중동 이야기에 솔깃했던 나는 이브라힘과 진지하게 저런 작당을 하기도 했었다. 물론 행동으로 옮기지는 않았지만 말이다. 그때쯤 되자 나는 세상에 무서운 게 하나도 없었다. 여느 날처럼 걸죽하게 아라기 한 잔을 걸친 나는 이브라힘과 나일강 다리를 건너던 중, 별안간 난간을 훌쩍 뛰어넘어 그 위에 걸터앉았다.

"야!"

놀라 황급히 나를 붙잡으려는 이브라힘에게 나는 손짓했다.

"넘어와, 이브라힘!"

이브라힘은 한숨을 푹 쉬며 난간을 넘어 내 옆에 앉았다.

"이브라힘, 나 지금 엄청 취한 것 같은데. 이 난간에서 떨어지면 죽을까?"

나는 난간 밖으로 다리를 덜렁덜렁 흔들며 물었다.

"글쎄……."

"내 생각엔 안 죽을 거 같아. 요즘 나일강에 맨날 뛰어들면서 헤엄치는 기술이 늘었거든."

나는 다리 높이를 가늠해 보며 말했다. 나는 어쩌면 무슨 짓을 해도 죽지 않을 것 같은 기분이 들었다. 마치 꿈의 세계에 들어와 있는 것처럼 말이다. 적어도 이곳에서는 그 어떤 나쁜 일이 일어난다고 해도 내게 아무런 상처도 입힐 수 없을 것만 같았다.

이쯤 되자 나는 무엇이 꿈이고 무엇이 현실인지 분간을 할 수 없

게 되었다. 나는 매일 그 경계를 넘나들고 있었다. 깊고 검은 밤 별들이 자르르 박힌 나일강 위에서 세일링을 하는 것. 그런 장면은 나는 꿈에서도 꾸어본 적이 없었다.

사방은 고요해졌고 강물은 쥐 죽은 듯 잠잠했다. 우리는 몇 시간 동안 아무 말도 하지 않았다. 그저 미미한 밤바람을 가늠하고 있었다. 비릿한 물 냄새가 나는 나일강에 발을 담그자, 별들이 흩어지고 흔들렸다가 제자리로 돌아왔다.

만약, 정말로 내가 아프리카에 있는 동안 죽게 된다면 그건 꼭 지금 같은 순간이었으면 좋겠다는 생각을 하던 중이었다.

"…… 넌 진짜 좋은 세일링 친구야."

늘 혼자 세일링을 해왔다던 이브라힘이 나지막이 말했다.

"최고지?"

"응. 진심으로."

●

배낭여행객,

외국인 노동자 되다

어느덧 수단에 머문 지도 두 달 가까이, 내 두 달짜리 비자도 점점 만료되어가고 있었다. 이브라힘은 원한다면 서류는 해결해줄 테니 주거 비자를 받으라고 했다. 하지만 나는 카르툼을 떠나기로 결심했다.

"포트수단에 가야겠어."

나는 비자가 만료되어 다른 나라로 떠나기 전 포트수단에 들를 생각이었다. 포트수단은 홍해의 항구도시로 처음 수단에 왔을 때부터 가장 가보고 싶었던 도시였다. 나는 홍해가 틀림없이 아름다울 거라고 생각했기 때문이었다.

홍해로 떠나려던 계획은 마흐무드의 사무실에 들른 어느 날 갑자기, 그리고 우연히 실현되었다. 마흐무드는 세일링클럽의 멤버로 여행사를 운영하는 지점장이었는데 그는 내 여행에 지대한 관심을 가지고 있었다. 그리고 언젠가는 한국 물건을 수입하는 사업을 하고 싶어하기도 했다.

"나도 너처럼 여행을 가고 싶어. 하지만 해야 할 일도 있고 부양해야 할 가족도 있으니까……. 사무실에 놀러 와. 네 이야기를 듣고 싶어."

나는 일 때문에 바빠 세일링클럽에 자주 오지 못하는 마흐무드의 사무실에 종종 방문해 이야기를 나누곤 했다. 무엇보다 내가 마흐무드의 사무실을 자주 방문하는 이유는 그에게서 환전을 하기 때문이었다.

수단은 미국과의 외교 문제로 콜라를 비롯한 몇 가지 소다류 정도를 제외하고 대부분의 미제품을 구할 수 없었고 인프라도 통용되지 않았다. 대신 HFC(KFC), Starbox(Starbucks)와 같은 짝퉁 가게들이 판을 쳤다. 무엇보다 불편한 건 비자카드가 통용이 되지 않는 것이었다. 그래서 여행자들은 현금을 들고 다니며 환전해서 써야 했는데, 당황스러운 것은 은행에서는 환전을 하지 않는다는 것이었다. 길거리에 종종 환전소가 보이기는 했지만 환율도 좋지 않은데다 위조지폐가 유통된다는 말이 은근히 돌기도 했다. 수단에 근무하는 외국인들은 차라리 암시장을 즐겨 이용한다고 하던데, 낯선 땅의 이방인에 불과한 내가 암시장을 이용할 수 있을 리 만무했다. 그런데 또 이상한 건 수단의 대형 슈퍼마켓들이 환전을

한다는 사실이었다.

"이브라힘, 대체 은행에서 환전을 안 해주면 어디서 환전을 해? 수단에 처음 온 여행객들이 암시장이나 슈퍼에서 환전한다는 사실을 알 리가 없잖아."

"그러니까 여행객이 없지."

아무튼 이렇게 환전이 문제가 되는 수단에서 나는 한 번도 암시장을 찾아본 적이 없었다. 여행사를 운영하는 마흐무드가 늘 암시장보다 좋은 환율에 기꺼이 환전을 해줬기 때문이었다. 그날 마흐무드의 사무실에 들른 것은 그에게 작별인사를 하기 위해서였다.

"마흐무드, 나 이제 카르툼을 떠날까 해. 그동안 고마웠어."

"정말 떠나는 거야? 어디로 가게?"

"포트수단에 가려고. 카르툼에서는 놀 만큼 논 것 같아서."

"어, 포트수단? 거기 내 고향인데."

"정말? 포트수단에 대해 정보 좀 줄 수 있어?"

나는 짐짓 반가운 얼굴로 그를 쳐다보았다.

"물론이지. 언제 가게?"

"글쎄. 이번 주나 다음 주쯤? 비자 만료되기 전에 포트수단을 여행하고 수단을 떠나고 싶어서."

"머물 곳은 있어?"

"몰라. 가서 찾아 봐야지 뭐."

"그럼 잠깐만 기다려봐. 고향 친구한테 연락해 볼게."

마흐무드는 어딘가 전화를 걸더니 한참을 심각하게 통화했다. 그리고 전화를 끊고 내게 물었다.

"너 혹시 일해볼 생각 없어?"

"일이라니?"

"내 가장 절친한 고향친구가 포트수단 주지사의 사위야. 포트수단에서 여러 사업을 벌이고 있는데 그중 하나가 학원사업이거든. 널 도와줄 수 있을까 해서 연락했는데 마침 학원에 영어강사가 필요하대. 혹시 네가 일해 줄 수 있겠냐고 묻더라. 비자 문제는 학원에서 해결해 주겠대."

나는 예상치 못한 전개에 잠시 말을 잃었다. 아니, 이게 대체 무슨 여행도 하고 돈도 버는 소리지?

"나야 좋지! 근데 나 영어 가르쳐본 적 없는데?"

"괜찮아. 어차피 포트수단에 가려고 했으니까 여행할 겸 가서 한번 얘기해봐. 맘 맞으면 일하고 아니면 관두면 되지."

나는 마흐무드가 걸어주는 전화를 받아들었다. 야시르라는 이름으로 자신을 소개한 마흐무드의 고향친구는 학원에서 새로 수업을 개강할 건데 강사가 필요하다고 했다. 구체적인 환경이나 페이 같은 건 와서 이야기하고 만약 일을 한다면 내가 지낼 아파트와 포트수단으로 오는 비행기 삯, 그리고 비자 연장 업무를 책임지고 처리해 주겠다고 했다. 여행도 할 겸 잠깐 짬내서 용돈벌이한다는 생각으로 해보는 건 어떻겠냐는 그의 말에 그 흔한 과외 한번 해본 적

없던 나의 마음 속에 잠시 불안감이 스치고 지나갔지만, 이미 내 머릿속은 매일 퇴근 뒤 열대어와 수영하는 일상이 지배하고 있었다.

"이브라힘! 나 취업했어, 포트수단에. 포트수단에 대해 아는 것 좀 있으면 알려줘."

나는 신이 나서 이브라힘에게 자랑했다.

"포트수단? 아는 거 많지."

"정말? 너 거기 가봤어?"

"응. 가족여행으로 자주 가. 거기 우리 배도 있는데?"

"뭐? 배?"

이브라힘은 포트수단에 집안 공동소유의 커다란 요트가 한 척 있다고 했다. 원래는 홍해 다이빙용으로 렌트를 주는 배인데 운영하는 친척들이 일을 제대로 하지 않아 관리도 제대로 안 되는 상태로 그냥 항구에서 놀고 있다고 했다. 내가 포트수단에 갈 거라고 하자 이브라힘은 오랜만에 배 상태도 점검할 겸 나를 따라 나서겠다고 했다.

그리하여 우린 그 이튿날 포트수단으로 떠났다.

•

홍해바다
르마르 학원의
영어선생님

　　　　　　　카르툼 공항에서 끊어준 비행기 표에
는 내 성별이 미스터로 표기되어 있었다.

　"이브라힘, 아무리 내가 남자처럼 하고 다닌다지만 여권도 보여
줬는데 미스터는 너무 심한 거 아니야?"

　오묘하게 빈정이 상한 나는 긴 머리에 곱게 화장을 한 채 웃고
있는 내 여권 사진을 내려다보았다.

　포트수단의 공항에 내리자마자 카르툼과는 확연히 다른 습하고
짠 공기가 코를 훅 찔렀다. 그 바다 짠내만으로도 나는 근처에 바
다가 있다는 걸 알 수 있었다. 황갈색 황무지에 지쳐있던 나는 홍
해에 도착했다는 사실에 흥분하기 시작했다.

　야시르는 학원 매니저 칼리드와 함께 우리를 공항으로 픽업하

러 왔다. 그들이 우리를 데리고 간 곳은 공항에서 1시간가량 떨어진 포트수단 시내에 위치한 르마르 학원이었다. 학원 건물 위층이 바로 내가 지낼 아파트였다.

"어때요, 맘에 들어요?"

직접 아파트를 구경시켜주며 야시르가 물었다. 맘에 들고 자시고 할 것도 없이 나는 이미 연신 감탄 중이었다. 식탁과 소파, 에어컨이 갖추어진 널찍한 거실과 모든 식기가 구비된 부엌, 세탁기가 놓인 화장실, 그리고 방이 두 개나 되는 깔끔한 아파트였다!

"당연하죠! 고마워요. 야시르."

"이브라힘도 여기서 지내는 건 아니겠죠?"

야시르가 의심스러운 눈으로 이브라힘을 쳐다보며 말했다.

"아아, 얘는 항구에 있는 배에서 지낼 거예요."

"그렇군요. 어쨌든 짐을 정리하고 학원으로 내려오세요. 일에 대한 이야기를 해야 하니까."

짐을 풀며 면접에서 대체 무슨 이야기를 해야 할까 고민하던 나는 학원 사무실로 내려가자마자 그가 건넨 첫마디에 당황하고 말았다.

"그래, 일은 언제부터 시작할까요?"

"네?"

나는 공인영어점수, 가르쳐본 경험 등 나를 소개할 말을 가다듬고 있던 중이었다.

"흠, 오늘이 목요일이네요. 피곤할 테니 오늘은 쉬고 금요일까지 수업계획서 만들고 토요일에 신문광고를 낸 뒤 일요일까지 학생들을 모집하면……. 월요일쯤 개강하면 되겠군요."

그러니까 야시르는 채용이 되냐 마냐를 걱정하고 있던 내게 4일 후의 개강을 준비하라는 어처구니 없는 말을 하고 있는 것이었다.

"저…… 어떤 수업을 개강하는 건데요?"

"그야 영어수업이죠."

"그러니까 제 말은요, 학생들 수준 같은 거요. 수업 규모는 어느 정도로 예상하고 계신지…….

"그냥 다 초급으로 가르치세요. 규모야 모집해 봐야 알죠."

"아, 그렇군요. 성인을 모집하시나요. 아니면 아동을 모집하시나요?"

"그러니까 일단 모집을 해봐야 안다니까요."

"그럼 강의 기간은 얼마나 생각 중이신데요?"

"글쎄요. 4주로 할까요? 아니면 6주?"

"그럼 페이는…….

"그건 학생들 모집하고 몇 반이나 가르치게 될지 보고 이야기합시다."

나도 학창시절에 사교육깨나 받아봤지만 이런 대책 없는 채용은 머리털 나고 들어본 적이 없었다.

"이브라힘, 내 의사는 안 물어보는데? 나 채용된 거야?"

야시르가 잠시 나간 사이 도대체 이 상황은 뭐냐며 한껏 당혹스러운 표정을 짓는 내게 이브라힘은 어깨를 으쓱했다.

"그런가 봐."

하긴, 스케줄이나 페이도 모르는데 내 의사 따위가 있을 리가.

르마르 학원의 기존의 영어강사들을 데리고 다시 나타난 야시르는 내게 한 명 한 명 소개해 주었다. 그들은 아담이라는 동명이인의 남자 두 명과 수아드라는 이름의 여자였다. 수아드가 특히 야시르의 신임을 받는 선생인 것 같았지만 외국인은 내가 유일했다.

"안녕하세요, 은수라고 합니다. 앞으로 잘 부탁드려요."

하루아침에 수업계획서를 만들게 된 내가 그제서야 안심을 하며 그들에게 기존에 어떤 수업들을 했었는지 조언을 구해야겠다고 생각하던 찰나, 그들이 입을 모아 내게 말했다.

"새로운 선생님이 오셨군요. 보조하기 위해 최선을 다하겠습니다."

그랬다. 나는 이 학원에 혜성처럼 등장한 독보적인 존재였던 것이다. 결국 나는 정말로 하루 만에 수업계획을 짜냈고 야시르는 건성으로 쓱 훑어보더니 "좋네요, 개강합시다"라는 말로 번갯불에 콩구워 먹듯 개강했다. 그렇게 나는 얼떨결에 르마르 학원의 영어선생이 되었다.

어찌어찌 개강을 하긴 했는데 나는 아직도 내가 가르치는 반들의 정체를 알 수 없었다. 개강 후에도 학생 수는 하루가 다르게 불어났고, 반 수도 많아지고 있었다. 덕분에 야시르는 내게 매일

바뀌는 시간표를 건네주었고 강의실에서는 매번 새로운 얼굴들이 나를 반기고 있었다.

　매일 다른 학생들과 다른 시간에 수업을 하니 진도가 나갈 리 없고 매번 자기소개도 새로 해야 할 판이었다. 게다가 야시르는 각 반마다 일주일에 한 번씩 야외에서 수업하는 '잉글리쉬 클럽'을 요구했기 때문에 나는 모든 수업이 끝난 뒤에도 허겁지겁 저녁을 먹고 또 잉글리쉬 클럽에 가야 했다. 학생들에게는 일주일에 한 번이었지만 나에게는 그런 반들이 수개나 되었다. 그렇게 녹초가 되어 숙소에 돌아오면 나는 쉴 틈도 없이 또 다음날 수업 준비를 해야 했다. 그런 스케줄에 휴일은 일주일에 단 하루였다.

　'퇴근하고 열대어와 수영하는 일상은 얼어 죽을!'

　기어이 폭발하고 말았을 때 그런 서론은 물론 마음속으로만 했지만.

　"야시르, 이건 짬 나는 시간에 하는 용돈벌이가 아니잖아요. 그리고 이런 식으로 계속 스케줄 바꿔가면서 학생 받으면 수업 진행이 안돼요."

　"알았어요, 알았어. 이제 학생 그만 받을게요."

　야시르와 나는 주 5일 스케줄로 하루에 성인 반 둘, 아동 반 하나, 총 세 반을 가르칠 것과 더 이상 수강신청을 받지 않는 것으로 합의를 봤다. 그리하여 6주 코스의 강의는 1주일이 넘어서야 스케줄이 겨우 확정되었다.

스케줄이 확정되고 나서도 눈코 뜰 새 없는 일상이 반복되었다. 아침에 일어나 씻고 준비한 뒤 제일 먼저 하는 건 학원에서 한 블록 떨어진 생과일 주스 가게에서 신선한 생과일 주스로 아침을 대신하는 것이었다. 매일매일 새로운 과일의 조합으로 주문해 먹는 건 그날의 낙이었다.

"망고로 주세요."

"음…… 오늘은 망고랑 구아바랑 반반해주세요."

"딸기랑 바나나랑 섞어서 우유 많이 넣고 설탕은 조금만요."

설탕을 너무나도 사랑하는 수단인들 때문에 나는 주스를 사 마실 때면 항상 쇼웨이아(조금)를 애타게 외치곤 했는데 그 때문에 주스가게 아저씨는 나를 보면 주문하기도 전에 "알아, 알아. 설탕은 쇼웨이아지?" 하며 고개를 끄덕였다. 그래도 너무 달아서 매일 더 간절한 표정으로 쇼웨이아를 외쳐야 했지만 말이다. 한국에서는 항상 새로운 가게와 메뉴를 찾는 걸 좋아해 한 번도 어딘가의 단골이 되어본 적이 없던 나는 내 취향을 아는 가게의 단골이 되는 건 왠지 기분 좋은 일인 것 같다고 생각했다.

어쨌든 주스를 마시며 오전 수업을 들어가면 하루가 시작되었다. 야시르와 이야기해서 반을 줄이긴 했지만 나는 여전히 허덕이고 있었다. 그리고 여전히 열대어와 수영할 여유 따위도 없었다.

나는 점심시간만 되면 곧장 항구로 나가 이브라힘과 점심을 먹었다. 이브라힘은 항구에 정박해 있는 배 위에서 생활하며 배를 관리

하는 일상을 보내고 있었다. 항구 앞에는 차를 팔고 시샤를 빌려주는 노점상들이 줄지어 있어서 우리는 늘 점심을 먹은 뒤 차를 마셨는데, 내가 차를 마시고 말없이 시샤까지 뻑뻑 피워대는 날이면 불쌍한 이브라힘은 내 눈치만 슬슬 보곤 했다.

체력적인 한계와는 별개로 강사 생활은 나름 신나고 보람찬 것이었다. 학생들은 누리끼리한 피부에 검은 생머리, 검은 눈을 가진 동양인 강사의 출현에 흥분했다. 수업시간의 마지막 30분은 자유토론 시간이었는데 이는 학생들이 가장 기다리는 시간이었다. 그날그날 다른 주제를 선정했지만 학생들은 언제나 '한국은 어때요?'라는 질문을 가장 좋아했다. 성인반은 온통 궁금한 것들로 가득 찬 고3 학생부터 머리가 희끗희끗한 할아버지까지 뒤섞여 있었다. 특히 '사랑'이 주제였던 날은 그야말로 치열한 토론의 장이 벌어졌다.

"선생님도 연애해봤어요?"

자유연애가 금지되어 있는 이슬람 땅 한복판에서 내가 순진무구한 얼굴로 "당연하죠! 몇 번이나 해봤는걸?"이라고 대답했을 때는 찬물을 끼얹은 듯 반 전체가 단체로 충격받은 표정을 지었다.

"그······. '몇 번이나'까진 아니고······ 한두 번 정도······."

나는 머쓱하게 덧붙였다.

그중 오마르와 아흐메드는 가장 열의가 넘치는 학생이었고 마날은 늘 궁금한 것이 많았다. 의사가 꿈인 무스타파는 수줍지만 늘 용기내서 질문을 했고 아이샤는 너무 부끄러움이 많아서 말을 시켜도 한 마디도 할 줄 몰랐다. 그런 아이샤가 내게 먼저 굿모닝을 외치며 달려와 인사하거나 영어를 전혀 할 줄 모르던 나스린이 말도 안 되는 영어로 내게 장난을 치기 시작했다. 선생으로서 이보다 뿌듯한 일이 대체 어디 있단 말인가.

그런데 어찌된 일인지 여전히 학생들이 불어나고 있었다. 정원수의 두 배를 넘은 학생들은 의자 하나에 두 명씩 앉거나 바닥에 앉아 수업을 들었고, 심지어 강의실에 들어오지도 못해 문밖에 서 있기도 했다. 토론시간은 한 마디씩 하면 끝나버릴 정도였다. 내가 더 이상 수강신청을 받지 않을 것을 못 박은 후에도 매니저 칼리드가 여전히 수강신청을 받고 있었던 것이다.

칼리드와 나의 아슬아슬했던 눈치싸움은 프린터를 계기로 폭발해 버렸다.

"칼리드, 내가 프린터를 쓰는 게 불편해요?"

여느 때처럼 숙제와 시험을 프린트하기 위해 사무실 컴퓨터를 킨 나를 칼리드가 제지했다. 언제부터인가 그는 내가 프린터를 이용하려 하면 와서 프린터가 고장 났느니, 파일이 열리지 않느니 하는 이야기를 늘어놓기 시작했다. 물론 프린터는 멀쩡해 보였다.

"아니 그건 아니고⋯⋯."

"그럼 속시원히 얘기를 해봐요. 대체 뭐가 문젠데요?"

그는 한참 망설이더니 마지못해 털어놓았다.

"은수, 숙제랑 시험이 꼭 필요해요? 종이랑 잉크가 너무 많이 들어요. 숙제랑 시험을 없애고 강의만 했으면 좋겠어요."

"그러니까 대체 학생들을 왜 계속 받는 거예요? 이미 얘기가 끝난 사항이잖아요."

"글쎄 그건 야시르와 이야기 해봐요. 내가 결정할 문제는 아니니까."

나는 맥이 탁 풀렸다. 칼리드는 야시르에게 책임을 떠넘겼지만 사실 야시르는 학원에 얼굴을 비춘 지 오래였다. 다른 사업을 이유로 학원에 발길을 끊은 야시르는 두 딸을 학원에 데려다주고 데려갈 때에만 나타났고 그 틈을 놓치지 않고 이야기 좀 하자고 하면 그는 '지금은 너무 피곤하다' '밥을 먹으러 가야 한다'며 내일 이야기하자고 해놓곤 다음날 내가 그를 찾기 전에 재빨리 사라지곤 했다.

그러던 중, 야시르는 칼리드에게 연락해 나를 시장에 데려가서 깔끔한 바지를 하나 사주라고 했다. 야시르는 내가 강의하는 걸 찍어 학원 광고를 제작할 거라고 했다. 그제서야 알았다. 학원은 외국인 강사가 가르치는 학원이라는 타이틀을 달고 학생들을 끌어모으는 중이었고 나는 학원의 얼굴마담이 되어 큰돈을 벌어다 주고 있었던 것이다.

나 혼자 의욕이 넘쳤던 것 같았다. 나 혼자 수업다운 수업을 만들어보려고 발버둥치고 있었던 것이다. 이미 개강 4주차가 지나가고 있었다.

·

학원
탈출기

　　　　　　　내가 6주의 수업 끝에 받기로 한 한 층 페
이는 2,300파운드로 한화 40만 원도 되지 않는, 노동의 강도에 비
해서는 쥐 발톱의 때만도 못한 금액이었다. 어차피 꼭 돈 때문에
하는 일도 아니었거니와 이곳의 임금과 한국의 임금을 비교하면
안되겠거니 하고 그냥 수락했지만 나중에 알고 보니 이건 수단 물
가로도 형편없는 금액이었나 보다.

　그렇게 학생들이 떼로 몰려드는데 3명이나 되는 다른 선생들을
제쳐두고 어느 날 갑자기 나타난 내게 모든 수업을 맡겨버린 데는
내가 외국인이어서이기도 했지만 또 다른 이유가 있었다는 것을
머지않아 알게 되었다.

　외국인인데다 절친한 친구인 마흐무드의 추천으로 왔다는 이유

로 나는 다른 선생들보다 페이를 약간 더 받고 있었는데, 내가 오기 전 기존 선생들은 적은 월급 때문에 파업에 들어갔었다는 것이었다. 파업 때문에 입장이 곤란하던 차에 때마침 마흐무드에게 나를 부탁하는 연락이 왔고 야시르는 파업에 들어간 선생들 대신 나를 채용해 개강한 것이다. 남의 일을 빼앗은 것 같아 찜찜하고 미안한 마음이 들기 시작할 무렵, 사건이 하나 터졌다.

나와 이브라힘은 보통 항구에서 만나 점심을 먹었지만, 그날은 달랐다. 마침 생리가 시작되었고 하얀 천장이 노오래지고 있는 중이었다. 이런 무겁디 무거운 몸을 이끌고 항구라니. 집 찬장에 인도네시아 라면이 몇 개 있었던 나는 이브라힘을 집으로 불러 라면을 끓여먹기로 했다. 다 끓이고 이제 막 한술 뜨려는 찰나, 누군가 쾅쾅대며 문을 두드리기 시작했다.

"누구세요?"

"경찰입니다. 문 여세요."

놀라서 문을 연 내게 경찰은 우리를 연행해 가야겠다고 했다. 미혼 여성의 집에 남자가 들어왔다는 이유였다. 나는 옆에 서있는 경비를 흘겨보았다. 그가 신고한 게 틀림없었다. 짜증스러운 표정의 이브라힘이 먹던 밥이나 좀 먹고 가자며 경찰들과 실랑이를 했지만 우리는 결국 김이 모락모락 나는 라면을 그대로 식탁 위에 올려놓은 채 집을 나와야 했다.

아래층으로 내려가니 그동안 얼굴도 비추지 않던 야시르를 비롯 칼리드, 투자자 아부암나까지 소식을 듣고 쫓아와 있었다.

"은수, 경찰서에는 내가 전화 한 통 넣어둘 테니 갔다 와서 이야기합시다."

잔뜩 화가 난 표정의 야시르가 말했다.

"괜찮아요, 알아서 해결할게요. 신경 써줘서 고마워요."

나는 무신경하게 대꾸했다. 이제야 이야기할 시간이 나다니, 한마디 쏘아붙일까 하다 말았다.

야시르의 도움을 거절한 것은 알아서 해결할 수 있다는 자신감 때문이기도 했지만 그의 거만함을 더 이상 참을 수 없어서이기도 했다. 내 비자를 연장하던 날, 야시르는 비자업무가 원래 몇 주가 걸릴 지 모르는 업무이지만 본인이 전화 한통 해두었으니 당일로 발급받을 수 있을 거라고 했다.

"자, 이제 내 파워를 알겠지?"

그는 의자 뒤로 기대며 거들먹거리는 웃음을 지었다. 재미있는 건 야시르가 연장해준 비자가 한 달 만에 만료된 이후 혼자 다시 비자를 연장하러 비자 사무실에 갔을 때, 내 여권을 받아 든 직원이 수아드의 친언니였다는 사실이다. 나를 알아본 수아드의 언니는 호들갑을 떨면서 그 자리에서 바로 내 비자를 연장해 주었다.

내가 야시르의 제의를 거절하자 나를 특히 좋아했던 투자자 아부암나는 어쩔 줄 모르며 자기가 전화해 주겠다고 했다. 그리고 이브라힘은 다 필요 없다고 자기만 믿으라고 하는 중이었다. 연행되는 중인데 이 알 수 없는 든든함이란.

"병원에 가서 성관계 여부를 검사해야 할 거요!"

우리를 경찰서로 연행해 가던 경찰은 우리에게 으름장을 놓았다.

"아니 무슨 라면 먹을 시간도 안 줘놓고……."

나는 어처구니가 없어 구시렁댔다. 물론 한국말이었다.

경찰서에 도착하자 경찰들은 서장으로 추측되는 사람의 사무실로 우릴 안내했다. 예전에 경비들과 일을 해봐서 경비나 경찰을 대할 때 어떻게 해야 하는지 잘 안다고 큰소리를 뻥뻥 치던 이브라힘은 들어가자마자 공손하게 뒷짐을 지더니 발꿈치를 한 번 들었다가 놨다. 그건 경의를 표하는 경찰들끼리의 인사라고 했다.

아랍어를 할 줄 모르는 내가 구석에 엉거주춤 서 있는 동안 이브라힘은 서장과 이야기를 나누기 시작했다. 만약 이브라힘이 상황을 넘기는데 실패하면 나는 직접 나서서 해결할 참이었다. 불같은 성격의 이브라힘이 주로 선제공격으로 상대방의 카드를 뺏는 전술을 쓴다면 나는 그저 순진무구한 얼굴로 웃었다. 웃는 얼굴에 침 못 뱉는다고, 특히나 외국인에게 친절한 이곳에서 경험상 그런 전략이 실패한 적은 단 한 번도 없었다. 적어도 지금까지는.

한참 심각한 이야기가 오가고 있는데, 갑자기 서장이 폭소를 터뜨렸다.

'뭐야 이 상황은?'

어리둥절한 눈빛을 보내는 나를 이브라힘이 힐끔 쳐다보더니,

웃음기를 머금고 서장과 말을 이어나갔다. 알고 보니 상황은 대충 이러했다. 이브라힘이 서장에게 사건의 전말을 설명하는데 서장이 궁금증을 참지 못하고 끼어든 것이다.

"아니 그건 그렇고 대체 이 여자는 어디 사람이야?"

"한국인이에요."

"거 참 희한하네. 한국인이 여기엔 무슨 볼일로…… 그런데 밥을 먹으려고 아파트에 들어갔단 말이지?"

"예."

"이 여자가 수단 음식을 할 줄 알아?"

"요리 제가 하는데요."

머뭇거리던 이브라힘의 대답에 서장은 더 이상 웃음을 참지 못했다. 남자가 요리라니, 수단에서는 있을 수가 없는 일인 모양이었다. 서장은 우스워죽겠다는 듯 이브라힘에게 우리의 이야기를 이것저것 캐묻기 시작했고 사무실 구석에 사복으로 앉아있던 남자는 그런 서장을 제지했다.

"자네는 가만히 있어! 제복을 입고 체통도 없는가?"

남자는 에헴, 하고 점잖게 목을 가다듬었다. 그러더니 은근히 물어왔다.

"그래, 그래서 둘이 어디서 만났는데?"

그 남자는 수단 국정원 직원이라고 했다.

"카르툼에서요."

"그러니까 둘이 지금 알콩달콩하다 이 얘기지?"

서장과 국정원 직원 남자는 잔뜩 신이 나 껄껄대며 우리를 놀리기 시작했다.

"결혼할 때 초대해 주게! 와하하하!"

학원으로 돌아왔을 때 야시르, 아부암나 그리고 칼리드는 사무실에 앉아 우리를 기다리고 있었다.

"은수, 이브라힘을 학원 근처에서 아예 안 보이게 하던지 일을 그만두던지 하나만 선택해요."

몹시 화가 난 야시르의 말에 나는 일을 그만두겠다고 말했다.

"이번 주까지는 예정대로 수업 마무리하겠습니다."

야시르는 나를 노려보더니 그렇게 하라며 자리를 떴다. 약속대로 그 주의 수업은 모두 진행되었다. 마지막 수업이 끝나자 나는 아파트로 올라가 짐을 쌌다. 칼리드는 나를 따라 올라와 한참 짐을 싸느라 분주한 나를 달랬다.

"다시 잘 생각해봐요. 야시르도 홧김에 한 말이니까."

"칼리드, 그동안 고마웠어요. 잘 지내요."

나는 아래층으로 내려가 사무실에 앉아있는 야시르에게도 인사했다.

"진짜 가는 겁니까?"

"네."

야시르는 정말로 마음을 바꿀 생각이 없느냐고 거듭 물었다. 그렇다는 나의 확신에 찬 말에 그는 갑자기 표정을 싹 바꾸더니 이렇게 중간에 갈 수는 없다고 했다.

"그게 도대체 무슨 말이에요?"

"중간에 그만두는 건 엄연히 계약 파기잖소. 가려면 위약금 내놓고 가요."

"야시르, 당신 나한테 여태 일한 페이도 거의 안 준 건 알아요?"

야시르는 눈 하나 깜짝 않고 그렇다면 그런 줄 알라며 내 아파트 문을 잠가버렸다. 내 짐은 전부 아파트 안에 있는 상태였다. 황당해진 나는 이브라힘을 끌고 잡혀갔던 경찰서에 도로 찾아갔다. 그리고 서장을 만나 자초지종을 설명했다.

"으음, 그래. 그래선 안 되지."

그새 우리의 친구가 된 서장은 고개를 끄덕이더니 야시르에게 전화를 걸었다.

"이 친구도 페이 받을 생각 없다니까 자네도 위약금 받은 셈 치게."

야시르와 나는 훗날 내가 카르툼으로 돌아간 뒤 마흐무드를 통해 화해했다. 나는 너무 무책임했던 것 같다고 사과했고 야시르는 내가 아닌 이브라힘에게 앙금이 남은 모양이었다. 그는 다시 포트수단으로 돌아와 학생들을 가르치는 게 어떻겠냐고 물었다. 학생들은 내가 그만둔다고 했을 때에도 오히려 나를 응원해 주었다. 내가 짐을 빼서 이브라힘의 배로 이사를 한 뒤에도 학생들은 여전히 나를 보러 저녁마다 항구로 찾아왔다.

[은수, 안녕. 잘 지내요? 보고 싶어요. 학원에는 새로운 선생님이 왔는데 별로라서 저는 르마르 학원을 나왔어요. 곧 보고 싶어요. - 마날-]

[은수 선생님, 선생님이 학원을 나간 건 잘 된 일이에요. 하지만 우린 운이 없군요. - 오마르-]

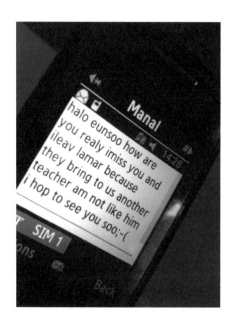

프리덤

　　　　　　　　　　이브라힘네 배 이름은 '프리덤'이었다.
나는 '노 스트레스'라는 이름의 작은 배가 정박해 오기 전까지는 항
구의 모든 배들 중 이브라힘네 배 이름이 제일 마음에 들었다.
　　프리덤은 2차 세계대전 직후 만들어진 아주 오래된 배였지만 리
모델링을 거쳐 꽤 쓸만한 외관을 갖추고 있었다. 2층짜리 프리덤의
아래층에는 총 8명이 잘 수 있는 침실과 화장실이 마련되어 있었
고 위층에는 작은 바와 소파, 테이블이 놓여있는 거실이 있었다. 이
곳에는 작은 벽걸이 에어컨도 걸려있었다. 밖으로 나가면 커다란
야외용 테이블이 있어 바다를 보며 밥을 먹기에도 안성맞춤이었
고, 부엌은 작지만 냉장고와 싱크대, 가스레인지, 각종 수납공간 등
있을 건 다 있는 안락한 공간이었다.

하지만 처음 이브라힘을 따라 배 안으로 들어왔을 때 프리덤의 모습은 폐허에 가까웠다. 테이블을 손가락으로 쓸자 잔뜩 낀 먼지가 그대로 묻어 나왔다. 한때 아름다운 세일링 요트였던 프리덤은 손님을 받아본 지 아주 오래였고 운행이 중단된 채 늘 항구에 정박해 있었다. 관리인으로 고용된 시니가 배 위에서 먹고 자고 생활하며 배를 돌보고 있었고 아침마다 선장 아지즈가 와서 배를 점검하고 가긴 했지만 이브라힘이 프리덤에 처음 도착했을 때 본 상태는 그저 엉망진창이었다고 했다.

시니가 그나마 매일 사용하는 부엌이나 거실 같은 공간을 제외하고는 켜켜이 먼지가 쌓여있었고, 매트리스와 같은 침구에는 정체를 알 수 없는 얼룩이 잔뜩 져서 차마 누울 생각이 들지 않을 정도로 쾌쾌한 냄새가 났다. 화장실에서는 오래 묵은 오물 냄새가 풍겼고 세면대와 샤워기는 고장이 나 양동이에 물을 길어와 써야 했다. 그뿐이 아니었다. 돛에는 까마귀가 둥지를 틀고 있었고 예전에 산호에 부딪혀서 났다는 작은 구멍은 아직 보수가 되지 않은 채 임시방편으로만 막혀있어 매일 배 안으로 들어오는 물을 펌핑해내지 않으면 안되었다. 이브라힘은 시니가 일을 제대로 하지 않았다고 투덜거리며 본격적인 프리덤의 보수 공사에 들어갔다.

아프리카에 온 이래 가장 힘든 생활이 시작되었다. 포트수단의 날씨가 그렇게 뜨거웠는지 에어컨이 갖춰진 아파트에서 지낼 때는 짐작도 하지 못 했다. 강렬하게 내리쬐는 태양빛에 순간적으로 눈

앞이 하얗게 핑 돌았고 낮 동안 뜨겁게 달아오른 나무 갑판을 맨발로 디뎠다가는 화상을 입기 십상이었다. 어마어마한 습도로 숨쉬기가 힘들 정도였는데, 비 오듯 흘러내리는 땀 때문에 푹 젖은 머리카락은 이마에 자꾸만 성가시게 달라붙었다.

"이브라힘, 대체 여기 몇 도야?"

간이 매트리스에 누워 숨을 헐떡이던 내가 물었다. 온몸이 끈적여서 견딜 수가 없었다.

"글쎄, 체감상 한 45도 되지 않을까 싶네."

"거짓말하지마!"

내가 그를 노려보면서 말했다.

"45도는 얼어 죽을, 체감상 여긴 빌어먹을 불지옥이야. 틀림없어."

망연자실한 내 표정을 보며 이브라힘은 풉 – 하고 웃었다.

"웃지마, 난 심각하니까."

만약 관광객을 받는 배였다면 연료를 채워서 전기도 쓰고 에어컨도 시원하게 틀어놓겠지만 배낭여행객인 나나 백수인 이브라힘은 연료를 사서 채워 쓸 엄두도 내지 못하고 있었다. 그나마 밤이 되면 날씨가 한결 선선해지는 덕분에 우리는 밤마다 먼지 구덩이 속에 파묻혀 있던 간이 매트리스의 먼지를 털어 옆구리에 끼고 갑판으로 나가 잠을 청했다. 주변 배들의 선원들도 전부 갑판에 나와 파도를 자장가 삼아 잠을 잤다. 이것은 하루 중 땀이 식는 유일한 시간이었다.

하지만 얼마 안 가 우리는 반강제적으로 잠에서 깨야 했다. 우리를 매일 같은 시간에 깨우는 것은 다름 아닌 태양이었다. 이른 아침 해가 뜨면 우리는 머지않아 땀에 푹 절어 잠에서 깼다. 최대한 그늘이 오래도록 지는 자리를 찾아 파고들어도 소용없었다. 우리의 수면시간 따위에 관심 없는 태양은 갑판 구석구석을 겨냥해서 내리쬤고 나무 갑판은 곧 뜨겁게 달구어졌다.

태양이 작열하는 낮 시간 동안 할 수 있는 것들은 그리 많지 않았다. 뜨겁게 달아오른 피부를 식히기 위해 잠에서 깨면 우리는 제일 먼저 바다로 뛰어들었다. 이것은 곧 아침 샤워이기도 했다. 그렇게 아침 샤워를 마치고 나면 바로 다시 땀을 뻘뻘 흘리며 거실로 매트리스를 들고 들어와 드러누워버렸다. 그리고는 뜨겁게 김이 차는 사우나같이 후덥지근한 공기 속에서 차마 잠에 들지도 못한 채 괴로워하며 지금처럼 이브라힘에게 시비를 거는 것이다.

"이브라힘, 그거 알아?"

"뭐?"

"맹세컨데 나는 절대로 뱃사람으로 살지 않을 거야."

나는 단호한 표정으로 그에게 장담했다. 프리덤에 들어온 지 며칠 지나지 않아 내 온몸은 소금에 절어버렸다. 매년 이맘때면 포트수단은 물 부족에 시달리는데, 그 탓에 물을 구하기가 더 어려워졌기 때문이었다. 맹물을 구입해서 써야 하는 우리에게 물은 늘 귀한 것이었다. 그래서 씻을 때에도 우리는 소금물로 씻은 뒤 마지막에 최소한의 맹물로 헹궈 해결하곤 했다. 하물며 먹고 씻는 물도 그러한데 설거지나 빨래, 청소는 어떻겠는가. 나는 이미 소금에 절여진 젓갈이라도 된 기분이었다.

더 참을 수 없는 것은 바닷물로나마 깨끗할 수도 없다는 것이었다. 바닷물에서는 비누가 녹지 않는다는 사실을 몰랐던 나는 한때나마 깨끗해지겠다는 기대감을 가지고 오물 냄새가 풍기는 화장실에 들어가곤 했지만, 이제는 전부 포기했다. 내 머리와 얼굴에는 늘 개기름이 줄줄 흐르고 있었고 내가 깔고 자는 매트리스에는 까마귀가 싸 놓은 똥이 범벅되어 스며든 채 말라붙어 있었다. 거칠게 갈라진 뒤꿈치 틈 사이사이에 낀 때는 까맣게 착색되어서 아무리 벅벅 씻어도 벗겨지지 않았다.

·

돛 위의
무법자

　　돛 위에 살림을 차린 까마귀와 이브라
힘은 철천지원수지간이었다. 그는 주변에 까마귀가 어슬렁거릴 때
마다 소리를 치거나 팔을 휘저어 쫓아냈다.

　"까마귀가 무슨 죄람. 왜 그렇게 못 잡아먹어서 안달이야?"

　"까마귀는 꾸란에 의해 죽일 수 있도록 허락된 몇 동물 중 하나
야. 아주 재수 없는 놈들이지."

　"참나, 쟤가 뭘 잘못했는데?"

　나는 몹시 기가 막혀했지만 이브라힘은 까마귀만 보면 이를 바
득바득 갈았다. 하지만 이브라힘은 알았을까, 그에 대항해 까마귀
가 전쟁을 선포할 줄을.

　까마귀는 이브라힘이 자신을 싫어하는 것을 알고 이브라힘만

보면 귀신같이 나타나 괴롭히기 시작했다. 이를테면 가만히 있는 그의 뒤통수를 걷어차고 날아가 버리거나 이른 아침 갑판에서 단잠에 든 그를 겨냥해 똥을 갈기는 것 같은 일들이었다. 심지어 이브라힘이 잠시 자리를 뜬 사이 그의 찻잔에 똥을 싸는 걸 보고 나는 감탄하기에 이르렀다. 까마귀가 그렇게 영특한 동물일 줄이야. 물론 나에게는 친절했으니 하는 말이지만 말이다.

격노한 이브라힘은 까마귀를 죽여버리겠다며 배 어딘가에서 낡은 소총 한 자루를 꺼내오더니 마른 수건으로 닦기 시작했다. 하지만 결국 그 총은 쏠 수 없었는데, 둥지에서 태어난 지 얼마 안 된 것으로 보이는 새끼 까마귀가 발견된 탓이었다.

결국 분을 삭이며 새끼 까마귀가 나는 법을 배우기만을 기다리던 이브라힘은 새끼가 날기 시작하자마자 돛에 기어올라가 까마귀 둥지를 뜯어내 가차 없이 바닷속에 처넣어버렸다.

나는 이브라힘의 우스운 꼴에 낄낄거리며 갑판에 물을 뿌렸다. 프리덤의 오래된 나무갑판은 더운 날씨에 말라서 갈라지지 않도록 매일 물을 적셔주어야 했는데 그것은 내가 유일하게 낮 동안 할 수 있는 일이자 내가 할 줄 아는 몇 안 되는 뱃노동 중 하나였다.

프리덤 위의 원초적인 생활에는 그래도 나름 쏠쏠한 재미도 있었는데, 그중 하나는 아침마다 하는 수영 겸 샤워이자 물고기 구경이었다. 프리덤 근처에는 온갖 열대어와 생선 떼가 헤엄치고 있었다. 물에 뛰어들 때면 나는 늘 먹고 남은 빵 쪼가리 등을 챙겨가지고 물고기들에게 밥을 주며 시간을 보내곤 했다. 처음에는 경계하며 근처에도 오지 않던 물고기들이 나중에는 코앞까지 와서 빵을 먹고 가기에 이르렀다. 나는 그들을 전부 니모라고 불렀다.

"이것 봐 이브라힘! 얘는 내 새로운 친구 니모야. 서로 인사 나누도록 해."

수영을 끝마치고 프리덤으로 올라온 나는 머리 위에 앉아있는 작은 게 한 마리를 발견하고는 이브라힘에게 소개해 주었다.

"반가워 니모. 그런데 네 친구 정신이 좀 이상한가 보구나."

이브라힘이 의심스러운 눈빛으로 쳐다보았다.

"더워서 그래, 더워서."

나는 그를 노려보며 니모를 바다로 돌려보냈다. 등 뒤로 그가 낄낄 웃고 있을 것이 안 봐도 비디오였다.

이브라힘은 이곳저곳 배를 손보고 나는 청소와 잡다한 뱃일을 하는 하루하루가 지나고 있었다. 사우디에서 자란 이브라힘은 제법 더위를 견디는 편이었지만 나는 진정으로 고통스러워했다. 매트리스에 널브러져 가쁜 숨을 쉬느라 땀범벅이 된 얼굴에 달라붙는 파리떼를 쫓을 힘도 없는 날이면 이브라힘은 지하로 내려가는 사다리를 타고 발전실로 내려갔다. 그는 조금 남아있던 연료로 발전기를 돌려 거실 벽에 붙어있는 작은 벽걸이 에어컨을 작동시켰다. 이는 며칠에 한 번 있을까 말까 한 희귀한 이벤트였는데, 에어컨을 돌리는 동안 자는 낮잠은 그야말로 꿀맛이었다.

쓰디 쓴 인생의 한 줄기 빛이랄까.

배 위에서
자급자족하기

　　　　　야시르에게 선불로 일부 당겨 받았던
아주 적은 양의 월급과 이브라힘이 비상금으로 가져온 금반지를
판 돈은 둘이서 먹고 살기에 턱없이 부족한 돈이었다. 연료를 사서
채워 넣는 것까지는 바라지도 않았다. 우리에게는 물과 식량이 부
족했다. 그러던 어느 날 우리는 기적처럼 우리를 구원할 물건을 발
견했다.

"내가 아까 청소하다 뭘 발견했는지 맞춰봐."

이브라힘은 잔뜩 으스대는 표정으로 말했다.

"뭔데?"

그가 흥미롭다고 생각하는 물건이란 보통 내게 하나도 흥미롭
지 않았기에 나는 무표정하게 대꾸했다. 예를 들어 그가 생각하는

세상에서 가장 아름다운 물건이란 바로 터빈엔진이었다.

"이것 봐! 찬장 구석에서 발견한 거야."

나는 이브라힘이 자랑스럽게 내미는 물건을 힐끔 쳐다보았다. 그건 다름 아닌 낚싯줄과 낚싯바늘이었다.

"오, 세상에. 이걸 어떻게 발견했어? 그런데 낚싯대는?"

나는 잔뜩 흥분해서 물었다. 그런데 이브라힘이 고개를 저었다.

"낚싯대는 없어. 아무리 뒤져봐도 이것뿐이야."

이브라힘은 우리가 점심으로 먹고 남은 접시에서 새우 한 마리를 집어 낚싯바늘에 끼워 넣었다. 그리고는 맨손으로 낚싯줄을 드리우기 시작했다.

"이런 낚싯법이 원래 있는 거니?"

"글쎄."

이브라힘이 낚싯줄을 드리우는 동안 나는 팔짱을 끼고 의심스러운 표정으로 그것을 구경했다. 낚싯줄을 드리운 지 얼마 지나지 않아 검은 줄무늬의 손바닥만 한 물고기 하나가 딸려 올라왔다. 첫 수확에 환호하며 얼싸안고 하이파이브를 하던 것도 잠시, 몇 시간 지나지 않아 줄줄이 낚아 올려진 물고기들로 바구니가 가득 찼다.

"나도, 나도! 나도 해볼래!"

"절대 낚싯줄을 손가락에 감지 마. 손가락 잘리기 싫으면."

머리털 나고 낚시라는 건 처음 해보는 나는 이브라힘이 가르쳐 주는 대로 조심스럽게 낚싯줄을 드리웠다. 그리고 얼마 지나지 않아 무언가가 낚싯줄을 잡아당기는 느낌과 함께 이브라힘이 잡은 것과 꼭 같은 크기의 물고기 한 마리를 낚아냈다. 나는 생애 첫 수확에 기쁜 비명을 질렀다.

"대결이다."

"좋아."

그렇게 경쟁하듯 낚시를 하던 몇 시간, 어느새 내 바구니에는 이브라힘의 바구니보다 더 많은 물고기가 쌓여 있었다.

낚시는 우리에게 최고의 여흥이자 경제활동이었다. 값비싼 새우 대신 이브라힘은 밀가루로 직접 떡밥을 제조하기 시작했고 그렇게 잡은 물고기는 그날의 식량이 되었다. 나는 천부적인 낚시꾼임이 틀림없었다. 그리고 그것은 곧 실력으로 입증되었다.

홀로 밤낚시를 하던 어느 날, 나는 왠지 심상치 않은 기운을 느꼈다. 고요한 파도소리를 들으며 낚싯줄을 드리우고 있는데, 갑자기 손바닥에서 불이 나는 듯 뜨거워지더니 이내 낚싯줄이 요동치기 시작했다. 작은 비명을 지르며 급히 낚싯줄을 감아올렸지만 어찌나 힘이 센지 어림도 없었다.

"이브라힘!"

다급한 목소리에 달려온 이브라힘이 나를 도와 낚싯줄을 당겼다. 그렇게 둘이 낑낑거리며 감아올린 낚싯줄 끝에는 여태껏 한번도 본적 없는 크기의 대어가 매달려 있었다.

"맙소사, 이거 지금 내가 잡은 거야?"

이브라힘이 물고기 주둥이에 걸린 낚싯바늘을 빼는 동안 나는 어안이 벙벙해서 물고기를 쳐다보았다.

"대어네, 축하해."

낚싯줄을 쥐고 있던 손을 펴보니 살갗이 찢어진 채 피가 흐르고 있었다.

"…… 인정해라."

"뭘?"

"내가 너보다 뛰어난 낚시꾼이라는 걸."

나는 한쪽 입꼬리를 올린 채 가소롭다는 듯이 이브라힘을 내려다보았다. 그는 아무 말도 하지 않았지만 속으로 부글부글했던 게 틀림없다. 그 후 밤마다 혼자 열심히 낚싯줄을 드리우고 있는 것을 종종 목격했기 때문이었다. 하지만 결국 우리의 가사분담은 그 이후 확실하게 나눠지고 말았다. 나는 낚시를 했고, 이브라힘과 시니는 요리를 했다. 가끔은 형형색색의 빨갛고 노랗고 검은 물고기들이 잡히기도 했다.

"이브라힘, 이건 영 맛없게 생겼는데. 색깔이 좀 그렇지 않아?"

이브라힘은 노란 줄무늬의 물고기를 힐끔 보더니 맛이 제법 괜찮을 거라며 생선구이로 만들었다. 괴상망측한 색감의 생선은 별다를 것 없는 생선 맛이 났다.

그러던 이브라힘은 기어이 내 니모까지 탐을 내기에 이르렀다. 내가 아침마다 밥을 주는 물고기 중 한 무리는 사람 어깨넓이 정

도로 꽤 큰 사이즈의 은색 물고기였는데(물론 낚시꾼들이 종종 그렇듯 나의 무의식적 허풍이 조금 가미되었을 수도 있다) 그들은 내 니모들 중 가장 우량한 사이즈를 자랑하던 아이들이었다. 유난히 경계가 심하던 그들은 최근에야 나와 친분이 돈독해지며 내 손에 들린 빵조각을 거리낌 없이 쪼아가기 시작했던 터였다. 화근은 선장 아지즈가 입맛을 다시며 지나가듯 던진 한 마디였다.

"쟤네 참 맛있는데……."

니모들과 수영하며 밥을 주는 나를 지켜보던 이브라힘은 잠시 생각에 잠기더니 내 주변에 낚싯줄을 드리우기 시작했다. 아지즈가 알려준 방법으로 추를 빼고 특수 제작한 떡밥을 끼운 후였다.

"이브라힘! 뭐 하는 짓이야!"

"가만히 좀 있어봐. 위험하니까 너무 가까이 오지는 말고."

그는 나와 물고기들의 친분을 이용해서 저녁거리를 해결하려 하고 있었다. 석연치 않은 표정으로 그가 드리운 낚싯바늘 근처에 내가 가지고 있던 빵을 찢어 뿌린 나는 얼마 지나지 않아 니모들이 미끼를 물고 낚아 올려지는 충격적인 광경을 물속에서 목격하고야 말았다.

그날 이브라힘은 니모의 살을 발라 생선튀김을 만들어 주었다. 아지즈의 말대로 육질이 찰지고 기름진 것이 과연 진기한 맛이었다. 친해진 지 얼마 안된 아이들이라 죄책감은 느끼지 않기로 했다.

뱃사람으로
살아가는 법

　　　알코올중독이나 다름없는 내게 포트수
단은 더없이 안성맞춤인 도시였는데, 그것은 외국 술을 구할 수 있
기 때문이었다. 어처구니없게도 프리덤을 청소하던 이브라힘이 배
구석에서 따지도 않은 럼주 한 병을 찾아낸 날, 우리는 생선을 잔
뜩 구워 파티를 열었다. 옛날에 누군가 숨겨놓고 잊어버린 것인지
무엇이었는지 알 길은 없지만 어쨌든 우리는 술을 내려주신 알라
께 기도를 올리고 감사히 마셨다.

　　　나는 싸구려 아라기에 조금 지쳐있던 터였다. 포트수단에서도 나
는 아라기를 종종 구해 마시곤 했는데, 항구 앞으로 나를 보러온 학
생들 중 하나가 아라기를 구할 수 있는 곳에 대한 정보를 흘려주었
던 것이다. 그곳은 바로 '하비비 세크란'이라고 불리는 공원이었다.

이 은밀한 이야기를 이브라힘에게 털어놓자 그는 웃음을 터트렸다.

"왜 웃는 거야?"

"이름이 귀여워서. 하비비 세크란이라니 '**내 남자친구가 취했어요**'라는 뜻이거든."

하비비 세크란에서 구할 수 있는 아라기는 불투명한 하얀 빛이 돌았다. 호랑이 털 신발 아저씨의 1등급 퓨어 아라기에 비할 바는 아니었다. 그걸 마신 다음날이면 머리가 깨질 듯한 두통에 시달려야 했기 때문이다.

하지만 그것은 더 이상 문제가 되지 않았다. 외국에서 정박해 오는 배에는 밀반입한 맥주, 와인 등 각종 양주가 풍부했기 때문이다. 술을 마시고 싶으면 새로 정박한 배의 선장에게 가 적당한 가격에 협상을 하면 되었다. 인심 좋은 선원 아저씨들은 우리를 초대해 같이 나눠 마시거나 그냥 나누어 주기도 했다.

선원들끼리 서로의 배에 초대해서 밥도 해 먹고 술도 먹는 건 흔한 사교활동이었다. 산 마르코의 선장아저씨는 와인파티를 열었고 노 스트레스의 선장 제롬 아저씨는 하이네켄과 에리트레아산 와인을 들고 프리덤에 놀러 왔다. 그날 이브라힘은 오랜만에 육지로 나가 장을 봐왔다. 그의 특기인 스파게티와 감자샐러드를 만들기 위해서였다.

제롬 아저씨는 프랑스계 브라질인으로 수단, 이집트, 터키를 거쳐 푸껫까지 세일링 중이었다. 그는 소말리아 해적을 피해 바다를 돌아가느라 태국까지 일 년은 걸릴 것 같다고 했다. 정박하는 나라 곳곳에서 투어리스트들을 모아 다이빙 투어를 운영하며 여행자금을 조달하는 아저씨는 실제로 소말리아 해적에게 한 번 납치되었다가 운 좋게 살아남은 적이 있다고 했다. 우리는 와인을 마시며 제롬 아저씨의 흥미진진한 모험 이야기를 들었다.

"홍해에는 상어가 많아. 상어를 보려고 오는 다이버들도 있지만 의도치 않게 불의의 사고를 당하기도 하지."

"상어가 있는데 다이빙을 해요?"

"그럼. 장비를 잘 갖추고 노련한 전문가와 같이 있으면 문제없어. 등골 서늘한 재미가 있지. 대부분의 사고는 스노클링을 하다가 일어나."

"스노클링 하다가요?"

"그래, 가끔 상어가 다니는 장소에서 다이빙을 하지 않고 스노클링만 하는 사람들이 있는데 스노클링을 할 때는 전신수트를 입지 않고 맨살에 수영복만 입으니 살냄새를 풍기거든. 게다가 스노클링은 수면 위에 떠서 하는 거잖아. 생각을 해봐. 상어 상식에 물에 떠있는 게 뭐겠어."

"글쎄요."

"시체지. 고기."

나는 우물거리던 감자샐러드를 꿀꺽 삼켰다. 상어 다이빙이라니, 세상에 그렇게 흥미진진한 것이 존재한다는 말인가.

다시
육지로

프리덤 위에서 생활한 지 얼마나 지났을까. 지금이 무슨 요일인지, 혹은 몇 월이었는지조차 기억이 가물가물해졌다. 나는 날짜 개념을 완전히 잃어버렸다.

내가 알고 있는 것은 물탱크에 물이 얼마나 남았는지, 혹은 배에 흘러들어온 물을 펌핑한 지 얼마나 지났는지 따위의 것들이었다. 도저히 적응할 수 없을 것 같던 뱃생활도 천천히 몸에 익어갔다. 나는 여전히 더위에 몸부림쳤지만 말이다.

"염병할 바다 같으니라고."

멍하니 누워서 중얼중얼 욕설을 해대는 나를 이브라힘이 힐끗 쳐다보더니 웃음을 참았다.

"좋은 소식 하나 알려줄까?"

"뭔데?"

"샤워기를 고쳤어."

나는 벌떡 일어났다. 땀을 뻘뻘 흘리며 욕을 하던 것도 잠시, 쫄쫄거리며 나오는 짠물에 샤워를 마치고 나오자마자 나는 헤실헤실 웃으며 방금했던 말은 취소라고 했다.

"아, 개운해. 샤워기로 샤워 했더니 살 것 같아."

샤워 부스에서 나오기 무섭게 다시 땀이 나고 있었지만 방금 프리덤에서 지낸 이래 가장 호사스러운 샤워를 마치고 나온 나는 개의치 않았다. 유난히 비위가 약해 화장실 근처에만 가도 오물 냄새에 헛구역질을 하던 나는 이미 화장실에서 기분 좋게 샤워하고 나와서 밥까지 먹을 수 있는 경지에 이르러 있었다. 까마귀가 잔뜩 똥을 갈겨놓은 매트리스 위에서는 얼굴을 부비고 잠을 자다가 장을 봐온 오이를 깎아 팩을 하는 여유까지 생겼다.

그동안 사건도 하나 있었는데 그것은 시니가 나를 추행하다 이브라힘과 아지즈에게 발각되어 잘린 일이었다. 시니는 이브라힘이 실내에서 자는 틈을 타 갑판에서 밤낚시를 하는 나를 힘으로 제압하려다 나의 임기응변에 넘어가 실패했다. 시니가 배를 떠난 이후 다시는 그의 소식을 듣지 못했다. 문득 일기장을 뒤적거리던 나는 배 위에서 2주 반이 흘렀으며 내 세 번째 비자가 만료되어 간다는 것을 깨달았다.

"뜨거워, 조심해."

밤이 되면 어김없이 갑판에 나와 별구경을 하는 내게 이브라힘이 차를 두 잔 타가지고 오더니 옆에 앉았다.

"…… 이브라힘."

"응?"

"나 비자가 곧 만료돼."

"……"

그는 무뚝뚝한 표정으로 하늘을 보고 있었다.

"슬슬 수단을 떠날 때가 된 것 같아."

"……"

"저건 아마 내가 수단에서 보는 마지막 보름달이겠지?"

그러자 그는 픽 – 웃었다.

"그건 모르지."

"하하, 그런가."

짠내나는 젖은 바닷바람을 맞으며 우리는 한참을 침묵 속에 있었다. 나는 머그잔에 담긴 뜨거운 차를 후후 불었다.

"나는 언젠가 꼭 이 나라의 대통령이 될 거야."

별만 올려다보고 있던 이브라힘이 정적을 깼다.

"되고 말해라."

"응원 좀 해주지 그래."

"네가 대통령이 되면 나 비행기 티켓 보내줘, 궁전에 놀러 가게. 안 그럼 술 한 병들고 찾아가서 네가 내 술친구였다고 행패 부릴

지도 몰라."

"내가 대통령이 되면 제일 먼저 한국으로 널 찾아갈게. 그땐 나랑 결혼해줘."

"대통령이 되어서 찾아오면 생각해 볼게."

이브라힘의 불만스러운 표정에 나는 폭소를 터뜨렸다. 늘상 티격태격하던 것처럼 그날도 다른 것이 없던 평범한 날이었다. 여전히 별이 많았고 나는 달지 않은 민트 차, 이브라힘은 설탕을 푹푹 퍼 넣은 홍차.

포트수단에서의 마지막 밤은 깨끗이 청소를 해 놓고 마지막 순간을 음미하다가 여유롭게 새벽에 출발하려고 했는데, 깜빡 잠이 든 우리는 음미는 고사하고 배 청소도 제대로 하지 못한 채 부랴부랴 짐을 싸야 했다. 포트수단에서 카르툼까지는 끝이 없는 사막을 달려 10시간 반 만에 도착했다. 도착하고서야 새삼스레 돌아본 내 꼴은 아주 말이 아니었다.

바닷물, 그 놈의 지겨운 바닷물! 나는 그동안의 힘든 생활을 보상이라도 하듯이 마음껏 이브라힘네 물을 축내기 시작했다. 수도꼭지에서 맹물이 나온다는 것이 이렇게나 굉장한 일이었다니. 나는 하루에 다섯 번도 더 샤워를 해댔고 털털거리는 소리가 나는 에어컨을 킨 방에서 시체처럼 잠을 잤다.

수단에서 산 지 벌써 4개월, 여권에 찍힌 수단 비자만 세 개. 나는 이제 어디로 떠나야 하는 걸까. 수단 주변의 국가들은 대부분 국경이 닫혀있거나 비자를 발급받을 수가 없는 등 선택지는 몇 없었다. 육로 이동이 가능한 이집트와 에티오피아 중 나는 맨 처음 수단을 가기로 결정했을 때처럼 별 고민 없이 에티오피아를 선택했다.

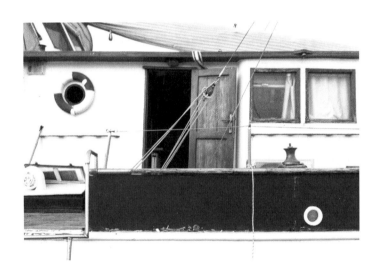

에티오피아

Ethiopia

●

다시
혼자가 되다

짐칸은 물론 복도와 자리까지 짐을 산
더미처럼 쌓아 올린 탓에 버스 안에는 다리를 펼 공간조차 없었다.
그렇게 몸을 잔뜩 웅크린 채로 10시간가량 달려 도시에서 사막으로,
사막에서 돌산으로, 이따금 나타나는 작은 부족 마을들을 지나 수단
에서는 한 번도 보지 못한 푸른색 풀과 나무로 풍경이 바뀌기 시작
할 무렵 수단과 에티오피아 사이의 국경도시 갈라밧에 도착했다. 황
갈색 황무지도 모래먼지에 갇힌 도시 풍경도 찾아볼 수 없는 에티
오피아는 푸른 산지의 나라였다.

내 첫 번째 목적지는 곤다르였다. 곤다르를 첫 도시로 낙점한
데는 늘 그렇듯 특별한 이유는 없었다. 에티오피아 지도를 펴보니
지도에 표기된 주요 도시들 중 곤다르가 수단 국경에서 가장 가까

웠기 때문이었다. 곤다르는 국경도시 갈라밧에서 약 200km 떨어져 있었다.

해가 뉘엿뉘엿 질 무렵 갈라밧 국경에 도착한 버스는 승객들을 단체 숙소 앞에 내려 주었다. 시간이 늦어 이미 국경이 닫힌 탓에 승객들은 전부 하루 10파운드(한화 1,500원)짜리 단체 숙소에서 밤을 지내고 다음날 아침 각자 국경을 넘어갈 예정이었다. 단체 숙소는 제대로 된 건물이 아닌 얼기설기 짚으로 엮어 벽을 세우고 대충 천막을 덮어 비바람을 피할 수 있게 만든 임시 건물이었다. 사막에 사는 동안 벌레라고는 도마뱀 말고 마주할 일이 없었던 나는 왠지 심상치 않은 기운을 느끼기 시작했다.

"다시 시작이군."

주변 에티오피아 여자들처럼 나는 아무 자리나 골라잡고 훌러덩 드러누웠다. 모든 것이 원점으로 돌아왔다. 그간은 운이 좋았는지 모르겠지만 이제는 다시 오롯이 혼자였다. 그리고 여전히 나는 아무것도 할 줄 모르는 여자애였다.

아침에 출발할 때 먹은 비스킷 몇 조각 말고는 아무것도 먹지 못한 나는 침대에 눕자마자 허기가 몰려왔다. 뭔가 먹을 것이 있나 찾아볼까 하다가 그보다도 당장 화장실에 가고 싶다는 것을 깨달았다.

양철판을 대어 얼기설기 지어놓은 화장실까지 내키지 않는 발걸음을 천천히 옮기며 나는 마음의 준비를 단단히 하고 있었다.

[안전한 거지?]
패기 넘치게 수단을 떠나면서
끝끝내 이브라힘 앞에서도 울지 않았는데
그의 문자 한 통에 외로움이 밀물처럼 몰려왔다.

여간해선 무엇도 아프리카 생활 4달 차인 나를 놀라게 하지 못하리라.

"악!"

용감하게 문을 열어젖힌 나는 정면으로 조우한 거대한 벌레 시체에 비명도 지르지 못하고 주저앉을 뻔했다. 이내 놀라서 쿵쾅거리는 가슴을 진정시키며 발꿈치를 들고 들어가 간신히 쪼그려 앉았다. 그러나 시체임에도 불구하고 벌레는 그 존재만으로도 너무 압도적이어서 나는 일을 보는 내내 숨을 죽여야 할 정도였다. 그때 통통하게 살이 오른 바퀴벌레 한 마리가 옆을 빠르게 지나갔다. 결국 나는 화장실 문을 박차고 뛰쳐나오고 말았다.

[안전한 거지?]

어스름하게 해가 지고 낯선 에티오피아 여자들 열댓 명 사이에 누워 나는 잠자리와 풍뎅이를 닮은 온갖 가늘고 통통한 벌레들이 전구 주변을 파닥파닥 날아다니는 것을 지켜보고 있었다. **패기 넘치게 수단을 떠나면서 끝끝내 이브라힘 앞에서도 울지 않았는데 그의 문자 한 통에 외로움이 밀물처럼 몰려왔다.** 나는 한참이나 내가 타국으로 떠나왔다는 사실을 잊고 있었다. 그래도 될 정도로 그동안은 안전했지만, 이제는 아니었다. 만약 내가 안전하지 않더라도 이브라힘이 나를 도울 수 있는 방법은 없었다. 내가 지금 안전하지만 그것을 이브라힘에게 알려줄 방법이 없듯이.

벌레들이 붕붕거리며 귓가를 스쳤다. 고지대인데다 우기에 접어든 에티오피아 날씨는 몹시 습하고 추웠다. 배낭 가장 구석에 처박혀 있던 겉옷을 처음으로 꺼내 지퍼를 끝까지 채워 올린 나는 침낭 속 깊숙이 파고들었다.

에티오피아는 미덥지 않은 것 투성이였다. 에티오피아로 떠난다고 했을 때 여행사 지점장인 마흐무드와 에티오피아로 종종 출장을 다녀오는 카말은 내게 거듭 당부했다.

"은수, 에티오피아인은 수단인 같지 않아. 절대 아무도 믿지 말고 몸조심해야 해. 내 말 명심해."

"휴대폰이나 지갑 같은 건 절대로 테이블 위에 올려놓지 마. 가방은 무슨 일이 있어도 몸에서 떨어트리지 말고."

과연 에티오피아로 출발하자마자 의심스러운 사건들이 연이어 일어났던 터였다. 에티오피아인으로 가득 찬 버스에 경찰이 신분증 검사를 하러 들어왔을 때 수많은 사람들이 경찰에게 내민 것은 신분증이 아닌 지폐였다. 눈을 비비고 다시 보았지만 방금 내 눈앞을 지나간 것은 20파운드가 분명했다.

꼬박 하룻밤을 단체 숙소에서 머문 나는 해가 밝자마자 국경 사무소로 가 입국 도장을 받았다. 사전 정보에 의하면 곤다르로 가기 위해서는 미니버스를 타야 하는데 가는 길에 호객꾼들이 우르르 달라붙을 것이었다. 과연 국경을 넘자마자 정체를 알 수 없는 사람들이 나를 에워싸고 목청을 높이기 시작했다. 나는 미리 계획한 대로 외치며 길을 헤쳐나갔다.

"돈 없어요! 돈 없어요!"

최선을 다해 외치는 말에도 불구하고 그들은 막무가내 따라 붙으며 자신이 어느 대학을 나온 누구인지부터 에티오피아 역사까지 줄줄 읊어댔다. 못 들은 척 걷는 것을 보고 하나둘씩 떨어져 나갔지만, 어떤 아저씨 한 명만은 곤다르행 미니버스 정류장에 도착할 때까지 졸졸 따라왔다.

정류장에서도 나는 어떻게 해야 할지 알고 있었다. 이른 아침 국경이 열리길 기다리는 동안 옆에서 함께 이야기를 나누며 친해진 수단인 경찰 아저씨가 내게 귀띔해준 것이 있었다.

"메테마(에티오피아 측 국경도시)에서 곤다르까지는 70비르요. 분명 바가지를 씌울 테니 절대 속지 마요."

아무리 내가 어리버리하다지만 벌써 아프리카 생활이 4개월이었다. 한두 번 바가지를 당해본 것도 아니니 잘 깎을 자신이 있었던 나는 미니버스 아저씨가 300비르를 부르자 순간 잘못 찾아온 거라 생각했다.

"죄송해요. 잘못 찾아왔나 봐요."

공손히 고개 숙여 인사하고 자리를 뜨려는 찰나, 미니버스 아저씨가 나를 다급하게 붙잡았다.

"싸게 해줄게, 가지 마요. 얼마 원하는데요?"

"아, 전 70비르짜리 버스를 찾고 있어요. 혹시 그 버스를 타려면 어디로 가야 하는지 아시나요?"

해맑게 묻는 내게 미니버스 아저씨가 은근하게 말했다.

"70비르로는 곤다르까지 못 가요. 내가 100비르에 해줄 테니까 이 버스를 타쇼."

300비르짜리 버스 운임료는 순식간에 3분의 1로 곤두박질 쳤다. 나는 그제서야 눈치챘다.

"100비르고 자시고 70비르 아니면 안 타요."

"그럼 80비르 어때. 배낭이 크니까 짐 값도 좀 내야 할 거 아니오?"

"아니 글쎄, 70비르 아니면 안 탄다니까요."

미니버스 아저씨는 그제서야 마지못한 표정으로 타라고 손짓했다. 내가 버스에 폴짝 올라타자 근처에 멀뚱하게 서 있던 호객꾼 아저씨가 기다렸다는 듯이 외쳤다.

"아니 돈 줘야지!"

"무슨 돈이요?"

"여기까지 안내해준 비용 말이요!"

"아저씨가 따라온 거잖아요. 그리고 아까부터 말했지만 나 돈 없어요."

황당하다는 듯 대꾸하는 내게 그는 억울한 표정으로 항의했다.

"그냥 있는 거라도 줘요. 그냥 가는 게 어딨소. 최근에는 실직까지 했단 말이오!"

아저씨는 매몰차게 앉아버리는 나를 창밖에서 노려보다가 체념한 듯 주저앉았다. 승객이 다 차야만 출발하는 미니버스에는 아직 빈자리가 듬성듬성했다. 너무 쌀쌀맞았나 싶어 살짝 무안해진 나는 슬쩍 버스에서 내려 그의 옆자리에 걸터앉았다.

"미안한데 진짜 돈이 없어요. 곤다르에 가서 환전을 해야 하거든요. 그러길래 돈 없다니까 왜 자꾸 따라와요."

"집에 배고픈 딸들이 기다리고 있어요."

"저런…… 젊어 보이는데 딸이 있었군요."

나는 왠지 미안해지고 말았다.

"그럼요. 셋이나 있소."

"세상에, 셋이요? 딸이 정말 많네요."

"에티오피아에서 이 정도는 보통이지. 나는 열 명까지 낳을 생각이오."

"열이요?!"

나는 놀라서 되물었다.

"아가씨는 아직 결혼을 안 한 모양이지?"

"에이, 저는 이제 겨우 20대 초반인 걸요. 결혼은 아직 생각해 본 적도 없어요."

나는 갈라밧의 단체 숙소에서 아이를 안고 있던 어린 엄마를 떠올렸다. 만 열여덟이라던 앳된 얼굴의 그녀는 혼자 우두커니 앉아 있던 나를 '시스터'라 부르며 밥까지 나누어 주었다.

"그 정도면 결혼을 하고도 남을 나이지. 에티오피아인이었으면 아마 애도 몇 있었을 거요."

아저씨는 껄껄 웃으며 주머니 속에서 꼬깃꼬깃 접힌 사진 한 장을 꺼냈다. 그의 가족 사진이었다.

"미안해요, 나도 돈 없는 배낭여행자라……."

"괜찮아요. 뭐 다 그런 거지. 그나저나 버스가 곧 출발할 것 같군."

"이만 가봐야겠어요. 다음 번엔 굿럭이에요!"

미니버스 뒤로 아저씨가 손을 흔들어 주었다. 나는 사람들로 미어터진 좁은 미니버스 틈에서 그에게 씩 웃어 보였다.

마련된 자리 수보다 훨씬 더 많은 승객을 실은 미니버스는 고지대의 온통 푸른 산속으로 3시간을 달렸다. 놀랍게도 에어컨 하나 없는 미니버스에 옹기종기 끼어서 가는데도 땀 한 방울 나지 않았다. 도로에는 시도 때도 없이 소 떼와 염소 떼가 들어와 길을 가로막았다. 산속 우거진 나무 사이사이 흙집들이 보였고 밭을 가는 노인과 찢어진 옷을 입고 뛰노는 아이들도 언뜻 보였다.

"저 산속의 노인은 대체 뭘 하고 살아가는 걸까……."

한편, 수단에서는 내가 떠난 다음 다음 달 큰 데모가 일어나 도시 곳곳이 불에 타고 200명이 넘는 사람들이 죽었다. 이브라힘을 비롯한 내 친구들은 모두 무사했다.

●

곤다르,
대가 없는 친절은
없는 곳

      곤다르에서 지내는 며칠 내내 나는 바가지에 시달렸다. 보통 원래 가격에 약간 더 얹어 부르는 일반적인 바가지와는 달리 이곳에서는 원가를 전혀 고려하지 않은 금액들이 불려졌다. 5비르짜리도, 50비르짜리도 내가 가격을 물으면 전부 100비르로 둔갑하는 것이었다. 그동안 이곳 사람들과 맥주 한 잔 할 기회도 몇 번 있었는데, 당연스럽게 나에게 계산서를 내미는 곤다르 사람들에게 기분이 좀 상해있던 터였다. 수단에서는 서로 사겠다고 실랑이를 했었기 때문이다.

    그뿐만이 아니었다. 에티오피아 남자들은 어찌나 추파를 던져대는지, 거절 못하는 성격이던 나는 에티오피아에 온 지 얼마 되지 않아 금방 인내심을 잃고 말았다.

아직 에티오피아에 익숙지 않은 내가 시내를 지나다가 여행사 간판을 발견하고 기웃거리며 고민에 빠져 있을 때 누군가 말을 걸었다.

"여행사 찾아요?"

"네, 시미엔 산에 가볼까 해서요."

"내가 여행 가이드인데 도와줄까요?"

피터라고 자신을 소개한 남자는 여기서 이렇게 아니라 어디 들어가서 맥주라도 한 잔하며 이야기하자고 했다. 곤다르에 대해 궁금한 게 많았던 나는 그를 따라 허름한 움막으로 들어갔다. 그리고 생맥주 한 잔씩을 시켰다.

최근 환율과 시미엔 산 트레킹 시세, 이곳의 먹거리 등 여러 유용한 정보를 알려준 피터는 팁을 요구하지도 않았다. 바가지에 지쳐있던 나는 피터가 금세 좋아졌고 밤에는 그를 따라 그의 친구의 집으로 가 술도 한 잔 더 했다.

"여자 혼자는 위험해. 데려다 줄게."

밤 10시가 되어서야 이만 가봐야겠다고 일어난 나를 피터가 따라 나섰다. 나를 숙소까지 데려다 준 피터는 마당에 앉아 맥주나 한 잔 더 하자고 했다. 흔쾌히 맥주를 살 의향으로 맥주 두 병을 주문하고 나니 피터가 아차 하는 표정을 지었다.

"아, 나 생각해 보니까 집에 갈 수가 없네."

"응? 그게 무슨 소리야?"

"시간이 너무 늦어서 이미 문이 잠겼을 거야."

피터는 밤 10시가 넘어서 부모님이 문을 잠그고 주무실 거라 했다.

"정말? 빨리 가봐야겠다. 맥주는 취소하지 뭐."

"이미 문이 잠겼을 텐데 어쩌지?"

"어쩌긴, 두들겨봐."

"부모님 깨우기 미안하잖아."

순진한 나는 피터와 함께 발을 동동 굴렀다. 내 친구 피터가 노숙을 해야 할지도 모른다니!

"안 되겠다, 오늘 밤 나 여기서 좀 재워줘."

"그게 무슨 소리야?"

"네 방에서 재워달라고."

"그건 좀 곤란한데. 지금이라도 빨리 가보는 게 낫지 않을까?"

곤란한 내 표정에도 불구하고 피터는 고집을 부리기 시작했다.

"알았어, 그럼 일단 가볼 테니까 문 잠겨있으면 재워주는 거다?"

"안 된다니까. 빨리 가봐."

"알겠어, 가보고 안 되면 돌아올게! 오는 김에 술도 좀 사오고!"

뛰어나가는 피터를 보며 나는 무언가 잘못 돌아가고 있음을 깨달았다.

'설마 진짜 오려고…… 안 오겠지. 안 올 거야.'

불행히도 나의 바람은 그가 뛰어 나간 지 10분도 채 되지 않아 방문을 똑똑 두드리는 소리에 와장창 깨져버렸다.

"저 침대에서 자도록 해."

나는 방에 놓인 침대 두 개 중 작은 침대를 가리켰다. 찜찜한 기분에 불도 끄지 않은 채로 침대에 누워 이런저런 생각을 하던 중이었다.

'집에 못 간다는 건 보나마나 거짓말일 테고 쟤는 대체 무슨 목적으로 여기서 재워달라고 하는 걸까?'

도무지 잠이 오지 않아 멍하니 천장만 보고 누워 있는데, 순간 방안 어디선가 커다랗게 붕붕대는 소리가 정적을 깼다. 소리가 들려오는 곳으로 시선을 옮기니 무시무시하게 커다란 벌레 한 마리가 바닥에서 날개를 부르르 떨며 온 방바닥을 휘젓고 다니고 있었다.

"까악!"

나의 외마디 비명에 잠든 줄 알았던 피터가 침대에서 용수철처럼 튕겨져 나오더니 바닥에 있던 슬리퍼로 벌레를 두들겨 패기 시작했다. 피터는 실오라기 하나 걸치지 않은 알몸이었다. 그리고 나는 그의 다리 사이에서 덜렁대는 그것을 정면으로 보고야 말았다.

"…… 나가."

벌레가 방바닥에 축 늘어지고서야 피터는 나의 눈치를 살폈다.

"아, 그게……."

"됐고. 지금 나가줘."

알몸의 피터는 벌레 시체처럼 축 늘어져 옷을 주섬주섬 챙겨 입더니 조용히 그대로 나갔다.

코딱지만한 곤다르 시내에서 나는 그를 종종 마주쳤다. 나는 그때마다 그에게 의미심장한 미소를 지어주지 않을 수 없었다. 이후로도 곤다르에서 나에게 사기를 치거나 추파를 던지는 사람들을 수없이 만났는데 지금 생각해 보면 이상할 정도로 속고 또 속았다. 사실 속았다는 생각 자체가 별로 없었던 것 같기도 하다. 그저 아무 생각 없이 살던 내가 그때는 알았겠는가.

그 하고많은 사기꾼들 중에서 앞으로 내 에티오피아에서의 행보를 완전히 바꾸어놓을 애증의 사기꾼들 나니와 랄리벨로를 만나게 될 줄을.

사기꾼을
만나다

　　　　　　곤다르의 유적지 파실게비 성에서 산
책하고 오는 길에 낯익은 얼굴을 마주쳤다.

"은수!"

"리차드! 여기서 다 마주치네."

리차드는 내가 곤다르에 도착한 날 나에게 처음으로 사기를 친 장
본인이었다. 메테마에서 곤다르로 오는 미니버스 안에서 옆자리 여자
에게 숙소 가는 길을 물어봤는데 그녀는 자신은 잘 모르지만 안내해줄
친구를 알고 있다며 리차드를 덜컥 불러버렸던 것이다. 리차드는 곤다
르 대학에서 관광을 전공한 여행 가이드라고 자신을 소개했다. 그저
길을 물어보고 싶었을 뿐인데 틀림없이 팁을 요구할 거라는 생각이 들
자 기분이 언짢아지던 중 내 표정을 읽었는지 리차드가 말했다.

"걱정 마, 팁 달라고 안 할게. 그냥 호의야."

그는 툭툭(릭샤)을 잡아 세우더니 나를 숙소까지 직접 안내해주었다. 여기까진 좋았다. 툭툭 기사에게 돈을 내려는데 그가 100비르를 달라고 하는 것이었다. 미니버스의 여자는 아무리 비싸야 10~15비르면 될 거라고 했었다. 출발하기 전 가격 흥정을 확실히 했어야 했는데 흥정하는 내게 기사가 노 프라블럼을 외치며 무작정 출발했던 것이다.

"세상에, 100비르요? 말도 안 돼."

황당해하는 내게 기사는 그럼 50비르라도 내라고 했다.

"10비르인 거 다 알고 있어요. 너무 심한 거 아니에요?"

"이렇게 비가 쏟아지잖소! 그 정도는 줘요."

아무리 그래도 그렇지 비가 온다고 요금이 5배로 불어버리는 건 대체 무슨 경우란 말인가. 내가 거세게 항의하자 잠자코 있던 리차드가 조심스레 한 마디 거들었다.

"50비르면 적당한 금액인 것 같은데……."

옆에서 그래 버리니 나는 할 말이 없어졌다. 장대비는 주룩주룩 쏟아지고 나는 비를 쫄딱 맞은 상태였다. 무엇보다 수단을 떠나온 이후로 한 번도 휴식다운 휴식을 취해본 적이 없어 지칠 대로 지쳐 있던 나는 대충 주머니를 뒤져 나온 40비르를 기사에게 쥐어 주고 보냈다. 나중에 알고 보니 리차드와 툭툭 기사는 당연하게도 한통속이었다.

"오랜만이네. 아직 곤다르에 있었구나."

리차드는 뻔뻔하도록 반갑게 인사를 건넸다. 그는 처음 봤던 날과 똑같은 빨간색 셔츠 차림이었다.

"응, 시미엔 산만 둘러보고 바히르다르에 가볼까 생각 중이야."

리차드와 악수를 나누자 그의 빛바랜 빨간 셔츠에서 콤콤한 냄새가 풍겨왔다. 순간 머릿속에 그가 여행 가이드라고 했던 것이 번쩍 스치고 지나갔다. 시미엔 산에 가기 위해 여기저기 발품을 팔고 있던 중이었는데, 아무리 돌아다녀 봐도 50불 이하로 가격이 떨어지지 않던 차였다.

"맞다 리차드, 너 여행 가이드라고 하지 않았어? 혹시 시미엔 산 투어도 해?"

"당연하지. 시미엔 산에 가려고?"

"응, 당일치기로. 40불까지 알아봤는데 너무 비싸서 30불에 가고 싶어."

사기꾼 천국인 곤다르에서 지낸 것이 며칠, 나에게도 제법 소질이 엿보였다.

"30불? 그래, 내가 30불에 해줄게."

그 가격에는 안 된다고 할 줄 알았던 리차드가 흔쾌히 제안을 받아들였다.

"그래? 내일 당장 갈 수 있나? 교통이랑 식사 옵션도 포함이야?"

"응, 우리 운전기사가 있어. 내일 가기로 예정 중인 투어그룹에 끼워줄게. 다 같이 아침 먹고 출발해서 산 위에서 도시락을 먹을 거야. 우리 기사를 불러서 얘기해 보자."

나는 천재임이 틀림없었다. 무려 30불에 시미엔 산 투어를 협상해 내다니! 리차드가 어디엔가 전화를 거니 얼마 안 있어 쌍꺼풀진 부리부리한 눈에 다부진 체격을 가진 남자애가 도착했다. 그 남자애는 자신을 조지라고 소개했다.

"안녕."

"안녕, 나는 은수라고 해. 내일 시미엔 산 투어 잘 부탁해."

길가에 멈춰선 채로 인사를 하는 동안 나는 싱글벙글한 표정을 감출 수가 없었다. 에티오피아에 온 이래 매일 사기만 당했지 이렇다 할 흥미거리가 없던 차에 그 유명한 시미엔 산이 대체 어떻게 생겨먹은 산인지 드디어 확인해볼 수 있게 된 것이다.

"대체 에티오피아 사람들은 뭘 하고 노는 거야? 지루해 죽을 뻔했다고!"

나의 하소연에 조지가 눈을 초롱초롱 빛내며 말했다.

"진짜 에티오피아를 볼래?"

조지와 리차드를 따라간 곳은 어두컴컴하고 허름한 술집이었다. 흙으로 빚은 벽 곳곳에는 에티오피아 전통 악기가 걸려있었고 악사들이 각종 타악기와 현악기를 연주하고 있었다. 한쪽 구석에 놓인 작은 텔레비전에서는 이집트에서 무르시 대통령 취임 1주년 반정부 시위가 사상 최대 규모로 일어나 600명이 넘는 사람들이 부상당했다는 뉴스가 흘러나오고 있었다.

'이집트에 안 가길 잘했군.'

나는 턱을 괴고 술을 기다렸다. 곧이어 하얀 바탕에 초록, 노랑, 빨강으로 문양이 수 놓인 에티오피아 전통 옷을 입은 후덕한 여인이 꿀로 빚은 에티오피아 전통 술 떼즈를 내왔다.

"와하하하! 조지, 리차드, 마셔!"

술 앞에서 기분이 좋아진 우리는 어깨동무를 하고 찰랑찰랑하게 넘치도록 술잔을 부딪혔다.

꿀물처럼 달콤한 떼즈에 금방 취기가 오른 나는 좁은 술집을 누비며 악사들의 악기를 넘겨받아 연주하기 시작했다. 현악기는 별 도리가 없었지만 드럼을 넘겨받았을 때는 내가 생각할 수 있는 가장 신명 난 연주를 했다. 리차드가 신이 나 술을 목구멍으로 들이붓는 동안 흥에 겨운 조지는 자리에서 일어나 리듬에 맞춰 어깨를 미꾸라지처럼 앞뒤로 흔들기 시작했다.

"세상에, 대체 그 춤은 뭐야?"

눈을 크게 뜨고 감탄하는 내게 조지는 에티오피아 전통 춤을 가르쳐주었다. 증조할아버지가 음악가이고 나이트클럽에서 악사로 활약했던 조지는 가무에 일가견이 있었다.

우리는 내일 새벽 시미엔 산에 가야 한다는 것도 잊은 채 밤이 깊도록 부어라 마셔라 하고 있었다. 그때까지만 해도 나는 조지와 리차드가 그들의 진짜 이름일 거라 믿어 의심치 않았던 것이다.

•

떠돌이들

　　　　"아아, 배고파……."

　시미엔 산 중턱에 멈춰 서서 나는 리차드에게 불만을 쏟아냈다.

　"배고프다고!"

　"마을에 내려가면 점심을 먹자. 자, 어서 이 경치 좀 봐! 아름답
지 않아?"

　리차드는 잔뜩 예민해져 성이 난 나를 달래느라 진땀을 뺐다.

　"아름다워. 아름다운 건 아름다운 거고, 그보다 배가 고파!"

　"그럼 이만 산을 내려갈까?"

　리차드가 슬그머니 내 눈치를 보며 말했다. 나는 씩씩대며 그를
노려봤다. 해는 이미 중천을 지난 지 오래였고 이른 아침부터 산
을 오르느라 나는 뱃속에 가진 모든 것을 에너지로 바닥낸 뒤였다.

안 그래도 아침이랍시고 먹은 것도 물 한 잔에 얇게 부친 계란 한 장이 전부였다. 하지만 아무리 짜증을 낸들 맨몸으로 온 리차드에게 약속한 점심 도시락이라는 것이 있을 리 만무했다. 나는 이 사기꾼들에게 또 당하고 말았던 것이다.

"잘 잤어? 나는 밤새 네 생각하느라 한숨도 못 잤는데."

조지는 해맑게 찡긋거리며 아침인사를 했다. 숙취로 니글니글한 배를 부여잡고 약속한 시간에 맞춰 새벽같이 일어나 준비를 한 나는 30분이나 늦은 조지와 리차드를 위아래로 훑어보았다. 가방하나 없이 맨몸으로 나타난 그들에겐 나를 산에 데려다줄 차도 오늘 함께 등산할 일행도 없어 보였다. 리차드는 예의 그 쿰쿰한 냄새나는 빨간 셔츠를 입은 채였다.

제공되기로 했던 아침이 허름한 구멍가게에서의 얇은 계란 한 장이었던 것도 대중교통을 타고 산에 가기로 한 것까지도 좋았다. 아주 많이 양보해서, 시미엔 산의 산자락 어딘가에 내려 아무 인가의 문을 두드려 산을 안내해줄 가이드와 스카우트를 섭외한 것까지도 말이다.

"아까부터 영 속이 좋지 않아. 나는 여기서 좀 한숨 자고 있을 테니 리차드와 다녀와."

버스 안에서 내내 메스꺼운 표정을 짓고 있던 조지는 급기야 산자락의 한 인가로 들어가더니 바닥에 드러누웠다.

"저……. 그럼 갈까?"

어처구니없다는 듯 노려보는 나를 리차드가 멋쩍게 쳐다보았다. 리차드 뒤에는 펄럭거리는 긴 치마에 슬리퍼를 신은 가이드가 영문도 모른 채 미소 짓고 있었다. 그런데 그렇게 첩첩산중 한복판에서 치맛자락을 날개처럼 펄럭이며 날아다니는 듯한 여자를 쫓아다니느라 죽을 둥 살 둥 한 끝에 가까스로 산자락 마을로 돌아와 목격한 광경은 더 가관이었다.

"은수! 이제 오는 거야? 어서 이리 와서 이거 한 잔 하라고!"

조지는 어느새 일어나 또 흥청망청 술을 퍼 마시다 나를 발견하고는 반가워하며 커다란 컵 가득 술을 따라주었다. 그것은 코라피라고 불리는 보리로 만든 술이었다.

"설탕을 넣어야지!"

나의 똥 씹은 듯한 표정이 아마 코라피의 밍밍한 맛 때문이라고 생각했는지 조지는 숟가락으로 설탕을 푹푹 퍼서 내 컵에다 타주었다.

"조지, 그보다 나 정말 아사할 것 같아."

나는 진지하게 호소했다.

"너희가 약속한 도시락 따위 먹지 못했다고!"

눈치 없는 조지는 여전히 해맑은 표정으로 나를 위로했다.

"오, 저런. 어서 시내로 돌아가서 밥을 먹자. 도시락보다 맛있을 거야."

시미엔 산에 다녀온 이후에도 조지는 나를 보기 위해 매일 숙소

앞으로 찾아와 "오늘은 뭐하고 싶어?" "어디 가고 싶어?" "뭐 먹고 싶어?" 하고 물어댔다. 그리고 그렇게 만나면 조지와 리차드는 여전히 내게 소소한 사기를 쳤다. 예를 들어 내가 무언가를 사려고 어디서 파는지 물어보면 자기가 사다 주겠다고 심부름을 자처한 뒤 거스름돈을 빼돌리거나 급전이 필요하다고 약간의 돈을 빌려 간 뒤 감감무소식으로 돌려주지 않는 식이었다. 누굴 탓하랴. 나는 그러고도 여전히 그들과 종종 어울렸으니 말이다.

그런데 또 다른 에티오피아인이 나에게 사기를 치려고 하면 그건 또 불같이 화를 내며 막아냈다.

"나쁜 사기꾼놈 같으니라고! 아무것도 모르는 여행객에게 사기를 치다니!"

길길이 날뛰는 그들을 보며 나는 골똘히 생각에 잠기곤 했다. 나중에 알게 된 사실이었지만 조지와 리차드는 곤다르의 떠돌이 한량들이었다. 그들은 노숙을 하거나 친구네 집에서 신세를 지며 일거리가 생기는 대로 간간히 돈을 벌기도 했지만 주로 도시 내의 외국인들을 타겟으로 사기를 쳐 하루하루 입에 풀칠을 하고 있었다. 그렇게 삥땅 친 돈은 유흥으로 탕진했다.

여행사를 하는 친구에게 빌붙어 여행 가이드를 사칭하고 다니던 조지의 원래 이름은 '아레가'였지만 그는 본명 대신 '나니'라는 애칭으로 불렸다. 그는 십 대 때부터 수도 아디스아바바의 나이트 클럽에서 악기를 연주하다가 이제는 딱히 하는 일 없이 에티오피아 전국을 떠도는 중이었다.

나와 함께하는 동안 빨간 셔츠를 단 한 번도 벗지 않았던 리차드는 그마저도 여의치 않았다. 내게 사기를 치는 건 주로 이 리차드였다. 그는 맨정신인 걸 보기가 더 힘들 정도로 알코올중독이 심했는데, 나중에 알고 보니 그는 탈영한 군인이었다. 랄리벨라 출신의 리차드는 5년째 숨어 지내며 부모와 형제가 있는 고향에 돌아갈 수 없어 곤다르 근처를 떠돌고 있다고 했다. 사람들은 그를 '랄리벨라에서 온 사람'이라는 뜻의 '랄리벨로'라고 불렀다.

·

곤다르를
떠날 시간

　　　"은수, 한국 사람들은 아프리카 사람을
어떻게 생각해?"

　　나니는 한참이나 내 얼굴을 빤히 쳐다보더니 갑자기 물었다.
어느 순간 점점 "아프리카 남자랑 결혼하는 한국인들도 많아?"
"내가 한국 가서 살기는 어려울까?" 등의 질문 세례를 하는 일이
잦아지더니, 급기야 함께 식사를 할 때면 내 입에 넣어줄 인제라를
정성스럽게 싸기 시작했다.

　　인제라는 에티오피아 주식으로 넓적하고 얇은 빵인데, 그 위에
여러 가지 채소와 소스, 고기 등을 얹어 여러 명이 둘러앉아 손으
로 뜯어먹는 것이 보통이었다.

　　"자, 아 해봐. 에티오피아에서는 사랑하는 사람에게 인제라를 먹

여주는 거야."

나니는 국물이 뚝뚝 떨어지는 양고기 인제라를 내밀며 말했다. 나니가 먹여준 인제라에서는 시큼한 맛이 났다. 발효시킨 반죽을 구워 만든 인제라는 흡사 음식이 쉰 것 같은 특유의 맛이 났다. 나니는 내심 나도 인제라를 먹여주길 기다리는 것 같았지만 나는 기름기가 줄줄 흐르는 고기를 질겅질겅 씹으며 시선을 외면했다. 축축하고 부드러운 인제라와 고깃국물은 안 그래도 때가 잔뜩 낀 손톱에 마구 꼈는데, 남의 입에 때 낀 인제라를 넣어주기는 좀 그랬다. 물론 그에 대한 이성적인 관심 유무와는 별개로 말이다.

"나 곤다르를 떠날 거야."

내 말에 나니는 폭탄선언이라도 들은 듯 어쩔 줄 몰라 하더니 울상을 지었다.

"은수, 그럼 나랑 같이 가. 내가 여행 가이드니까 에티오피아를 전부 안내해 줄게, 응?"

나니는 어릴 적부터 전국을 떠돈 탓에 에티오피아의 도시들을 속속들이 알고 있다고, 내가 혼자 다니면 틀림없이 바가지를 당할 거라며 나를 설득하기 시작했다.

"고마워, 나니. 그런데 나 관광에 별로 관심 없어. 돈도 없고……."

"그래? 그럼 뭘 하고 싶은데?"

간절하게 쳐다보는 나니의 눈빛에 나는 할말을 잃었다. 내가 에티오피아에서 하고 싶은 거란 무엇일까. 아니, 그런 것이 있었던 적이 있었나. 나는 여전히 목적지도 모른 채 그저 떠돌고 있을 뿐이었다. 처음 서울을 떠났을 때처럼.

멍하니 있던 나는 문득 처음 에티오피아에 오던 날 미니버스 안에서 보았던 산속의 밭 가는 노인을 떠올렸다.

"저⋯⋯. 나니."

"응?"

"저 산속의 사람들은 뭐하며 살아?"

•

산속으로,

더 깊은 산속으로

"이곳에서 그리 멀지 않아!"

그렇게 말했지만, 나니의 증조할아버지 댁은 곤다르 시내에서 벗어나 미니버스를 타고 꼬박 한 시간을 달린 뒤에야 도착한 에티오피아의 수많은 산자락 중 하나였다. 그곳은 텟다라는 이름의 마을로 지도에서도 찾아볼 수 없는 작은 산골이었는데, 해발 2,200미터가 넘는 것으로 추정되는 고원지대에 위치해 있었다.

"걱정 마, 나만 믿어. 우리 가족에게도 널 소개해 주고 싶고."

큰소리 뻥뻥 치는 나니를 무턱대고 따라온 이 에티오피아의 산자락은 온통 진한 녹색으로 우거진 숲과 들판뿐이었다. 물웅덩이가 패인 진흙길에는 머리에 짐을 인 아낙들이 바삐 갈 길을 가거나 콧물 자국이 범벅인 얼굴에 파리가 잔뜩 붙은 아이들이 흙장난을 치고 있었다. 큰길을 중심으로 양철을 덧댄 매점 부스 몇 개가 보일 뿐 그 외에는 무성한 풀과 흙집뿐인 이 마을은 갑작스러운 외국인의 등장에 소란스러워졌다.

"파란지!(서양인)"

한 여인이 저 멀리 치맛자락을 펄럭이며 달려왔다가 내 얼굴을 확인하고는 탄성을 내뱉었다. 주변에 있던 사람들의 시선이 순식간에 내게 집중되었다. 나니는 나에게서 시선을 떼지 못하며 수군거리는 사람들 사이를 헤치며 이모네 집으로 나를 안내했다. 나니의 증조할아버지 댁은 산골 초입에서 약 20분가량 더 깊은 곳에 위치해 있었고, 이미 해가 지고 있는 탓에 근처 이모 댁에서 하룻밤을 신세지기로 했기 때문이었다.

그 집은 따로 방이랄 공간이 없는 다른 집들과는 달리 방이 나누어져 있고 맨 끝에 재래식 화장실까지 뚫어놓은, 나름대로 신식인 집이었다. 흙벽 위에는 하얀색 페인트 칠도 했고 천장은 포대를 기워 만든 뒤 그 위에 양철을 덮어 지붕을 만들었다. 일종의 '게스트하우스' 같은 공간이었다. 내가 묵을 방에 배낭을 던져놓고 쾌쾌하게 빛바랜 담요 위에 몸을 뉘이자 포대를 기워 만든 천장 위로 쥐가 우당탕 뛰어다니는 소리가 들렸다.

"은수, 나와! 술을 가져왔어."

나니가 부르는 소리에 그의 방으로 건너가자 나니와 랄리벨로 그리고 호넷이 비좁은 방에 옹기종기 모여 앉아 나를 기다리고 있었다. 호넷은 최근에 아내가 도망가고 심한 우울에 빠져있다며 나니가 기분전환을 시켜주기 위해 데리고 나선 친구였다. 호넷이 많이 사랑했다던 아내는 동네에서도 소문난 아름다운 여자였는데, 돈 많은 남자와 바람나 집을 나갔다고 했다. 트럭 운전수인 호넷은 영어도 유창하고 박식한데다 심성이 착해서 나는 그가 단번에 좋아졌다.

나니는 신이 나서 술잔을 찰랑찰랑하게 채우고 있었다. 사실 나는 출발 직전까지도 텟다로 갈지 말지 고민하고 있었다. 나니의 동거인이자 여행사를 운영하는 자말이 내게 해준 이야기 때문이었다.

"이 집과 차가 전부 자기 것이라고 했다고?"

자말은 기가 찬 표정으로 되물었다. 나는 그때까지만 해도 그것들이 나니가 돈을 벌어 장만한 것으로 알고 있었던 것이다.

"그리고 넌 내일 나니를 따라 산속으로 들어가겠다?"

그는 고개를 절레절레 흔들었다.

"순진한 투어리스트여, 내 말 들어. 나니는 내 친구지만 나도 잘 믿지 않아."

나는 자말의 말을 곱씹고 있었다. 나니는 텟다에 돌아온 것이 기쁜 모양인지 연거푸 술을 들이키고 있었다.

"빨리 우리 가족들 보고 싶다. 내 유일한 가족들!"

"나니, 가족들이 다 이곳에 살아?"

대수롭지 않은 내 물음에 나니는 무뚝뚝하게 대답했다.

"아니, 난 텟다의 가족들만 진짜 가족이라고 생각하고 살아. 엄마랑은 연락 안 해."

나니가 어릴 때부터 나이트클럽에서 악기를 연주하며 돈을 벌어야 했던 것은 엄마와 인연을 끊었기 때문이라고 했다. 나니의 엄마는 성공해서 아디스아바바에 살고 있지만 아버지의 행방은 모른다고 했다.

"왜 인연을 끊었어?"

"묻지도 마. 정말 싫으니까."

나니는 지긋지긋하다는 표정으로 역정을 냈다. 그걸 보고 있던 호넷이 내게 물었다.

"넌 엄마 보고 싶지 않아? 집 떠난 지 꽤 됐다며."

"……."

나는 무어라 대꾸해야 할지 몰라 조용히 내 몫의 잔을 들이켰다. 내가 한국을 떠난 뒤 첫 안부전화를 건 것은 여행 3개월 만의 일이었다. 그날은 오빠의 기일이었다. 그리고 그 이후로 단 한 통의 전화도 걸지 않았다.

"부모님이 걱정하실 텐데."

나는 컵 표면을 흘러내리는 술 한 방울을 손가락으로 닦아냈다.

"내가 가는 곳이 집이지 뭐, 호넷."

취기가 오른 내가 머쓱하게 웃었다.

"…… 나니랑 비슷한 처지라고 해야 하나."

"제발 평범하게 좀 살자."

엄마의 말에 눈을 질끈 감았다. 평범하게 산다는 건 대체 어떤 걸까. 좋은 대학에 가고 번듯한 직장을 갖는 것? 아니면 좋은 남편을 만나 시집가는 것? 남들보다 조금 더 잘나되 그 속에서 튀지 않으려 애를 쓰다 그렇게 80년쯤 흘려 보내는 것? 여기까지 생각하자 나는 참을 수가 없어져 신발을 신었다.

"오늘은 들어올 거지?"

울먹임과 체념이 뒤섞인 물음에 나는 성의 없이 "응" 하고는 현관을 나섰다. 그런 **삶을 위해 그동안 나는 그리도 발버둥 쳤던 걸까.**

오빠는 몇 년에 걸쳐 아팠지만, 목숨이 사그라드는 것은 한순간이었다. 나보다 훨씬 똑똑하고 힘이 셌던 오빠는 이제 피가 돌고 심장이 뛰지 않았다. 그 몸은 잘게 부서져 흙이 되었고 풀이 되었고 나무가 되었다. 나는 혼 따위가 있다고 믿지 않았다. 오빠는 그냥 죽은 것이었다.

그리고 스무 살, 갓 대학교에 들어갔을 때 첫사랑을 만났다.

"안 되는 게 어디 있어."

그는 장난기 가득한 얼굴로 말하곤 했다. 온실 속 **화초처럼 자라온 나를 평생 옥죄어 온 '안 된다'라는 말은 공기처럼 가벼운 그의 발걸음 끝에서 무기력하게 부서졌다.** 나는 그의 자유로움을 질투했다. 그리고 나도 그처럼 자유로울 수 있었다는 것을 깨달았을 때, 나는 내 지난 인생을 송두리째 속아서 빼앗기기라도 한 것처럼 분노했다.

내가 하고자 하는 일에 '안 돼'라고 가로막을 수 있는 사람은 세상에 단 한 명도 없었다. 그때부터 나는 으르렁대기 시작했다.

"마시자!"

나는 잔을 가득 채워 올렸다. 나니와 랄리벨로 그리고 호넷도 잔을 높게 쳐들었다.

"제기랄, 그리고 랄리벨로 너 나한테 돈 그만 뜯어가. 그걸로 술사 마시는 거 다 알아. 나는 땅 파서 술 사 먹는 줄 알아?"

"내가 언제……."

"대신 내가 떠나기 전에 남은 돈으로 너 실컷 술 먹여주고 떠날게. 오케이? 건배!"

"건배!"

랄리벨로는 짐짓 감동받은 표정이었다. 전직 알코올중독자였던 나는 알코올중독자를 감동시키는 방법을 잘 알고 있었다.

•

나니의

고악한 술버릇

머리가 깨질 듯이 아프고 속이 니글거렸다. 그제야 어제 정신 없이 섞어 마신 술에 후회가 밀려왔다.

"나 오늘 네 방에서 잘래."

어젯밤 나니의 목소리가 꿈인 듯 아닌 듯 떠올랐다. 고개를 절레절레 흔들며 일어나 기지개를 켜며 밖으로 나오자 아직 해가 채 뜨지 않은 새벽이었다.

"해가 뜨면 곤다르로 돌아가야겠다."

나는 가방에 붙은 나방을 털어내며 중얼거렸다. 어젯밤 술에 취한 나니와 대판 싸움을 벌였기 때문이었다. 밤늦도록 떠들썩하게 술을 마시던 중 밑빠진 독처럼 술을 들이붓던 나니가 별안간 고집을 부리기 시작했던 것이다.

"너랑 자고 싶어. 네 방에서 잘래."

"응? 싫어. 난 혼자 잘래."

"같은 침대가 싫으면 난 그냥 바닥에서 잘게. 그냥 너랑 같이 있게만 해줘."

"난 혼자 자는 게 편해, 나니. 이미 낮에 다 정한 거잖아."

"저 코딱지만 한 방에서 어떻게 남자 셋이 자란 말이야?"

객식구 주제에 집주인을 내쫓는 꼴이 되자 나는 난감해지고 말았다.

"어차피 바닥에서 잘 거면 저 방바닥에서 자면 되잖아. 갑자기 웬 고집이야!"

한참 실랑이를 벌이던 우리는 결국 둘 다 화가 나 언성을 높이기 시작했다. 순식간에 싸해진 분위기에 날이 밝자마자 할아버지 댁이고 뭐고 곤다르로 돌아가겠다고 싸우고 있는데, 그때 보다 못한 호넷이 한 마디 던졌다.

"나니, 고집 부리지 말고 애 혼자 자게 해줘. 애는 투어리스트가 아니라 우리 시스터잖아."

호넷의 말에 중간에서 눈치만 보고 있던 랄리벨로까지 거들자 나니는 붉으락푸르락 표정이 일그러지더니 자기 방으로 들어가 버렸다.

"취했나 봐. 우리가 데리고 잘 테니 걱정 말고 어서 들어가 자."

호넷은 싱긋 웃더니 랄리벨로와 함께 방으로 들어갔다. 그들이 아니었으면 정말 난감할 뻔한 밤이었다.

집이 조용한 걸 보니 셋은 아직 꿈나라인 모양이었다. 나는 곤다르로 돌아가기 전 산골마을이나 구경할까 하고 집을 나섰다. 산속 곳곳에는 소와 염소, 양, 그리고 당나귀들이 풀을 뜯고 있었다. 그리고 띄엄띄엄 지어진 집집마다 새벽 일찍 잠을 깬 아낙들이 모닥불을 때고 넓적한 돌판 위에 인제라를 부치고 있었다. 그들은 새벽 산책을 나온 외국인을 보고 수군대는 중이었다.

나는 한 아낙에게 다가가 눈인사를 건네고는 그 앞에 쪼그려 앉아 인제라 부치는 것을 구경했다. 그녀는 넓적한 돌판 위에 묽은 반죽을 바깥쪽부터 동그랗게 그리며 얇게 부치더니 삿갓처럼 생긴 뚜껑을 덮어 마저 익혔다.

"유."

그녀는 흥미진진하게 구경하고 있는 나를 더 흥미진진하게 쳐다보더니, 옆에 쌓아둔 인제라 한 장을 반쯤 찢어 고추장 같은 소스를 발라 건네주었다.

"아마세그날로(고맙습니다)."

얼떨결에 받아 든 인제라를 한입 베어 문 나는 눈물을 찔끔 흘리고 말았다. 그녀가 발라준 것은 고추장이 맞았다. 게다가 그 맛은 우리의 것과는 비교가 안 될 정도로 훨씬 매웠다. 입안이 얼얼해서 눈물을 찔끔거리자 아낙이 굴러다니던 깡통을 주워 물을 따라주었지만 아무리 물을 들이켜도 혀에서는 얼얼한 감각이 가시지 않았다.

기대감에 찬 아낙의 눈빛을 외면할 수가 없어 하는 수 없이 인제라를 꾹꾹 씹어 삼키고 나자, 아낙이 기다렸다는 듯 고추장을 듬뿍 바른 인제라 를 하나 더 건넸다.

아침도 얻어먹었겠다, 다시 돌아왔을 때는 모두들 일어나 있었다. 나니는 나를 보더니 반갑게 외쳤다.

"은수, 어디 갔었어! 오늘 일요일이니까 같이 교회 가자."

나니는 어제 일을 전혀 기억하지 못하는 눈치였다.

"너 어제 일 기억 안 나지?"

"어제? 당연히 나지, 완전 재밌게 놀았잖아."

나니의 의아한 표정에 나는 한숨을 쉬며 핀잔을 줬다.

"너 술 좀 적당히 먹어."

"응? 그러지 뭐. 우리 교회 갔다가 할아버지 댁으로 바로 가자."

나니는 휘파람을 불며 앞장섰다. 기독교 정교 국가인 에티오피아에서는 산골사람들도 열심히 교회에 다니는 모양이었다. 나는 교회에 갈 채비를 하기 위해 나탈라라고 불리는 하얀 천을 둘렀다. 교회에 갈 때에는 반드시 이런 것을 두르고 가야만 했는데 마침 나도 곤다르에서 구입한 에티오피아 전통문양의 나탈라가 한 장 있었던 것이다.

"얘들아, 나는 이만 돌아갈게."

우리가 교회에 가려고 부산을 떠는 동안 호넷이 아쉽다는 듯 작별을 고했다.

"왜? 좀 더 있다가 가지."

전날의 사건으로 호넷에게 절대적인 우정을 느끼고 있던 내가 아쉬운 듯 말하자 호넷은 멋쩍은 웃음을 지었다.

"돈이 다 떨어져서…… 일을 하러 아디스에 가야 할 것 같아."

돈이 없으면 당연한 듯 나에게 아쉬운 소리를 하는 나니와 랄리벨로와 한동안 지내왔던 나는 호넷의 한 마디에 신선한 충격을 받았다. 호넷이 가는 게 못내 아쉬웠던 나는 돈을 빌려줄까 잠시 생각했다가 이내 고개를 저었다.

"그럼 연락처라도 알려줘. 나중에 아디스에서 볼 수 있으면 보자."

휴대폰이 없는 호넷은 메일 주소를 적어주며 이메일을 잘 쓰진 않지만 연락이 닿으면 꼭 보자고 했다. 미니버스를 타고 사라지는 호넷의 등 뒤로 나는 손을 흔들어 주었다. 하지만 그렇게 텟다를 떠난 호넷과는 두 번 다시 연락이 닿지 않았다.

●

새로운
거처

　　　　　　산 초입마을에서 다시 20분가량 더 들
어가면 시야가 탁 트인 푸른 들판이 나왔다. 나니의 증조할아버지
댁은 바로 이 윗마을에 위치한 흙집 중 하나였다. 저 멀리서 걸어
오는 우리를 발견하고 꼬마 한 명이 나니의 품으로 뛰어들었다.

"나니!"

"테디!"

나니와 얼싸안고 인사를 나누던 테디라는 꼬마는 나를 보더니 눈
이 휘둥그레졌다. 나니가 무어라고 설명을 해주자 테디는 내 가방
이 무거워 보였는지 황급히 가방을 빼앗아 끌며 집으로 뛰어갔다.

"나니와 손님이 왔어요! 빨리 나와보세요!"

테디의 외침에 우르르 뛰쳐나온 가족들은 나니를 보자 반가움

을 감추지 못하며 얼싸안았다. 그들은 손을 잡고 몇 번이나 어깨를 맞부딪혔다. 그것은 반가우면 반가울수록 더 여러 번 부딪히는 에티오피아식 인사였다. 아이들은 콧물 범벅이 된 얼굴을 흙투성이 손으로 쓱 닦아내며 얼굴에 앉은 파리떼를 쫓고 있었다. 식구들은 여기저기 헤지고 구멍이 숭숭 뚫린 옷을 입고 있었는데 평범한 에티오피아인으로 생각했던 나니가 갑자기 세련된 도시 남성으로 보이기 시작했다.

"손님이 왔으니 커피를 대접해야지."

나니의 이모라는 30대 중반의 여인이 우리를 집 안으로 안내했다. 그녀의 이름은 히룻이었다.

나무를 엮어 사이사이 흙과 소똥을 발라 만든 집이지만 내부는 제법 구색을 갖추고 있었다. 문을 열고 들어가면 보이는 가장 넓은 공간은 거실이자 침실 그리고 부엌이자 모든 것이 이루어지는 곳이었고, 그 옆에 따로 분리된 작은 공간은 증조할아버지가 잠을 자는 곳이었다. 짚으로 만든 전통 식기들 사이로 작은 창 하나가 뚫려있어 침침한 집안으로 햇빛이 스며들어 오고 있었다. 나무 틀에 노끈을 엮어 만든 침대는 세 개나 있었고 작은 앉은뱅이 의자처럼 키가 작은 식탁에는 소꿉장난 세트 같은 커피잔들이 가지런히 놓여있었다. 이 조그마한 흙집에는 나니의 증조할아버지, 외할머니, 이모 히룻, 나니보다 어린 삼촌 이모 뻘의 아이들 다섯 명을 포함한 여덟 식구와 깡마른 염소 한 마리가 살고 있었다. 염소는 살을 찌워 잡아먹으려고 샀는데 도통 살이 찌지 않는다고 했다.

히룻이 앉은뱅이 식탁 앞에 쪼그리고 앉아 하얀 생커피 콩을 박박 씻더니 화로에 불을 피웠다. 씻은 콩을 넓적한 팬 위에 쏟아 쇠꼬챙이로 뒤적거리며 볶아내자 곧 고소한 커피 냄새가 올라오기 시작했고 그것을 절구에 빻아서 가루를 낸 뒤 주전자에 끓였다. 에티오피아의 사람들은 커피 만드는 과정을 일종의 의식처럼 여겨 '커피 세리머니'라고 부른다고 했다.

나는 히룻이 잔에 따라 건네준 진한 한약 색의 커피를 받아 마셨다. 한 모금 입에 머금자마자 갓 볶아낸 고소한 커피 향이 가득 퍼지면서 은은하게 맴돌았다. 그것은 내가 익히 알고 있는 커피 맛이 아니었다.

"세상에 나니! 나 정말 거짓말 안하고 내가 태어나서 먹어 본 커피 중 제일 맛있는 것 같아."

내가 단숨에 커피를 비워내자 히룻이 바로 커피 한 잔을 더 따라주었다. 에티오피아에서 커피를 대접받을 때는 3잔을 마시는 것이 정석이라고 하는데 나는 아랑곳 않고 히룻이 따라주는 대로 연거푸 커피를 들이켰다. 어느새 집 밖에는 동네 사람들이 우르르 모여 나를 구경하고 있었고 호기심 넘치는 한 아이가 용감하게 내 머리카락을 만져본 것을 기점으로 아이들은 저마다 한 명씩 곧게 뻗은 내 머리카락을 신기하다는 듯 만져보기 시작했다. 그러고 보니 어젯밤 이모 댁에서 잠을 자느라 머리를 감지 못했던 것이 떠올랐다.

"머리를 좀 감고 싶은데…… 근처에 씻을만한 곳이 없을까요?"

나니의 통역에 고개를 끄덕거리던 히룻은 곧 온 동네의 아이들을 불러모았다. 그녀는 오늘을 '대대적인 씻는 날'로 정하고 다 같이 멱을 감으러 갈 참이었다. 히룻이 아이들과 나를 데리고 우르르 몰려 간 곳은 개울이었다. 우기인 텟다의 개울에는 맑은 물 대신 진한 황토색 물이 콸콸 흐르고 있었다.

'젠장, 앞으로 이곳에서 몸을 씻어야 한다니……'

나는 옷을 입은 채로 개울에 거꾸로 머리를 처박으며 생각했다. 이곳이 이제부터 내 새로운 거처였다.

●

에티오피아
가장 깊은 곳의
이야기

  **텟다는 내가 가진 모든 문명의 습관을
내려놓아야 하는 곳이었다.** 이 산속에는 전기도, 수도도 없었다. 사
람들의 하루 일과는 전적으로 태양이 뜨고 짐에 의지한 것이었다.
아침이 밝으면 사람들이 제일 먼저 하는 일은 온 집안의 문을 열어
젖히고 빛을 받는 것이었고, 해가 지기 시작하면 집 앞에 모닥불을
피워놓고 옹기종기 모여 앉아 저녁을 만들어 먹은 뒤 잠자리에 들
었다. 초저녁 즈음이면 해가 지기 무섭게 이곳에는 한 치 앞도 보
이지 않을 정도로 깜깜한 어둠이 깔렸다.

  텟다에 살기 시작하면서 나는 자켓을 벗고 나탈라를 두르고
다니기 시작했다. 자주 감지 못하는 머리는 꽁꽁 땋아 넘겨졌고 은
수라는 이름 대신 알마즈라고 불리기 시작했다. 알마즈는 호넷이

지어주고 간 암하라어 이름으로 다이아몬드라는 뜻이었다.

이곳은 매일매일 그날 먹을 인제라를 굽지 않으면 굶어야 하고 물을 길어오지 않으면 마시지도 씻지도 못하는 그런 곳이었다. 14살 아떼드는 인제라를 굽는 법을 배우기 시작한 이래에 그 일을 단 하루도 쉰 적이 없다고 했다. 커다란 플라스틱 물통을 등에 이고 물을 길어오는 것은 12살 포르투가의 몫이었다. 그렇게 어디선가 길어온 정체 모를 누런 물은 그날 식구들이 마실 식수이자 손을 씻고 설거지를 할 물이 되었는데, 가끔 비가 오는 날에는 물을 길어오는 대신 집안의 그릇이란 그릇은 전부 밖에 꺼내놓고 빗물을 받아 마셨다.

나는 늘 허기져 있었다. 텟다에 온 첫날 어느 아낙에게서 대접받았던 고추장 바른 인제라는 알고보니 앞으로 매 끼니마다 배를 채울 음식이었다. 쉰맛이 나느니, 맵느니 하는 것은 이미 가릴 처지가 아니었다. 그러다 가끔 할머니가 채소라도 볶아 인제라에 얹어주는 날이면 아이들과 나의 손은 어느 때보다도 다급해지곤 했다.

"얘 인제라 좀 더 갖다 줘!"

나니의 증조할아버지인 고바지 할아버지는 급하게 인제라를 집어먹는 나를 보며 혀를 끌끌 찼다. 음악가인 고바지 할아버지는 식구들이 모닥불 앞에 모이는 저녁 시간이면 악기를 들고 내 이름을 넣어 노래를 불러주곤 했다. 그가 나를 편애하는 이유는 사실 뻔했다. 맨정신인 것을 본 날이 거의 없는 랄리벨로보다 더 한 알코올 중독자인 고바지 할아버지에게 내가 종종 술과 담배를 사다가 드렸기 때문이다.

"괜찮아요! 그만 주세요."

나는 황급히 손사래쳤다. 내가 더 먹으면 누군가는 덜 먹어야 할 것이었다. 그러자 아쉽게 허기를 달랜 나를 물끄러미 보던 테디가 자기 몫의 인제라를 뜯어 내게 내밀었다.

"알마즈, 비.(알마즈, 먹어)"

나는 괜찮다고 말하려다가 꼬질꼬질 땟국물이 흐르는 손으로 큼직하게 인제라를 뜯어 내민 테디가 너무 사랑스러워 얼른 받아먹었다.

"고마워, 테디."

"아니야, 알마즈. 자, 이거 더 먹어."

테디가 또 인제라를 뜯어 내게 내밀자 옆에 있던 다른 아이들도 각자 자기 인제라를 뜯어 내게 먹여주겠다고 귀여운 경쟁을 하기 시작했다.

사람의 몸이란 오묘하다는 것을 느끼는 나날들이었다. 먹는 것도 없는데 꼬박꼬박 화장실에 가고 싶은 것을 보면 말이다.

"저…… 화장실 좀 가고 싶은데 어디로 가야 하죠?"

간절하게 묻던 나를 식구들은 이상하다는 듯이 쳐다보며 들판을 가리켰다. 휑하니 바람만 부는 허허벌판을 보며 나는 등골이 서늘해지고 말았다.

텟다의 들판은 그야말로 똥밭이었다. 다양한 크기와 질감을 가진 똥들이 사방팔방 깔려있었지만, 그것은 비단 가축의 똥만은 아니었다. 텟다 사람들은 들판 아무 곳에나 주저앉아 일을 보는 게 더 익숙하기 때문이었다. 지나다니다 보면 쭈그리고 앉아 똥을 누는 누군가를 마주치는 것이 별난 일은 아니었지만, 나에게는 이야기가 달랐다. 나는 이곳에서 연예인이나 마찬가지였기 때문이다.

처음 내가 텟다에 오던 날부터 흥분에 휩싸인 동네 아이들은 나를 발견했다 하면 "유! 파란지! 파란지!" 하고 열광하며 나를 우루루 따라다니고 있었다. 덕분에 나는 피리 부는 사나이마냥 온 동네 아이들을 몰고 다니는 중이었는데, 내가 급한 일을 보고 싶을 때에도 그들은 어김없이 내 뒷꽁무니를 졸졸 쫓아와 해맑게 올려다보곤 했던 것이다. 결국 우리 집 아이들이 일 보러 가는 나를 따라오는 동네 아이들을 혼내주어서 소변 정도는 재빠르게 해결할 수도 있었지만, 이것은 완전히 다른 차원의 문제였다.

나는 용기를 내어 들판으로 휘적휘적 걸어나갔다. 동네 아이들이 나를 발견하기 전에 임무를 완수해야만 했다. 나는 적당한 나무 한 그루 뒤에 숨어 주변을 둘러본 뒤에 자리를 잡고 바지를 내렸다.

'이 넓은 땅에 맘 놓고 일을 볼 땅 한 뙈기 여의치 않다니…….'

툴툴거리며 힘을 주려는 찰나, 뒤에서 부스럭거리는 소리가 났다. 깜짝 놀라 뒤를 돌아본 나는 엉덩이를 훤히 깐 채로 지나가던 젊은 청년과 눈이 마주치는 충격적인 순간을 맛보고 말았다.

'이렇게는 안되겠어.'

나는 본격적으로 들판을 쏘다니며 적당한 장소를 물색해 보았지만 도저히 사람들의 눈을 피할 수 있을만한 그런 장소는 찾을 수가 없었다. 결국 나는 밤이 되길 기다렸다 슬쩍 집을 나왔다. 그러자 내가 미꾸라지처럼 몰래 집을 나서는 것을 눈여겨보고 있던 랄리벨로가 하이에나가 나오는데 밤중에 어딜 가냐며 쫓아 나왔다.

"랄리벨로, 나……."

울상이 되어 사정을 설명하는 내게 그런 사정이 있었냐며 탄식하던 랄리벨로는 자기가 책임지고 망을 봐줄 테니 안심하고 일을 보라고 했다. 그러나 멀리서 1분 간격으로 "은수! 괜찮은 거지?" 하고 불러대는 랄리벨로 덕분에 또 한 번 일을 그르친 나는 날이 갈수록 점점 여위어갔고 정말 얼굴이 새파랗게 질릴 때쯤, 아랫마을에 재래식 화장실을 지어둔 집을 소개받게 되었다.

텟다에서 지내며 똥이 나뒹구는 들판을 지나다니느라 발은 늘 어떤 생물의 것인지 알 수 없는 똥 범벅에 피부는 하얗게 때가 일어났지만, 똥은 텟다에서 더러운 것이 아니었다. 오히려 똥을 눌 수 있고 똥을 누는 가축이 있다는 것을 축복으로 여기기 때문이다. 그중 소똥은 귀중한 건축자재여서 사람들은 소똥을 보면 두 손으로 조심스럽게 퍼다가 집 벽에 펴 바르기까지 했으니, 온통 똥 밭인 들판은 그 자체만으로 축복임이 틀림없다. 물론 내가 재래식 화장실을 이용하게 된 게 제일 큰 축복이지만 말이다.

•

행복에

대하여

"알마즈, 일어나!"

한참 단잠에 빠져있는데 누군가 내 볼에 뽀뽀를 했다. 짐짓 모르는 척 눈을 뜨지 않자 아이들이 키득거리며 다음 차례를 정하는 것 같더니 누군가 또 뽀뽀를 했다.

"일어났다!"

내가 눈을 번쩍 뜨자 아이들이 옹기종기 내 주위를 둘러싸고 있다 참고 있던 웃음을 터뜨렸다. 언제부터인가 아침마다 나를 뽀뽀로 깨우는 것은 아이들의 중요한 일과 중 하나가 되어있었다.

여덟 식구들 중 다섯은 아이들이었다. 내 머리를 솜씨 좋게 땋아 준 14살 아떼드와 12살 포르투가와는 함께 장을 보거나 빨래를 하러 개울에 나갔다. 흙탕물이 흐르는 개울 앞에 앉아 내가 옷가지를 서툴게 비벼 문지르고 있으면 살림의 달인인 아떼드는 탐탁지 않은 표정으로 쳐다보고 있다가 내 옷가지들을 빼앗아가곤 했다. 그 밑으로는 남동생들인 10살 기타소와 8살 테디가 있었다. 그들은 나의 보디가드를 자처한 아이들이었다. 나를 쫓아오는 동네아이들을 물리쳐주는 것은 물론 내가 어딜 가든 항상 번개같이 쫓아 나와 짐을 빼앗아 들고는 양쪽으로 내 손을 잡고 비장하게 따라나섰다. 그중 테디는 할머니의 친아들이 아니라 할머니 남편의 다른 부인에게서 나온 자식이었는데 부모가 둘 다 에이즈로 사망하고 나자 할머니가 거두어 키우는 중이었다.

오빠들이 내 짐을 뺏어들면 꼭 뒤늦게 쫓아 나와 자신도 짐을 들겠다며 발을 동동거리는 것은 집안의 막내딸 미타였다. 한창 소꿉놀이에 열중하는 것을 보니 미타는 너댓살 정도인 것 같았는데, 그녀는 흙을 바른 나뭇잎 인제라를 식구들에게 대접하며 집안의 사랑과 귀여움을 독차지하고 있었다. 아마 미타의 이마에 희미하게 난 다섯 갈래의 길쭉한 흉터가 아니었다면 아무도 그녀가 2년 전 길거리에 버려져 있던 걸 데려온 줄 몰랐을 것이다. 이마에 난 상처는 에티오피아 서부에 사는 어느 부족의 상징이라고 했다.

미타에게는 잠버릇이 하나 있었다. 무슨 이유에서인지 반드시 한쪽 다리를 내 배 위에 올려놓고 잠을 자곤 했는데, 잠결에 다리를 내려놓으면 어느새인가 다시 올리고 내리면 또 다시 올렸다.

그중 나를 가장 따르는 것은 테디였다. 텟다에서는 내가 무심코 펜 하나만 꺼내 들어도 아이들이 우르르 몰려들어 구경을 하곤 했는데, 동네 아이들이 모여들어 내 물건들을 신기한 듯 구경하는 중에도 내가 나가려고 하면 어린 테디는 미련 없이 내 손을 잡고 나를 따라나섰다. 마치 내 곁에 있어주는 것이 무슨 임무라도 되는 것처럼 말이다. "유! 유!" 하고 나를 불러대는 동네 아이들에게 "유가 아니라 알마즈라고 불러야 해" 하고 일러주던 것도, 나에게 바가지를 씌우는 할머니와 소리쳐 싸운 뒤 분이 풀리지 않는듯 씩씩거리며 "알마즈, 가자!"라고 하던 것도 테디였다.

낮에는 몸과 얼굴에 파리가 들러붙었고 밤에는 흡혈벌레가 들끓는 침대에서 잠을 잤다. 살면서 이렇게까지 더러워져 본 적이 없었다. 또 이렇게 매일 배가 고파 본 적도 없었다. 그런데 아이러니하게도 나는 이 생활이 썩 할만한 모양이었다.

"텟다에서 지내는 거 힘들지 않아? 곤다르로 돌아갈까?"

걱정스런 나니의 물음에 나는 나도 모르게 고개를 세차게 저었다. 왜 그랬을까. 나는 조금 후회했다. 따뜻한 물이 나오는 욕조에 몸 한 번 담가 보는 게 간절한 소원이었는데.

하지만 텟다를 떠나면 히룻이 끓여주는 기가 막힌 커피는 다시 맛보지 못할 것이고, 하늘이 빽빽해지도록 별과 은하수가 뜬 장관 아래에서 모닥불을 피워놓고 먹는 저녁, 내 무릎에 폴싹 올라앉아 음식을 먹여달라고 조르는 미타, 비가 내리는 추운 밤이면 식구들과 옹기종기 붙어 앉아 나누던 체온도 전부 지나간 추억이 되어버릴 것이었다.

언젠가 아이들에게 세상에서 제일 맛있는 게 무엇이냐고 물었더니 그들은 입을 모아 '봄볼리노'라고 말했다. 봄볼리노는 밀가루를 도너츠 모양으로 튀겨낸 소박한 빵이었다. 그날 나는 아이들 손을 잡고 아랫마을로 내려가 봄볼리노를 하나씩 사서 쥐어주었다.

"아마세그날로.(고맙습니다)"

봄볼리노를 손에 든 아이들의 표정은 세상에 더 바랄 것이 없는 그런 표정이었다. 그들은 어김없이 가장 첫입을 떼어내 내 입에 넣어주었다. 아이들이 먹여준 기름기가 잘잘 흐르는 밀가루 빵을 씹으며, 나는 과연 그게 입에서 살살 녹아서 같이 웃어버렸다.

"알마즈, 평생 어디 가지 말고 우리랑 살면 안 돼?"

테디가 눈을 빛내며 그 말을 하던 날, 나는 허기도, 더러움도 다 견딜만하다고 생각했다. 그저 하루를 살아내는 것이 모든 목적인 이곳에서의 삶이 많이 지칠 때에도, 그저 다 괜찮았다.

평온. 그때의 생활은 그저 평온 그 자체였다.

이곳에서의 삶이 많이 지칠 때에도, 그저 다 괜찮았다.
평온. 그때의 생활은 그저 평온 그 자체였다.

·

텟다의
잔칫날

　　　　　　　　조용하기만 하던 산골마을이 오랜만에
시끌벅적해졌다. 오늘은 고대하고 고대하던 아랫마을 코레아노네
잔칫날이었다. 물론 코레아노는 본명이 아니었다. 그가 한국인을 꼭
닮아서 내가 '한국에서 온 사람'이라는 별명을 붙여준 것이었다.
　"종종 네가 잘 지내고 있는지 보러 올게."
　내가 텟다에 머무는 시간이 길어지자 결국 나니와 랄리벨로는
이 한 마디만 남겨놓고 다시 곤다르를 어슬렁거리러 먼저 떠났다.
말도 안 통하는 텟다 한가운데에 덩그러니 남겨졌지만 크게 문제
될 것은 없었다. 놀랍게도 히룻이 아랍어를 할 줄 알았던 것이다.
히룻은 예전에 수단에서 일했던 경험이 있어 아랍어가 유창했다.
물론 내 아랍어가 유창하지 않지만, 수단에서 배워둔 길바닥 아

랍어는 손짓 발짓까지 동원하면 히룻의 통역을 통해 다른 사람들과 의사소통을 하는데 모자라지는 않았다.

아침부터 모두들 잔치에 갈 준비를 하느라 분주했다. 히룻이 침대 밑에서 흙투성이 하얀 포대를 꺼내 내용물을 쏟자 그 안에 뒤섞여 있던 옷가지와 신발짝들이 쏟아져 나와 바닥에 나뒹굴었다. 식구들은 각자 마음에 드는 옷을 골라 입었다. 아떼드는 신고 싶은 신발 한 짝이 없는 것 같다며 울상을 지었다.

나도 배낭을 끌러 입을만한 옷이 있나 뒤져보았지만, 텟다에서 살기 시작한지 며칠 지나지 않아 옷이란 옷은 전부 찢어지거나 구멍이 나는 바람에 입을만한 것이 없었다. 결국 얼마 전 개울가에서 빨래해 두었던 티셔츠에 나탈라를 두른 평소의 차림 그대로 입고 말았다.

오늘은 코레아노네 딸의 세례식 날이었다. 에티오피아에서는 남자아이는 생후 40일, 여자아이는 생후 80일이 되면 세례를 받는데, 그것은 곧 마을잔치였다. 그래서 히룻, 아떼드 그리고 나는 하루 전부터 코레아노네 집으로 내려가 손님을 맞이할 준비를 했다. 동네 아낙들이 전부 모여 정신 없이 일을 하는 코레아노네 집 앞에는 이미 부쳐놓은 인제라가 산더미같이 쌓여있는데도 여전히 인제라를 더 부치는 중이었다.

히룻, 아떼드 그리고 나는 칼을 가져와 감자를 깎았다. 감자라곤 머리털 나고 처음 깎아본 내가 낑낑거리고 있자 옆에 앉아있던

11살 동네 여자아이 프레가 풋 하고 웃더니 깎기 쉬운 감자를 골라주었다. 은근 자존심이 상한 나는 심혈을 기울여 감자껍질을 벗기기 시작했다.

한참 집중하고 있는데 근처에서 인제라를 부치며 언성을 높이던 할머니 둘이 내 옆으로 와 술 한 잔을 건네주더니 무어라고 말을 걸었다. 그것은 내일을 위해 담가둔 잔칫술 '딸라'였다.

"둘 중 누가 더 예쁜지 외국인인 네가 판결을 내달래."

어리둥절한 표정의 내게 옆에서 감자를 깎던 히룻이 통역을 해주었다. 나는 끝까지 못 알아듣는 체를 할 수밖에 없었다.

그리고 대망의 잔칫날, 이미 손님들로 떠들썩한 코레아노네 집에는 할아버지 악사가 흥겨운 음악을 연주하며 흥을 돋우고 있었다. 사람들은 준비된 밥과 술을 흥청망청 먹고 마셔대는 중이었고, 어제 심혈을 기울여 깎은 감자는 푹 쪄져서 소스와 함께 인제라 위에 얹혀있었다.

"감자 요리!"

매번 고추장 바른 인제라만 먹던 나는 오랜만에 보는 음식다운 음식에 눈이 뒤집혀 허겁지겁 집어먹기 시작했다. 순식간에 접시의 인제라를 전부 먹어 치우자 아낙들은 인제라와 감자를 더 푸짐하게 얹어주었다. 그뿐만이 아니었다. 동네에서도 으리으리한 편인 코레아노네 집 앞에는 재래식 화장실도 갖추어져 있었다. 나는 마음 놓고 술을 들이붓기 시작했다.

배가 부르고 취기가 오르자 사람들은 춤을 추기 시작했다. 춤판에 또 내가 빠질 수는 없는 노릇이었다. 나는 곤다르 술집에서 다진 전통 춤의 기본기를 살려 어깨를 앞뒤로 힘껏 흔들었다. 그러자 악기를 연주하던 마을 청년 곤다레오가 악기를 집어던지고 내게 춤 결투를 신청해왔다. 다투듯 어깨를 흔드는 우리에게 사람들이 박수를 치며 환호했다. 풍요로운 잔칫날의 밤은 그렇게 깊어갔다.

•

흡혈벌레의
악몽

　　　　　　　"오, 제발!"
　나는 잠에서 깨자마자 발등을 보고는 비명을 질렀다. 발등 피
부 밑에 수박씨처럼 검은 것이 불룩 튀어나와 있었다. 내가 이러지
도 저러지도 못한 채 울상을 짓고 있자 테디가 웃으며 달려와 수박
씨 같은 것을 피부 밖으로 밀어 빼냈다. 그것은 '코니차'라고 불리
는 흡혈벌레였다. 피부 밑에 박혀있는 코니차를 보는 것도 이미 하
루 이틀이 아니었다. 텟다에서 지낸 지도 열흘이 다 되어갔고 다른
모든 것은 어느 정도 적응이 되었지만, 들끓는 벌레만큼은 아직도
도무지 적응이 되지 않았다.
　할아버지 댁의 집 안과 침대는 퇴치할 엄두가 나지 않을 정도로
흡혈벌레들이 들끓고 있었다. 이상한 것은 다른 식구들은 이 정도

는 아닌데, 오직 나만 처참하도록 온몸을 물리고 있다는 것이었다. 긴 팔 긴 옷을 입고 침낭을 써보아도 소용이 없었다.

흡혈벌레도 한 종류만 있는 것이 아니었다. '투한'이라고 불리는 참깨 같은 벌레가 몸을 물면 처음에는 따갑고 가려웠다가 서서히 두드러기처럼 빨갛게 부어올랐다. 그래도 그것까진 참을 만했다. 수박씨를 꼭 닮은 코니차가 피부를 찢고 피부 밑으로 기어들어가 밤새 피를 빨아먹다 아침에 미처 기어 나오지 못한 것을 처음 보았을 때의 내 충격이란 이루 말할 수 없었다. 그 광경은 흡사 어릴 적 보았던 영화 〈미이라〉에 나오는 피부를 파고들어 사람을 갉아먹는 딱정벌레 같았다.

밤마다 누워 잠을 청하려 하면 여기저기 따끔거리는 건 둘째치고 벌레가 내 몸 어딘가를 기어 다니는 것 같은 기분에 잠을 잘 수가 없었다. 나는 일어나 후레쉬를 키고 입고 있던 남방을 털었다. 투한 몇 마리가 우수수 떨어졌다. 이번에는 침낭 지퍼를 열어젖혔다. 침낭 속을 기어 다니던 코니차 한 마리가 눈에 띄어 얼른 털어버렸다. 나는 며칠째 밤새 이 흡혈벌레들과 씨름을 하느라 잠도 제대로 자지 못하고 있었다.

코니차가 문 자리는 어김없이 곪아서 부어오르다가 피고름이 터지며 분화구처럼 구멍이 푹 패였다. 그리고 누런 고름이 고여있는 빨간 살점에는 파리떼가 달라붙어 상처를 물어뜯었다. 어찌나 세게 물어뜯는지 따끔거리는 것 때문에 눈물이 핑 돌 정도였다.

식구들은 어찌해야 할 바를 몰랐다. 그들은 이따금 한두 번씩 물릴 뿐, 나처럼 매일 밤잠을 설쳐야 할 정도로 물려본 적이 없기 때문이었다. 미칠 노릇이었다. 가져온 약을 발라보아도 밴드를 붙여보아도 상처는 점점 더 커지기만 할 뿐 도저히 호전될 기미는 보이지 않았다. 처음에는 몇 개 정도여서 대수롭지 않게 생각했던 상처들이 하루가 다르게 불어나고 있었다. 어느새 내 팔다리는 피부병에라도 걸린 것처럼 붉은 상처와 반점으로 뒤덮이기 시작했다.

며칠 만에 뗏다를 방문했다가 내 팔다리를 보고 깜짝 놀란 나니는 나를 아랫마을로 데려가 첫날 묵었던 이모 집에서 재웠다. 이모 집에는 확실히 흡혈벌레가 훨씬 적었지만 근본적인 해결책은 되지 못했다.

"세상에! 대체 어쩌다가 이렇게 된 거야? 괜찮은 거야?"

지나가던 동네 사람들이 소스라치게 놀라며 날 붙잡고 묻기 시작하자 나는 그제서야 사태의 심각성을 깨달았다. 그리고 곧 견딜 수 없이 미쳐버릴 것 같은 기분이 나를 덮쳐왔다.

"알마즈, 아주쉬.(강해져야 해)"

달겨드는 파리떼를 쫓으며 금방이라도 울 것 같은 표정을 한 내 손을 꼭 잡고 테디가 굳은 얼굴로 말했다. 나는 뗏다를 떠나야 할 때가 가까웠음을 직감했다.

내가 나니에게 도시로 나가 병원에 가봐야겠다고 했을 때, 나니는 수도 아디스아바바에 한국병원이 있다는 정보를 알려주었다.

제대로 된 치료를 받을 수 있겠다는 한줄기 희망이 생기자 나는 최대한 빠른 시일 내에 아디스아바바로 떠나겠다고 했다. 진물이 질질 흐르는 팔다리의 고통을 하루도 더 참기 어려웠다.

"같이 가자. 나도 아디스에 가서 일자리를 알아볼까 해. 내일 당장 떠나는 표를 구해놓을게."

나니는 믿음직스럽게 내 어깨를 두드리며 말했다.

텟다를 떠나야겠다고 결심한 뒤 가장 먼저 한 일은 마침 장이 선 가축시장에 나가는 것이었다.

"이거 얼마에요?"

온갖 가축 울음소리와 여기저기 사람들이 흥정하는 소리로 시끌벅적한 시장 가운데에서 나는 통통한 염소 한 마리를 발견하고 가격을 물었다. 가장 크고 살찐 염소를 찾기 위해 온 시장을 헤집고 다니던 중, 아주 탐스럽게 살이 오른 갈색 빛의 염소 한 마리가 눈에 띄었던 것이다. 흥정 끝에 1,600비르(약 85불)를 지불하고 구입한 염소를 데리고 나는 집으로 돌아갔다. 내가 식구들에게 줄 수 있는 마지막 선물이었다.

내가 염소 목에 묶인 줄을 잡고 시장에서 돌아왔을 때, 고바지 할아버지는 그날로 염소의 목을 따기로 결정했다. 그는 일을 거들어줄 동네 할아버지들 몇몇을 부르더니 침대 밑에서 칼자루를 꺼냈다.

"하하, 알마즈 무서워?"

달겨드는 파리떼를 쫓으며
금방이라도 울 것 같은 표정을 한 내 손을
꼭 잡고 테디가 굳은 얼굴로 말했다.
나는 텟다를 떠나야 할 때가 가까웠음을 직감했다.

묶인 염소와 칼을 보고 내가 고개를 돌려버리자 구경나온 아이들이 그런 나를 깔깔대며 놀리기 시작했다. 칼은 내 생각보다 훨씬 작았고, 가축의 목을 따는 것이 그렇게 묶어 산채로 목을 썰어버리는 것인 줄 몰랐던 나는 눈을 질끈 감고 양 손으로 귀를 틀어막았다. 염소의 꽥꽥거리는 비명소리가 막은 귀 틈을 비집고 들어왔다.

내가 사온 염소는 동네 사람들과 함께 며칠 내내 나눠먹고도 남을만한 크기였다. 식구들은 동네 사람들을 대접하기 위해 불러모았다. 히룻은 따인 목에서 솟구치는 피를 냄비에 받아 화로에 불을 피워 끓였다. 열이 올라오며 선홍색 피가 짙은 갈색 빛으로 말랑말랑하게 굳기 시작했다. 커다란 인제라 위에 엉겨 붙은 핏덩어리들을 얹어 내주자 동네 아이들이 달려들어 인제라를 뜯었다. 나도 핏덩어리 한 조각을 인제라에 얹어 입안에 넣었다. 입안 가득 진한 피비린내가 풍겼다.

피가 다 빠진 염소는 처마 밑에 거꾸로 매달았다. 고바지 할아버지와 동네 할아버지들은 조심스럽게 가죽을 벗겨내더니 풀밭 위에 넓게 펴서 말렸다. 그리고는 내장을 가장 먼저 처리하더니 그 다음에는 부위별로 작게 도축하여 집안 천장 곳곳에 매달아두었다. 집안에서 생고기 비린내가 진동하기 시작했다. 이것은 앞으로 며칠 내내 식구들과 동네 사람들이 먹을 식량이었다.

한편 당장 표를 구해오겠다며 돈을 받아간 나니는 하루 종일 소식이 없었다. 나는 온 산속을 헤매며 나니를 찾아다녔다. 몇 시간 뒤에 기타소가 나니를 아랫마을 술집에서 찾았다는 말과 함께 [표를 구하지 못했어. 내일 모레 가자]라는 쪽지를 들고 나타났을 때, 나는 너무 아파 주저앉아 엉엉 울고 말았다.

가장 먼저 처리된 내장은 그날 저녁 바로 요리가 되어 식사로 나왔다. 히룻이 직접 손질한 온갖 가늘고 굵은 오장육부와 천엽이 고추와 볶아져 인제라 위에 얹혀졌다. 이틀을 더 살아내야 하는 나는 자리를 털고 일어나 내장을 으적으적 씹었다. 내장만 해도 어찌나 많은지 나는 이틀 후 아디스아바바로 떠나는 날까지 매끼 내장을 먹어야 했다.

·

문명으로
돌아오다

        **나는 어김없이 정원을 초과한 비좁은
미니버스 가장 뒷자리에 몸을 웅크리고 있었다.** 옆자리에는 테디
가 앉아 괴로운 표정을 하고 있었고 나니는 앞자리에서 혼자 창문
을 내리고 바깥 구경을 하고 있었다. 한 번도 자동차라는 것을 타
본 적이 없던 테디는 출발한 지 30분도 채 되지 않아 속에 있는 것
을 전부 게워냈고 그에 이어 버스 안 승객 두 명이 더 토했다. 밤새
11시간가량을 더 달려야 할 미니버스 안은 시큼한 냄새로 진동하
기 시작했다.

    내가 치료를 받으러 아디스아바바로 떠나야겠다고 했을 때,
할머니는 조심스레 부탁 하나를 해왔다. 어릴 때부터 유난히 기침
에 시달리던 테디를 병원에 데려가 줄 수 없겠냐는 것이었다. 나니

와 동행할 것이었던 나는 나니가 테디를 다시 텟다에 데리고 오면 된다는 요량으로 흔쾌히 할머니의 부탁을 수락했다.

산속을 덜컹거리며 달리는 차 안에서 나는 목에 걸린 십자가 목걸이를 만져보았다. 그것은 기타소가 이별 선물로 걸어준 것이었다. 주머니에는 꼬깃꼬깃하게 접힌 쪽지 한 장이 들어있었다.

"은수, 이거 랄리벨라에 사는 내 형 연락처야. 랄리벨라에 가게 되면 꼭 연락해봐. 네게 반드시 도움을 줄 수 있을 거야."

랄리벨로는 형의 전화번호와 메일주소가 적힌 쪽지를 내게 쥐어주었다. 밤중이라 어두컴컴한 산속 풍경이 창문을 빠르게 지나쳐갔다. 이젠 산속 생활도 끝이었다.

"아디스아바바! 아디스아바바!"

테디는 태어나서 단 한 번도 차를 타거나 텟다 밖을 벗어나 본 적이 없었다. 내일 아디스에 함께 갈 거라는 말에 테디는 소리를 지르고 방방 뛰어다니며 온 동네 아이들에게 자랑을 하더니 집으로 돌아와 길어온 물을 부어 머리를 씻기 시작했다. 테디가 구두솔로 머리를 쓱쓱 문지르며 감고 포대자루를 엎어 내일 입고 갈 옷을 고르는 걸 보던 나니가 크게 웃음을 터트렸다.

"하하, 쟤는 이제 자기가 깨끗한 줄 알 거야. 아디스에 가면 쟤 옷 좀 사줘."

"당연하지. 맛있는 것도 사줄 거야."

하지만 막상 버스 안에서 금방이라도 또 게워낼 것 같은 표정으로 앉아있는 테디를 보니 귀엽기도 하고 안쓰럽기도 했다.

"테디, 아주쉬(강해져야 해)."

테디의 머리를 쓰다듬자 그가 고개를 끄덕거렸다. 나는 용케 울음을 터트리지 않는 테디를 대견하게 바라보고 있었다.

그렇게 도착한 아디스아바바. 고작 열흘 남짓 지났을 뿐인데 나는 문명으로 돌아온 게 믿기지 않았다. 기력 회복을 위해 큰맘 먹고 잡은 숙소에는 깨끗한 벽과 침대 시트, 욕조가 딸린 개인 화장실, 온수가 시원하게 나오는 샤워기가 있었고 와이파이에 무려 세탁 서비스까지 가능했다. 게다가 변기라니, 저런 물건은 사용해본 기억조차 가물가물했다. 서랍을 열자 새끼 바퀴벌레들이 조르르 흩어졌지만 아무래도 좋았다. 갓 산속에서 상경한 나는 콧노래를 부르며 짐정리를 했다.

"은수, 나는 친구네 집에서 머물면서 일거리를 좀 찾아볼까 해. 네가 테디를 데리고 있어줘."

나니는 한국에서 지은 명성기독병원(MCM)의 위치를 알려주었고 나니와 헤어진 우리는 그가 알려준 병원 근처에 숙소를 잡았다.

"테디, 이제 우린 샤워를 해야 해. 씻겨줄까?"

고개를 세차게 흔드는 테디를 보고 웃음이 터진 나는 테디 손을 잡고 화장실로 갔다.

"자, 여기에다 쉬를 하는 거야. 쉬를 하고 나면 이 버튼을 눌러야 해. 알았지?"

버튼을 누르자 물이 소용돌이치며 변기 안으로 빨려 들어가는 것을 보고 눈이 휘둥그레진 테디는 이내 자신 있게 고개를 끄덕였다. 나는 이번에는 샤워기를 테디의 손에 들려주고는 사용법을 가르쳐주었다. 따뜻한 온수가 나오는 것을 확인한 나는 테디에게 수건을 들려주었다.

"알마즈! 다 했어!"

화장실에 들어간 지 채 5분도 되지 않아 다 씻었다는 테디의 말에 나는 '역시 씻겨줄걸 그랬나' 하며 화장실로 들어갔다. 그리고 들어가자마자 풍겨오는 이질적이고도 익숙한 냄새에 잠시 멍했다. 나는 냄새의 근원으로 시선을 옮겼다. 앞으로 쉬는 변기에다 하는 거라고 일러준 내가 대변도 거기에다 보아야 한다고는 일러주지 않았더니 착한 테디가 변기에다 쉬를 한 뒤 화장실 바닥에다 변을 누어놓은 것이었다. 테디의 변을 치우고서야 샤워부스에 들어간 나는 한동안 머리 위로 깨끗하고 따뜻한 물이 흐르는 걸 느끼고만 있었다. 그동안 얼마나 간절했는지 모를 이 순간을!

씻자마자 침대에 쓰러져 기절한 듯 잠이 든 우리가 정신이 들자마자 한 것은 식당에서 배를 채운 뒤 시장에 가는 것이었다. 여기저기 헤져서 걸레짝이나 다름 없는 테디의 옷을 새로 사주기 위해서였다. 간식으로 길거리에서 삼부사도 하나씩 사 먹은 우리는 기분이 몹시 좋았다.

"알마즈, 저거!"

시장으로 향하던 중 테디가 어떤 가게를 가리켰다. 그것은 중고 신발가게였다. 가게 안으로 들어가자 밖에서부터 테디의 시선을 사로잡은 초록색 중고 나이키 축구화가 유리 진열장에서 번쩍이고 있었다.

"저거 갖고 싶어?"

테디가 고개를 끄덕이자 점원이 신어보라며 진열장에서 축구화를 꺼내주었다. 축구화는 마치 사이즈를 잰 듯 테디에게 꼭 맞았다.

"이거 얼마에요?"

테디가 축구화를 신고 이리저리 걸어보는 동안 점원이 계산기를 두드렸다. 축구화는 내가 생각한 가격을 훌쩍 뛰어넘었다.

"테디, 우리 조금만 더 생각해보자."

내가 당황하며 말하자 테디는 실망한 표정을 감추지 못했지만 결국 축구화를 벗었다. 나는 샐쭉한 표정의 테디를 데리고 시장으로 가서 새 티셔츠와 바지를 한 벌씩 장만했다. "이거 어때?" "어떤 게 더 마음에 들어?" 하고 묻는 내게 테디는 나이키 축구화만 아른거리는지 대충 "응" 하고 대답할 뿐이었다.

"우리 맛있는 거 먹으러 갈까?"

새 옷으로 갈아입었지만 여전히 뾰루퉁한 테디의 기분을 풀어주기 위해 나는 피자집으로 가 햄이 올라간 피자를 한 판 시켰다. 그런데 어쩐 일인지 테디는 피자를 한입 먹어보더니 이내 고개를 젓고 더 이상 먹지 않았다. 테디는 피자보다 인제라가 좋다고 했다.

"알마즈, 근데 나니는 언제와?"

테디가 지친 얼굴로 말했다. 그렇게 꿈에 그리던 아디스아바바에 왔는데 테디는 더 이상 기쁘지 않은 모양이었다. 나는 "테디, 나니는 돈 벌고 있어. 지금은 나와 함께 있어야 해"라고 말해주고 싶었지만 언어의 장벽 때문에 말이 통하지 않았다. 대신 테디의 머리를 쓰다듬을 뿐이었다.

．

안녕,

테디

　　　아디스로 온 지 며칠이 지났는데 나에게도, 테디에게도 변한 것은 없었다. 나는 더 이상 흡혈벌레에게 물리지 않아도 되었지만, 상처들은 여전히 화산 분화구처럼 푹 패인 채 속수무책이었다.

　　"테디, 빌라.(테디, 먹어)"

　　나는 식당에 앉아 테디에게 먹을 것을 권했다.

　　"알마즈, 나니는?"

　　자꾸만 나니를 찾는 테디의 물음에 나는 한숨을 푹 쉬었다. 지난 며칠 동안 서로 말이 통하지 않는 우리는 아주 간단한 말을 제외하고는 소통을 하지 못하고 있었고 테디는 그로인해 더 불안해하고 있었다. 나는 테디를 위로해주고 싶었지만 어찌하면 위로할 수 있는지를 몰랐다. 숙소 로비에 있는 전화를 빌려 나니에게 몇 번이나 전화를 걸어보았지만 나니는 일하느라 바쁘다는 말만 남기고는 급히 전화를 끊어버렸던 것이다. 혹시나 하는 기대감에 로비에 함께 나왔던 테디는 터덜터덜 힘없이 방으로 돌아오곤 했다. 한편, 아디스에 도착한 다음 날 나는 바로 한국병원을 찾아갔고 그곳에서 청천벽력 같은 말을 들었다.

"어쩔 수가 없네요. 다른 병원을 찾아가 보세요."

접수하려고 오랫동안 줄을 서서 기다렸는데 돌아온 말이 하필이면 그 병원에 유일한 피부과 의사가 한국으로 휴가를 갔으며 돌아오려면 아직 멀었다는 이야기였다. 병원에서는 근처 다른 현지 병원의 주소를 적어주며 그곳으로 찾아가라고 했다. 결국 테디만 진찰을 받은 채 병원을 나와 또다시 물어물어 찾아간 병원에서 의사는 내 팔다리를 보고 혀를 차더니 알약과 연고를 처방해 주었다. 나는 실낱같은 희망을 가지고 약을 먹고 바르기 시작했지만 지난 며칠간 차도는 전혀 보이지 않았던 것이다.

결국 나는 절대로 하고 싶지 않았던 일을 하는 수밖에 없었다.

"뚜르르…… 뚜르르……."

몇 번의 신호음이 간 끝에 익숙한 목소리가 들렸다. 그리고 엄마가 금방이라도 울 것 같은 목소리로 나를 불렀다.

"엄마, 내가 벌레에 좀 물렸는데 여기서 준 약으로는 잘 안 낫네. 사진 보내줄 테니까 한국 피부과에 문의 좀 해줄 수 있을까?"

전화를 끊고 나는 도대체 상처의 얼만큼 심각한 부분을 찍어 보내야 할지 고민하느라 한참이나 머리를 싸매야 했다. 결국 너무 심해 보이지도, 너무 멀쩡해 보이지도 않는 사진을 고르고 골라 보냈지만 다쳤다는 연락을 받고 안절부절못하던 엄마는 사진 파일을 열자마자 기함을 하고 말았다.

사진을 들고 피부과란 피부과는 다 찾아 다닌 엄마는 대부분의 의사들에게 두리뭉실한 대답과 함께 사진 몇 장만 가지고 함부로 판단할 수 없다는 답변을 들었다. 그리고 마지막으로 찾아간 피부과에서 상처가 감염된 것으로 보이며 괴사 가능성이 있다는 답변과 만약 뼈까지 감염된다면 최후의 경우 절단을 해야 할지도 모른다는 이야기를 들었을 때, 그녀는 인내의 끈을 놓치고 말았다.

"지금 당장 한국으로 들어와. 제발 부탁이야."

"이미 시집가긴 글러먹은 것 같은데 좀만 더 버텨볼게."

나는 가늘게 떨리는 목소리의 그녀를 위로한답시고 농을 쳤다. 하지만 그녀는 조금도 위로받지 못한 것 같았다. 2013년 7월 말, 아프리카에 온 지 고작 5개월도 채 되지 않아 일어난 일이었다. 나는 내 몰골을 내려다 보았다. 5개월 전만 해도 하얗고 보드라웠던 내 팔다리는 처참하도록 온통 구멍이 뚫려 진물이 흐르고 있었다. 나는 아마 앞으로 평생 반팔이나 반바지 밖으로 흉터투성이 팔다리를 드러낸 채 살아야 할지도 몰랐다. 물론 그것도 팔다리가 성하게 붙어 있을 때의 이야기겠지만.

하지만 이렇게 허무하게 한국으로 돌아갈 수는 없었다. 여행은 아직 끝나지 않았기 때문이었다. 흉터. 절단. 여행. 나. 한국. 여행. 흉터. 절단. 단어들이 내 머릿속을 어지럽게 휘감았다. 설마 고작 벌레 물린 거 가지고 무슨 절단이야. 나는 고개를 휘휘 저었다. 여행. 절단. 여행. 절단 …… 절단.

문득 겁을 집어먹은 내 자신이 우습게 느껴졌다. 절대로 가지 않겠다고 괜한 오기를 부려봤지만, 아프리카로 다시 돌아가도 좋으니 제발 한국으로 돌아와 치료만이라도 받고 다시 가라는 엄마의 설득에 나는 못 이긴 척 이틀 후 떠나는 에티오피아 발 한국행 티켓을 끊을 수 밖에 없었다.

"나니, 나 치료받으러 급하게 한국에 돌아가게 됐어. 테디를 부탁해."

내가 나니에게 전화를 걸었을 때, 나니는 별로 놀라지 않은 것 같았다.

"그래? 그런데 나 아디스가 아닌데 어쩌지."

"응? 그게 무슨 말이야, 아디스가 아니라니?"

나니는 지금 일을 하러 500km 떨어진 하라르에 와있으며 아디스아바바로 돌아갈 수 있는 상황이 아니라고 했다.

"그렇게 말도 없이 가버리면 어떡해? 이틀 후에 나는 떠난다고!"

그러자 곧이어 나니가 무덤덤하게 이야기했다.

"은수, 네가 테디를 데려가."

"뭐라고?"

"테디를 데려가서 잘 키워줘. 테디가 널 많이 따라."

"나니, 말도 안 되는 소리 하지 마. 현실적으로 불가능해."

"한국에 가면 테디도 너 같은 생활을 할 수 있잖아. 맛있는 걸 먹고, 좋은 옷을 입고…… 은수 너라면 테디한테 좋은 엄마가 되어줄 수 있어."

"테디는 지금 너만 찾는다고!"

나는 숙소 프론트 전화를 빌려 쓰는 주제에 다른 사람들의 시선은 아랑곳 않고 소리를 버럭 질렀다. 나니는 숙소로 테디를 데려갈 친구를 보내겠다고 하고 전화를 끊더니 다시 받지 않았다. 테디가 기대하는 눈으로 나니가 전화를 받더냐고 물었다.

숙소 로비에서 나니의 친구 기다리기를 한 시간, 두 시간 그리고 세 시간. 시간이 흘러도 테디를 데려갈 누군가는 오지 않았다. 결국 테디 손을 잡고 경찰서를 찾은 나는 경찰서장에게 사정을 설명하고는 친구가 동생을 데려갈 수 있게 해달라고 부탁했다. 경찰의 전화를 받은 나니는 친구를 시켜 5시까지 아이를 데리러 가겠다고 하더니 6시가 넘도록 가고 있다는 말만 하고 나타나지 않았다.

다음날에도 나는 경찰서를 찾았다. 상황파악이 된 경찰은 나니에게 전화를 걸어 내가 아이를 두고 가버렸으니 데리러 오라고 말했다. 그러자 나니는 직접 곧 오겠다고 했다. 나는 나가서 매점에 들어가 우유 비스킷 한 통을 샀다. 그리고 경찰서로 돌아와 그것을 테디에게 쥐어주고는 테디가 탐내던 내 초록색 캡모자를 씌워주었다.

"테디, 나니가 곧 널 데리러 온대. 걱정하지마."

테디를 쓰다듬으며 내가 말했다. 영어로 말을 했는데도 테디는 알아들은 것 같은 표정으로 나를 쳐다보았다. 곧 나니가 올 것 같아 나는 서둘러 일어났다.

"감사합니다."

경찰에게 간단한 목례를 한 나는 뒤돌아 걸었다.

"은수 너라면 좋은 엄마가 되어줄 수 있어."

내 뒤통수에 대고 나니가 소리치는 것 같았다.

"내가 엄마였으면 절대 나를 이렇게 키우지 않았을 거야."

내가 언젠가 엄마한테 쏘아붙였던 말이 나니의 목소리와 뒤섞여 번졌다.

"아무것도 모르는 아이한테 상처 주는 게 제일 나빠. 알아?"

탕!

엄마에게 있는 힘껏 가시 돋친 말을 토해낸 내가 물컵을 탁자 위에 부서질 듯 내려놓았다

탁!

내 등 뒤로 경찰서 문이 가볍게 닫혔다. 매일같이 비가 주룩주룩 내리던 춥고 쌀쌀한 7월의 에티오피아. 나는 경찰서를 나서자마자 펑펑 울어버렸다.

한국은 후덥지근한 여름이었다. 나는 집에서 멀지 않은 대학병원에 다니고 있었고 그곳에서 처방해준 약을 먹고 얼마 지나지 않아 몸의 상처는 언제 그랬냐는 듯 빠르게 옅어지고 있었다.

한국에 오자마자 모든 것은 빠르게 일상의 풍경으로 돌아갔다. 먹고 싶은 것은 먹고 씻고 싶은 만큼 씻고 밤에는 안락한 침대에서 잠을 잤다. 종종 아디스아바바 어딘가에 진열되어 있을, 혹은 테디 또래의 누군가 신고 있을 초록색 나이키 축구화가 불쑥불쑥 생각이 났지만 그건 이미 테디 것이 아니었다.

몇 시간 만에 경찰서로 돌아가 나니가 테디를 데려간 것을 확인한 나는 다음날 한국행 비행기에 올랐고, 테디는 그날 내 살갗에 몰아치던 차가운 빗방울처럼 그렇게 바스라진 기억이 되어 사라졌다.

한 달간의 치료를 마친 나는 다음 여행지인 케냐로 떠났다.

마다가스카르

Madagascar

•

꿈과 환상으로
가득한 나라

케냐 나이로비 국제공항이 한낱 풀풀
날리는 잿더미가 될 뻔했다. 화재진압 끝에 그 꼴만은 면했지만 단
순 사고인지 누군가가 고의적으로 저지른 방화사건인지, 혹은 테
러인지 원인조차 모른 채 시커멓게 불탄 공항은 내가 케냐로 출국
하기 일주일 전 폐쇄되어 버렸다. 해가 지는 순간 절대 집 밖으로
나가서는 안 된다는 흉흉한 소문의 이 도시에 대해 나는 왠지 모를
불길함을 느끼고 있었다.

케냐는 온갖 무시무시한 일화들이 들려오는 공포스러운 땅이었
다. 해가 지고 나서 외출했다가는 멀쩡히 귀가하지 못할 것이라던
가, 아무 차나 택시인 줄 알고 탔다가는 머리통에 총구가 들이밀어
질지도 모른다는 소문들이었다. 가정부와 경비가 짜고 가정집을

털기도 하며 백주 대낮에 버스가 폭발하는 등 테러가 밥 먹듯이 일어난다는 소문의 그 도시, 나이로비. 도시에 첫발을 딛기도 전에 나는 불탄 공항에서 임시로 꾸린 간이 천막에서 입국심사를 해야 했다.

〈라이온 킹〉의 배경이 되었다던 케냐의 끝없이 펼쳐진 사바나와 야생동물들을 상상했던 나는 공항을 벗어나자마자 펼쳐진 나이로비의 풍경에 탄성을 지르고 말았다. 즐비한 고층빌딩과 번잡한 도로, 바쁘게 돌아다니는 양복을 차려 입은 사람들. 나이로비는 높은 물가의 대도시였다. 죽치고 지내기는 틀렸다는 생각이 들자 나는 곧바로 이곳을 탈출할 요량으로 마다가스카르행 티켓을 끊었다.

아프리카 동쪽의 거대 섬, 마다가스카르. 그곳에 가는 왕복 비행기는 최소 1,100불 이상을 호가했다. 망설이던 중 운 좋게 775불짜리 모리셔스 경유 티켓을 발견했을 때, 나는 황급히 결제를 진행했다. 마음이 너무 급해서 결제자 정보를 잘못 입력한 줄은 꿈에도 몰랐다. 며칠 후 결제 취소 소식을 일방적으로 통보받았을 때 이미 그 티켓은 공중분해가 된 뒤였다. 격분한 나는 억울함에 씩씩거리며 반쯤 오기로 300불을 더 주고 직행 티켓을 끊어버렸다.

'암, 가야지. 가고 말고.'

내 피 같은 300불이 비명을 지르며 통장 밖으로 뜯겨나갔다. 결제 후 잔고는 마치 헐벗은 아이 같았지만 나는 조금의 동정도 나눠 줄 생각이 없었다.

주머니에 돈이 떨어지는 날에는 여행이고 자시고 전부 끝이 날 것이었다. 하지만 나는 그 돈을 주고서라도 기어이 마다가스카르에 갈 작정이었다. 아니, 꼭 가야만 했다.

'마다가스카르에 엄청 멋있는 돌산이 있대. 죽기 전에 그곳에 꼭 가보고 싶어.'

몇 년 전쯤 그가 했던 말이 귓가에 아른거렸다.

'어쩌면 마다가스카르가 아니었으면 나는 애초에 아프리카가 아니라 다른 대륙에 갔을 지도 몰라.'

나는 애써 의미부여를 하기 시작했다. 어찌되었든 마다가스카르는 목적지도 없이 방랑하던 나에게 이정표와도 같은 곳이었다. 그러니까 티켓 가격이 얼마던 이곳에 나는 꼭 가야만 하는 것이다.

'마다가스카르에 쏟아부은 내 돈을 위해 건배!'

그러나 설렘과 기대에 부풀어 기내에서 무료로 제공되는 맛대가리 없는 와인을 들이키던 나의 환상은 마다가스카르에 도착하자마자 와장창 깨지고 말았다.

"65불입니다."

피곤한 표정을 한 공항 직원의 무뚝뚝한 목소리가 창구의 유리 구멍으로 새어 나왔다. 그녀는 내게 비자 비용을 청구하고 있었다.

"아, 저는 한 달 안에 케냐로 돌아갈 거라서요. 30일까지 무료 체류 맞죠?"

나는 그리도 고대하던 마다가스카르 공기를 들이마시며 싱긋

'마다가스카르에 엄청 멋있는 돌산이 있대.
죽기 전에 그곳에 꼭 가보고 싶어.'
어찌되었든 마다가스카르는 목적지도 없이
방랑하던 나에게 이정표와도 같은 곳이었다.

웃어 보였다. 그리고 내 왕복 항공권을 꺼내 당당하게 펼쳤다.

"65불이라구요."

그녀는 귀찮다는 듯 재차 말했다. 상대가 잘못 알고 있다는 것을 알려주려고 거듭 설명을 하려던 나는 그제서야 거만하게 팔짱을 끼고 내려다 보고 있는 그녀의 눈을 마주치고 말았다.

"65불을 내던지 싫으면 케냐로 돌아가던지 하세요."

그녀는 그저 어깨를 으쓱할 뿐이었다. 나는 벌떡 일어나 항의했다. 실랑이를 지켜보던 프랑스 남자가 도움이 필요하냐고 물어왔다.

"직원이 말도 안 되는 걸로 돈을 요구하고 있어요. 경찰이라도 불러야 하는 거 아닌가요?"

그러자 그는 대수롭지 않다는 듯 대답했다.

"이 사람들이 경찰이에요. 방법이 없어요. 나는 마다가스카르에 자주 오지만 올 때마다 이래요."

결국 나는 얌전히 65불을 꺼내 건네는 수밖에 없었다. 필요하지도 않은 60일짜리 비자가 찍힌 여권을 내려다보며 나는 생돈을 빼앗긴 억울함에 씩씩댔다. 오자마자 마다가스카르가 싫어지고 있었다. 내가 여길 오려고 거금을 지불하고 비행기를 탔단 말인가.

꿈과 환상은 얼어 죽을. 마다가스카르는 무지갯빛 세상 속에서 사자와 하마와 얼룩말이 모험을 벌이는 그런 곳이 아니었다. 아마존 같은 열대우림 속에서 동남아인을 닮은 사람들이 프랑스어로 사기를 치는 이 나라에 나를 무작정 떨어트려 놓고 여기가 어느 나라인지 맞춰보라고 한다면 나는 대륙조차 맞추지 못했을 것이 분명했다. 오직 프랑스어와 말라가시어만 통하는 이곳에서 내 영어는 아무짝에도 쓸모없는 것이 되었고 고등학교 때 잠깐 배워둔 내 프랑스어 실력은 '프랑스어 할 줄 몰라요'라고 할 줄 아는 정도밖에 되지 않았다.

마다가스카르에서의 한 달은 순탄치 않을 예정이었다.

·

돌산을
향해

　　　　　좁고 구불구불한 산속의 절벽길을 딱
시브루스는 비틀비틀 달리고 있었다. 그러지 않아도 이미 산속을
지나오면서 전복된 딱시브루스를 한 대를 보았다.

'흐으읍.'

절벽 끄트머리를 바퀴가 아슬아슬하게 스치고 지나가자 나는
급히 안전벨트를 찾아 손을 더듬거렸다. 그러나 만져지는 것은 아
주 오래 전 끊어진 것으로 보이는 짤뚱한 안전벨트 쪼가리가 전부
였다. 만약 딱시브루스가 절벽 아래로 떨어져서 죽는다면, 그건 내
가 생각해낼 수 있는 아프리카에서의 제일 대단한 개죽음이 틀림
없었다.

딱시브루스는 11인승 봉고차로 마다가스카르의 장거리 교통수

단이었다. 아프리카에서 반년 가까이 시간을 보낸 나를 놀라게 하려면 웬만한 걸로는 어림도 없었는데, 나는 이미 딱시브루스에서 무릎을 꿇고 말았다. 마다가스카르는 내가 상상했던 것 이상이었다.

일단 이 거대한 섬 안에 몇 개 있지도 않은 도로는 심각하게 열악했다. 그리고 그 위를 달리는 딱시브루스는 더 열악했다. 창문이 깨져있다던가 문이 고장 나있는 것 정도로는 어림도 없었다. 속도계가 고장나 장식품이 되어버린 딱시브루스 안에는 사람이 탑승한 게 아니라 쑤셔 넣어진 것 같았다. 어른들은 의자부터 바닥까지 빽빽하게 끼어앉았고 아이 엄마들은 아이들을 세 명씩 무릎에 겹쳐 앉혔다. 운전석은 운전기사만 앉는 자리가 아니었다. 이 좁아터진 딱시브루스 안에는 그런 식으로 서른 명은 족히 껴있었다.

그런 딱시브루스 위에는 딱시브루스를 한 채 더 얹은 것 같은 짐이 동여매져 있었다. 그러니 딱시브루스가 내려앉는다고 해도 전혀 놀랍지 않았을 것이다. 짐 무게를 이기지 못하고 전복되지만 않아도 본전은 되는 것이다.

마다가스카르에 도착하자마자 딱시브루스를 타고 향한 곳은 섬 남서부에 위치한 해변도시 무릉다바였다. 지체할 것이 뭐 있겠는가. 나는 곧바로 첫사랑이 말한 돌산을 찾아 나섰다. 그 돌산은 칭기라고 불리는, 한때 바닷속에 잠겨있던 거대한 석회암 산인데 그것은 수도 안타나나리보에서 무릉다바까지 간 뒤 그곳에서 다시 도로조차 없는 곳을 8시간가량 더 가야지 볼 수 있다고 했다.

'이런 게 낭만이지!'

나는 스스로의 낭만에 도취해서 실실 웃고 있었다. 그가 죽기 전에 가보고 싶다는 곳에 선수를 쳐서 먼저 오게 된 것에는 묘한 승리감마저 들고 있었다. 물론 그는 아무것도 모르고 자기 인생 잘 살고 있겠지만서도 말이다.

비행기로 1시간 거리인 안타나나리보에서 무룽다바까지는 딱시 브루스로 꼬박 18시간이 걸렸다. 딱시브루스가 18시간을 가는 방법은 이러했다. 마을에 닿으면 정차해서 밥을 먹고, 화장실이 급한 사람이 있으면 알아서 해결하고 올 수 있도록 산속 아무데나 차를 멈춰주었다. 사람들은 남녀 구분할 것 없이 딱시브루스 옆에 일렬로 죽 늘어서서 일을 보았다. 그리고 밤이 되면 딱시브루스 몇 십대가 약속한 곳에 모였다가 함께 출발했다. 해가 지면 산속에 도적들이 출몰한다는 것이었다.

여행깨나 다니면서 10시간 정도는 '눈 감았다 뜨면 도착해 있는 시간 아닌가요' 할 수 있는 경지에 이르렀다고 자부했지만 딱시브루스 안에서의 18시간 끝에 나는 거의 실신할 지경이었다. 주투의 도움으로 금방 숙소를 찾아낸 나는 끊어질 것 같은 허리 통증과 피로에 절어 방에 들어가자마자 배낭을 내동댕이 쳐버리고는 그 옆에 쓰러져 누웠다.

주투는 딱시브루스 안에서 사귄 말라가시인 친구였다. 고막을 찢어버릴 기세로 마다가스카르 가요를 트는 딱시브루스 안에서 나는 잠을 청해보려고 무진장 애를 쓰고 있었다. 그는 그런 내 옆에서 마치 노래방에 온 냥 낭랑한 목소리로 노래를 불러대며 나를 잠 못 들도록 했던 장본인이었다.

'얼씨구?'

노래는 그가 멋드러지게 넣는 화음으로 화룡점정을 찍는 중이었다. 속으로 부글부글 끓는 동안, 한참 무아지경에 빠져있던 그가 실수로 내 발을 밟았다.

"빠흐동."

"프랑스어 못해요."

나는 유일하게 할 줄 아는 프랑스어를 얼른 지껄였다. 그러자 그가 물었다.

"잉글리쉬?"

나는 깜짝 놀라 그를 처다보았다. 그건 마다가스카르 안에서 처음으로 들어보는 영어였다. 주투는 NGO에 근무하는 말라가시인이었다. 종종 남아공으로 출장을 다니는 덕분에 영어도 조금 할 줄 안다는 것이었다. 그는 무룽다바로 출장가는 길이었고, 정차한 마을에서는 내게 조촐한 식사도 대접해 주었다. 그리고 숙소를 알아 봐 주는 수고까지 마다하지 않았다.

방에 들어오자마자 뒤통수를 후려 맞은 듯 기절해 잠이 든 나를 두 시간 만에 깨운 것은 방 안에서 누군가가 뛰어다니는 듯 나무 바닥이 우다다다 하고 울리는 소리였다. 잠깐 동안 꿈결이라 생각했는데, 꿈이라기에 소리가 점점 더 선명해졌다.

'방 안에 누가 있나?'

순간 눈이 번쩍 뜨인 나는 황급히 일어나 주위를 둘러보았다. 방에는 아무도 없었다. 고개를 갸웃거리며 소리가 난 곳으로 시선을 옮겼을 때, 나는 다름아닌 거대한 바퀴벌레 한 마리를 조우했다.

"까악!"

내 외마디 비명은 아랑곳도 않고 바퀴벌레는 도마뱀과 목숨을 건 사투를 벌이는 중이었다. 사투는 침대 밑에서 창문, 옷장 위까지 아우르며 방 안 곳곳으로 이어졌다. 그리고 나는 여기저기 찢어진 모기장 속에서 바들바들 떠는 중이었다. 에티오피아에서는 흡혈벌레를 내 살 속에 박고 다녔지만 바퀴벌레랑은 또 다른 이야기였다. 거대한 바퀴벌레는 도마뱀이 포기를 했는데도 불구하고 극도로 흥분했는지 온 방 안을 붕붕거리며 날아다니고 있었다. 바퀴벌레가 벽에 머리를 처박을 때마다 쿵쿵 소리가 났다.

모기장에 바퀴벌레가 날아와 착 붙었을 때, 나는 숨을 쉬는 것도 잊었다. 내 눈앞에 모기장을 꽉 움켜쥔 바퀴벌레의 털복숭이 다리와 배가 보였다. 그때 내 시선이 끄르지도 않은 채 침대에 내동댕이쳐진 배낭에 멈췄다. 배낭을 뒤져 모기 퇴치용 스프레이를 찾은 나는 그것을 향해 미친 듯이 분사했고, 독한 냄새에 기절해버린 바퀴벌레가 힘없이 바닥으로 떨어진 틈을 타 쓰레기통으로 덮어버렸다. 그날 밤, 바퀴벌레는 두 마리가 더 나왔다.

이 세상의 온갖 희귀생물들이란 희귀생물들은 전부 마다가스카르에 모여있다는 이야기를 들었을 때, 내가 떠올린 것은 바퀴벌레의 이야기는 아니었다. 그런데 이곳에는 정말로 이 세상 어디에서도 찾아볼 수 없을 온갖 바퀴벌레들이 다 모여있었다. 예를 들면 전세계에서 제일 큰 바퀴벌레나 쉭쉭 소리를 내며 우는 바퀴벌레 같은 것 말이다. 마다가스카르는 그야말로 바퀴벌레의 천국이었다. 그들은 모든 곳에 존재했다. 옷장 안, 서랍 안, 심지어 달리는 딱시브루스의 창문과 의자 위에도. 이제는 가만히 앉아만 있어도 바퀴벌레가 내 몸 어딘가를 기어다니는 듯한 착각이 느껴질 정도였다.

그런데 무릉다바는 그저 그런 해변이 있는 평범한 도시였다. 해변에 누워 일광욕을 즐기기엔 모래가 거칠고 파도가 투박했고, 별 다르게 할 것이 있는 것도 아니었다. 딱 한 가지 좋은 점은 프랑스의 영향인지 해산물과 스테이크 요리가 매우 훌륭했는데, 물가도 너무 싼 나머지 랍스터를 한화 5,000원이면 먹을 수 있다는 것이었다. 인내심의 한계에 다다라가던 나는 먹는 걸로 스트레스를 풀기 시작했다. 한 번은 만 원어치 넘게 먹겠다는 작정으로 호화로운 레스토랑에 가서 칵테일부터 게와 새우 요리까지 코스로 시켜놓고 더 이상 배에 아무것도 집어넣지 못할 때까지 먹었는데, 계산서에 정확히 만 오백 원이 찍혔을 때에는 뭔지 모를 뿌듯함마저 느꼈다. 나는 아침 점심 저녁을 전부 그렇게 번지르르 하게 차려놓고 먹기 시작했다. 그러자 독보적으로 저렴한 물가에도 불구하고 나는 식비로만 다른 나라보다 훨씬 많은 돈을 탕진하고 있었다.

'아무렴 어때.'

결국 마다가스카르 물가에 맞춰 생각해둔 예산이 있었지만 나는 과감하게 투자하고 장렬하게 파산하기로 결정했다. 이건 전부 득실거리는 바퀴벌레 때문에 너무 스트레스받은 나머지 절대로 불가피했던 선택이었다.

나는 같은 숙소에서 베마라하 칭기 국립공원으로 갈 동행을 구했다. 그들은 프랑스령 섬인 레위니옹 출신의 르노 아저씨와 알베르토 할아버지였다. 그들도 마침 함께 차를 렌트해서 칭기에 갈 동행을 구하고 있던 차였다.

무릉다바에서 칭기까지 가는 8시간은 그냥 8시간 걸리는 길이 아니었다. 그곳은 우기가 되면 길이 물에 잠겨 단절되는 험한 길이었다. 뚱뚱하고 거대한 외계생명체 같기도 한 바오밥나무가 줄줄이 솟아있는 바오밥나무 거리를 지날 때만 해도 나는 동화 속에 들어온 것 같은 풍경에 감탄했지만, 곧 몇 시간 내내 차 천장에 머리를 쿵쿵 찧으며 달리게 되자 배 위에 살면서도 단 한 번도 멀미를 해본 적이 없는 나조차 속이 메슥거릴 지경이었다. 그렇게 토하기 직전까지 달리다 보면 커다란 강이 나왔다. 나무 판때기를 엮어 만든 배로 강을 건너고, 또다시 천장에 머리를 찧으며 달린 뒤 또 한

번 만나는 강을 건너면 칭기 인근의 숙소에 도착하는 것이었다.

어김없이 바퀴벌레와 나방, 거미, 도마뱀, 개구리, 심지어 박쥐까지 우글거리는 숙소에서 하룻밤을 묵은 우리는 아침 일찍 일어나 대망의 칭기를 오르러 갔다. 칭기는 큰 칭기라는 의미의 그랑칭기, 작은 칭기라는 의미의 쁘띠칭기가 있었는데 르노 아저씨와 나는 그랑칭기를, 알베르토 할아버지는 쁘띠칭기를 오를 것이었다. 그랑칭기는 험한 돌산과 흔들다리가 걸려있는 낭떠러지, 비좁은 동굴 등을 지나야 하는 탓에 어린아이나 노인, 체력이 약한 사람, 좁은 곳을 지나갈 수 없을 정도로 몸집이 비대한 사람들은 쁘띠칭기를 올랐다. 그랑칭기에도 여러 난이도의 코스가 있었다.

"은수?"

르노 아저씨의 눈빛에 나는 비장하게 고개를 끄덕였다. 그와 나는 자신만만하게 7시간가량 걸리는 가장 고난이도 코스를 선택했다. 허리에는 하네스와 로프를, 머리에는 헤드라이트를 찬 우리는 크게 심호흡을 내쉰 뒤 가이드를 따라 등반을 시작했다. 한동안은 그저 산을 오르는 기분이었다. 그곳에는 여우원숭이들이 나뭇가지를 타며 뛰어다니거나 낮잠을 자고 있었다. 하지만 숲 속을 지나자 곧 가파른 절벽이 나왔다.

'젠장, 첫사랑의 추억 한번 떠올려 보려다가 골로 가겠군.'

나는 절벽 아래를 내려다보며 생각했다. 있으나마나 한 장비들은 발을 헛디뎌도 별 도움이 될 것 같지 않았고 날카롭게 뾰족뾰족

솟아있는 돌 위로 떨어졌다간 곱게 죽을 모양새도 아니었다.

곧이어 우리는 좁은 돌들 사이로 몸을 비집고 다니다 금방이라도 끊어질 것만 같은 부실한 흔들다리를 건넜다. 뜨거운 태양 아래 땀이 줄줄 흐를 즈음에는 과연 사람 몸이 들어갈 수는 있는 건가 싶은 비좁은 동굴 속으로 낑낑거리며 몸을 우겨 넣었다. 도움닫기를 해서 돌들 사이를 훌쩍 뛰어서 건너야 했을 때 가이드가 급히 잡아 주지 않았더라면 나는 몸 어디쯤인가 하나 부러졌을 지도 몰랐다.

점심은 각자 챙겨온 바나나와 비스킷이 전부였다. 땀에 푹 젖은 채로 돌산을 오르락내리락하길 몇 시간이 흘렀다.

가이드가 내민 손을 잡고 칭기 가장 높은 곳에 올라섰을 때, 그곳에는 뾰족뾰족한 돌산이 끝없이 펼쳐져 있었다. 헤아릴 수 없을 정도로 먼 옛날, 이것은 깊은 바닷속 풍경이었을 것이다. 르노 아저씨는 옆에서 벅찬 얼굴로 바람을 맞으며 서 있었다.

'진짜로 와버렸어.'

나는 중얼거렸다.

'네가 말한 빌어먹을 돌산에 왔다고!'

나는 4년 전 그가 자랑스럽게 보여준 사진 한 장을 어렴풋이 떠올렸다. 이 세상의 것이 아닌 것만 같은 사진 속 풍경과 눈 앞의 풍경이 다를 것 없이 겹쳐졌다.

'젠장, 겨우 이거였어?'

새털같이 가벼운 바람이 비웃듯이 내 머리카락을 헝클어트리고

지나갔다. 무언가 나를 기다리고 있을 줄 알았던 그곳에는 아무것도 없었다.

'난 대체 이곳에 왜 온 거지. 도대체 뭘 보겠다고?'

눈앞의 장관은 그대로인데, 갑자기 화가 났다가 허무함이 치밀어 오르기 시작했다. 그 오기를 부려가며 여기까지 왔으면 무언가 깨달음을, 아니면 하다못해 추억의 애틋함이라도 있어야 했다. 그런데 돌산의 꼭대기에는 그저 공허만이 덩그러니 떠있을 뿐이었다.

무릉다바로 돌아온 나는 후미진 호텔 방 구석에 처박혀 4일 동안 나오지 않았다. 아무것도 하기가 싫어졌다. 언젠가는 칭기를 보겠다며 아프리카에서 반년을 떠돌았는데, 이제 칭기를 보았으니 더 이상 하고 싶은 것도, 보고 싶은 것도 없었다.

눈을 뜨면 대충 아침 겸 점심을 챙겨먹고 누워있다 부스스 일어나 또 대충 저녁을 먹고 멍하니 누워만 있는 나흘이 지났다. 그렇게 시간을 흘려보내던 중, 주투에게서 맥주나 한 잔하자며 메시지가 왔다.

"칭기 어땠어?"

맥주병을 기울이며 주투가 물었다. 맥주병 라벨에는 허여멀건 말 대가리가 세 개나 그려져 있었다.

"좋았어. 멋있었고."

나는 힘없이 대답했다. 그래, 분명 칭기는 끝내주게 멋있었지.

"그렇구나. 난 이제 타나로 돌아가야 해. 너는 무릉다바에 계속 있을 거야?"

"글쎄. 무릉다바에 계속 있고 싶진 않은데…… 딱히 가고 싶은 곳도 없네."

"무릉다바 별로야?"

"그건 아닌데 지겹잖아. 에메랄드빛 해변도 없고."

내 말에 주투는 웃음을 터트렸다.

"무릉다바에는 그런 해변이 없어. 그런 해변을 보려면 툴리아에 가야 해."

"툴리아?"

지도를 찾아보니 툴리아는 무릉다바에서 남쪽으로 350km가량 떨어진 곳에 있는 도시였다.

"이곳에 가면 에메랄드빛 해변이 있어?"

"그럼. 고래도 있을지 몰라."

나는 주투의 말에 정신이 번뜩 들었다. 고래를 볼 수 있다고?

"툴리아에 가봐야겠다! 멀지도 않네."

"멀지 않다니. 엄청 멀어."

좋아하고 있는 나를 주투가 이상하다는 듯이 쳐다보았다.

"무릉다바 바로 아래인데?"

"무릉다바에는 툴리아까지 가는 도로가 없어. 동쪽으로 안치라베에 간 다음 남쪽의 피아나란추를 거쳐서 돌아가야 해."

"세상에, 바로 아래로 가는데 나라의 절반을 돌아야 한다고?"

"응, 아니면 비행기를 타던지."

주투는 간단한 해답을 제시하며 어깨를 으쓱했다.

"무릉다바에서 툴리아까지 대체 얼마나 걸리는데?"

"글쎄, 네가 몇 박 몇 일 동안 딱시브루스를 탈 수 있으면……."

"몇 박 몇 일! 타나에서 무릉다바까지 걸린 18시간도 족했어!"

"그럼 한 일주일은 걸리지 않을까?"

주투가 해맑게 웃으며 말했다.

다음날 나는 이른 아침부터 딱시브루스 정류장으로 향했다. 무릉다바에서 350km 떨어진 툴리아까지는 육로로 족히 1,300km였다.

무릉다바에서 툴리아까지, 5박 6일간의 기록

2013. 9. 13

무릉다바에서 안치라베까지 걸린 12시간.

구불거리는 산속을 넘고 넘어 가던 중 커다란 산불이 났는지 엄청난 연기가 피어 오르고 있었다. 길가엔 선홍색 피바다를 만든 시체 한 구가 보였고 그 주위로 아낙이고 아이고 할 것 없이 둘러싸서 혀를 차고 있었다. 케냐 몸바사의 길거리에서 쓰러져 있던 그 사람이 자꾸만 생각난다. 머리에서 피를 흘리고 거품을 물고 발작하며 죽어가던 그 사람.

아무도 그를 도와주지 않았다. 지나가던 어떤 남자는 그 사람의 신발을 벗겨 코에 갖다 대며 낄낄대기까지 했다. 주위에 구경하고 있던 한 아저씨를 붙잡고 병원에 데려가야 하지 않냐고 물어보자 그 사람은 날 안심시키려는 듯 손가락을 머리 옆에 빙빙 돌리며 미친 사람이라고 했다.

아마 그 사람은 죽었겠지.

중간중간 차가 서면 아낙과 아이들이 바나나를 비롯한 각종 간식거리들을 들고 창문으로 모여들었다. 나는 바나나 잎에 싸서 찐 떡을 하나 샀다. 떡에서 모래알이 으득으득 씹혔다.

2013. 9. 14

안치라베.

영어가 정말 단 한 마디도 안 통해서 화딱지가 난다. 게다가 여기는 외국인을 상대하는 호텔이 아닌가.

"밥을 먹을 곳이 있나요?"

"예스."

"체크아웃 몇 시에요?"

"예스."

"여기 바퀴벌레 있어요?"

"예스."

더군다나 안치라베는 더럽게 춥다. 더운 물이 나오는 숙소를 간신히 찾아서 보름 만에 샤워다운 샤워를 했는데, 샴푸를 묻힌

머리에서 검은 거품이 뚝뚝 떨어졌다. 어제 탄 초록색 딱시브루스가 엄청나게 더러웠던 게 틀림없다. 바퀴벌레가 몇 마리나 보이더니 본의 아니게 한 마리를 엉덩이로 깔아뭉개 죽이기까지 했으니 말이다.

안치라베에서 피아나란추까지는 6시간이 걸렸다.

좌석 3개와 보조석 한 개에 엄마의 무릎에 앉은 아기까지 6명이 끼어있으니 자리는 비좁고 등받이는 유난히 뻣뻣하게 서서 허리가 많이 아팠다. 설상가상 한 20분 정도 갔을까, 내 옆에 앉은 엄마의 무릎 위에서 자던 아이가 악에 받쳐 울기 시작하더니 이내 내 다리가 따뜻해졌다.

아이가 내 무릎 위에 전부 게워냈다. 힐끗 보기만 하고 사과도 없는 게 빈정이 상했지만 나도 힘든데 애 엄마는 오죽하랴 싶어 물티슈를 꺼내 내밀었다. 어쩐지 오늘따라 물티슈가 챙기고 싶더라.

6시간 내내 나에게서는 아기 토 냄새가 진동했다.

2013. 9. 15
피아나란추.
때려죽여도 오늘은 딱시브루스 못 탄다. 아니 안 탄다.

2013.9.16
피아나란추에서 라누히라로 가는 6시간.

얼핏 세어도 최소 서른 명은 탄 딱시브루스였다. 뒤쪽에는 아이들이 바글바글하고 내가 앉은 앞쪽 세자리에는 장정 7명이 바닥까지 꽉꽉 끼어 앉았다.

여기까지 일기를 적은 나는 일기장을 덮었다. 지난 3박 4일간 나는 최소한의 휴식 시간만 빼놓고 전부 딱시브루스 안에서 보냈다. 허리가 끊어질 것만 같았다. 일기장에는 매번 딱시브루스 안이 얼마나 더럽고 얼마나 많은 사람들로 채워졌는지, 숙소는 또 얼마나 열악한지 나열하는 내용들로 가득 차 있었다. 매일매일 바퀴벌레 노이로제에 잠을 설치고 딱시브루스 정류장에서 몇 배로 뻥튀기된 가격을 악착스레 깎는 것도 이젠 힘에 부쳤다.

이쯤 되자 뭘 해도 재미가 없었다. 피아나란추의 길거리 노점에서 마다가스카르산 소 제부 꼬치구이를 사 먹다가 말라가시인 남자애들을 만났다. 그들과 이야기를 나누던 나는 그들이 가자는 대로 따라가 술집에서 시끌벅적하게 떠들고 웃으며 맥주도 한 잔했다. 그리고 그게 전부였다. 그들이 내게 무얼 요구했던 것도 아닌데, 나는 도무지 정붙일 곳을 찾을 수가 없었다. 내 몸 하나 간수하기도 이젠 벅찼다.

어젯밤에는 악몽까지 꿨다. 칼에 찔린 듯 헉 하며 눈을 번쩍 떴을 때 나는 서럽게 흐느끼고 있었다. 얼굴과 머리카락은 온통 눈물인지 땀인지 모를 것으로 범벅이 되어 있었다. 꿈속에서 엄마가 죽었다.

꿈은 너무 생생하다 못해 날카로울 정도로 선명했다. 나는 머리맡을 더듬어 휴대폰을 찾아 전화를 걸었다.

"네가 내 딸이긴 한 모양이다. 너무 연락이 없길래 마침 메시지를 보내보려던 참이었어."

익숙한 목소리가 전화기에서 흘러나왔다.

"별일 없어?"

"별일 없지, 그럼. 오매불망 네 연락만 기다려. 지금은 어디쯤이야? 너는 별일 없니?"

나는 젖은 속눈썹의 물기를 쓱 훔쳤다. 갑자기 쥐구멍에라도 숨고 싶어졌다.

"나도 별일 없지. 지금은 마다가스카르야."

"그래? 마다가스카르는 어떤 곳이야?"

전에 없이 들뜬 엄마의 목소리에 순간 오묘한 기분이 들었다. 그리고 나는 방금 내가 한 일이 여행 6개월 만에 처음으로 한 일이라는 것을 깨달았다. 그것은 아무런 이유도 없이 안부전화를 거는 것이었다.

"마다가스카르는……."

나는 엄마가 듣지 못하게 마이크를 음소거 하고는 코를 팽 풀었다. 그리고 목소리를 가다듬었다.

내가 늘어놓은 이야기는 시시콜콜한 것들이었다. 음식은 맛있고 물가가 무척 싸다는 이야기, 딱시브루스를 너무 오래 타서 허리가 아프다는 이야기, 무엇보다도 바퀴벌레가 너무 많다는 이야기.

"고생이 많네. 힘들진 않아?"

"힘든데 좋아."

그녀가 걱정할 새라 나는 얼른 얼버무렸다. 나는 또 전화를 하겠다는 말을 남긴 채 전화를 끊었다.

나는 라누히라로 향하는 딱시브루스를 탔다. 툴리아로 가는 길목에 위치한 라누히라에는 여우원숭이들이 사는 거대한 협곡 이살루 국립공원이 있기 때문이었다. 그래서인지 딱시브루스 안에는 나 말고 외국인이 두 명이나 더 있었다. 앞쪽 조수석에 앉은 머리가 희끗희끗한 프랑스인 의사 조엘 할아버지, 그리고 내 옆에 앉은 알제리 계 프랑스인 노르딘 할아버지였다.

조엘 할아버지 옆에는 그의 동행인 사무엘린이 타고 있었다. 사무엘린은 나와 동갑인 말라가시인 여자애였다. 나는 석연치 않은 눈길로 그들을 보고 있었는데, 그것은 마다가스카르에 여행 온 프랑스인들이 저마다 말라가시인 여자애들을 한 명씩 데리고 있기 때문이었다. 나는 호텔마다 나붙어있던 검정색 경고 포스터를 떠올렸다.

'섹스관광 금지!'

대체 얼마나 섹스관광을 많이 오길래 그런 포스터를 붙여 놓는단 말인가. 물론 곳곳에서 보이는 광경들을 보면 별 효력은 없는 모양이었다. 만 스물둘, 말라가시 소녀와 나의 운명이 이렇게나 갈려있다니.

내 옆에는 노르딘 할아버지가 운전기사와 농담 따먹기를 하고 있었다. 그는 프랑스의 청소년 교도소에서 상담하는 심리상담사이자 정신분석학자라고 했다.

"저, 혹시 딱시브루스 얼마 냈어요?"

아까부터 분명 바가지를 쓴 게 틀림없다는 불길한 생각이 뒤통수를 간질간질하게 긁어대서 나는 은근슬쩍 그의 옆구리를 찔렀다.

"13,000아리아리."

"제기랄!"

나는 맥이 탁 풀렸다. 내 주머니를 떠난 20,000아리아리는 이미 티켓부스 아저씨의 주머니에 있을 것이다. 허망한 표정을 짓는 내게 노르딘이 껄껄 웃었다.

"괜찮아, 그럴 때도 있는 거지."

그럴 때도 있는 게 아니라, 그냥 좀 정가에 팔아주면 안 되나? 나는 억울한 기분이 들어 푸념을 하려다가 입을 다물었다. 사실 나는 알고 있었다. 왜 그는 13,000아리아리를 내고 나는 20,000아리아리를 냈는지.

"바가지인 거 다 알아요! 15,000아리아리에 해요."

"안돼요. 다른데 알아보고 와요, 20,000아리아리라니까."

"거짓말! 15,000아리아리가 아니면 안 탄다구!"

짜증스럽게 화를 내고 발을 동동 구르며 가격을 깎던 장면이 빠르게 스쳐 지나갔다. 그건 지난 보름 내내 나의 모습이었다. 바가지를 씌우는 사기꾼에겐 짜증을 냈고 따라붙는 삐끼는 등돌려 무시했다. 물론 그건 누구에게도 아무짝의 도움이 되지 않는 일이었다.

'이렇게 꾸역꾸역 할 거면 여행하지 않는 편이 나아.'

나는 입술을 꽉 깨물었다. 온통 생기와 여유를 잃은 채 지쳐있는 내 모습이 그제서야 눈에 들어왔다. 나는 무언가 잊고 있었던 게 틀림없다.

노르딘, 조엘, 사무엘린 그리고 나는 동행이 되었다. 우리는 전부 라누히라의 이살루 국립공원을 트레킹하고 툴리아로 갈 예정이기 때문이었다. 조엘은 복층 패밀리 룸 하나를 함께 쓰자고 제안했는데, 아래층에는 싱글 침대가 두 개, 위층에는 더블 침대가 하나였다. 조엘은 사무엘린과 위층을 함께 쓸 테니 노르딘과 내가 아래층을 쓰라고 했다.

밥을 먹고 조엘, 사무엘린 그리고 내가 먼저 방으로 돌아오는 길에 사무엘린에게 장난을 치려던 조엘이 발을 헛디디면서 선인장을 밟았다. 조엘의 발은 2~3cm 가량의 가시들이 잔뜩 박히며 온통 피투성이가 되었다. 나와 사무엘린은 처참한 광경을 목격하고 경악했지만 의사인 조엘은 침착하게 방으로 돌아와 가시들을 빼내기 시작했다. 그리고 발바닥 안으로 완전히 박혀버린 마지막 가시가 하나 남았을 때, 자신의 눈이 침침하니 이건 누군가가 대신 빼줘겠다고 했다. 옆에서 안절부절못하던 사무엘린이 핀셋을 받아 들려하자 조엘은 고개를 젓더니 내게 핀셋을 건넸다.

"자신 없는데…… 사무엘린이 하는 게 나을 거 같아요."

하지만 조엘은 한사코 내가 해야만 한다며 핀셋을 쥐어줬다. 나는 손을 덜덜 떨며 발 속에 완전히 박혀버린 가시를 쑥 뽑아냈다. 긴 가시가 뽑혀 나오며 피가 후두둑 떨어졌다.

"거봐! 어렵지 않지? 잘했어, 고마워 은수."

기뻐하며 나를 칭찬하던 조엘이 자신의 발을 훌륭하게 처치했다. 사무엘린은 어느새 휴지를 잔뜩 가져와 방바닥에 묻은 피를 닦고 있었다.

우리는 이틀에 걸쳐 이살루 국립공원을 올랐다. 웅장한 이살루 국립공원에는 온갖 희귀한 동식물들이 사는 밀림이 있었고 협곡 사이에는 사람이 빠져 죽고도 남을 만한 깊이의 자연 수영장이 있어 우리는 당장 수영복으로 갈아입고 물속으로 뛰어들었다. 안그래도 땀이 뻘뻘 나던 중 뼛속까지 시려오는 차가운 물에 하는 다이빙은 천국의 맛이었다.

"노르딘! 수영 안 해요?"

나는 구경만 하는 노르딘을 향해 외쳤다.

"난 수영을 못해서. 구경만 해도 좋네!"

그는 빙긋 웃으며 대답했다.

노르딘은 여러모로 특이한 양반이었다. 예를 들면 그는 사진을 일체 찍지 않았다. 베테랑 여행가인 그는 젊은 시절 여행 다니며 사진을 너무 많이 찍어서 이제는 안 찍는다는 것이었다.

"그래도 좀 아쉽지 않아요? 시간이 오래 지나면 풍경이 어땠는지 생각이 안 날 것 같아요."

"아쉬우면 아쉬운 대로."

그저 웃기만 하는 그의 말을 곱씹어보았지만 아직까지는 그 말의 뜻을 이해할 수 없을 것 같았다.

어쨌든 나는 유쾌한 노르딘이 너무 좋았다. 강단 있고 여유 넘치는 풍채, 익살스러운 유머감각. 특히 푸스푸스를 타는 그의 모습을 보았을 때 특히 더 그랬다.

푸스푸스란 마다가스카르의 가장 대중적인 단거리 교통수단으로 일종의 인력거였다. 나보다 깡마른 할아버지들이 맨발로 호객 행위를 하며 자신의 푸스푸스를 타라고 외칠 때 나는 이것을 타는 게 도와주는 건지 안 타는 게 도와주는 건지 진심으로 혼란에 빠지곤 했다. 사실 별다른 교통수단이 없는 도시에서 인력거를 타지 않는 것은 불가능에 가까웠다. 몸집만한 배낭을 메고 낯선 도시에 처음 도착한 배낭여행객에게 선택지란 둘 중 하나 밖에 없었기 때문이다. 헐값의 푸스푸스를 타고 숙소 이름을 말해준 뒤 앉아서 푹 쉬거나, 땡볕에서 짐을 메고 땀을 뻘뻘 흘리며 대체 어디쯤인지도 모를 숙소를 하염없이 찾아 헤매거나.

손짓을 하며 푸스푸스를 불러 세운 노르딘이 별 고민도 없이 짐을 싣고 인력거꾼 옆에서 그와 이야기를 나누며 함께 걷는 모습을 보았을 때, 나는 그를 존경하지 않을 수 없게 되었다.

●

옥빛의 아나카오,
고래의 바다

우리들의 최종 목적지인 툴리아에 도
착했을 때, 우린 모두 조금씩 실망했다. 시장통 같은 툴리아 시내의
모습은 상상했던 따사로운 백사장이 있는 해변가가 아니었기 때문
이었다. 툴리아는 생각보다 대도시였다. 푸른 파도가 치는 해변에
누워 한가롭게 여유를 즐기고 싶었던 한국인과 프랑스인 그리고
말라가시인은 두말할 것도 없이 조용한 해변을 찾아가기로 의기
투합했다. 우리가 낙점한 곳은 툴리아에서도 아나카오라는 이름을
가진 작은 어촌이었다.

아나카오에 가려면 툴리아 항구에서 1시간가량 배를 타고 나가
야 했는데, 이 때문에 아나카오는 섬인 것처럼 느껴지기도 했다. 아
주 작고 고립된 섬마을. 대부분의 마을 사람들이 어업으로 생계를

이어가는 이곳에는 전기가 들어오는 곳도 몇 없었고 수도꼭지를 틀면 한 가지 온도의 물만 나왔다. 게다가 그 물에서는 짠맛이 났다. 변기가 있었지만 물 내리는 버튼은 없었다. 바가지로 물을 퍼서 변기에 쏟아붓는 것이 물을 내리는 방법이었다.

아나카오는 조용함 그 자체였다. 바닷가의 집집마다 어부들의 쪽배가 늘어서 있었고 인근 숙소에 묵고 있는 여행객은 우리뿐이었다. 아나카오 해변은 에메랄드 빛이 아니라 옥빛이었다. 그 옥빛으로 빛나는 해변은 오롯이 우리만의 것이었다.

조엘과 사무엘린은 숙소를 따로 얻어 나갔다. 나도 방값을 아낄 겸 노르딘에게 제안했다.

"노르딘, 방 같이 쓸래요?"

"그렇게 하자."

그는 어김없이 웃으며 예스를 했다. 우리가 짐을 푼 곳은 바닷가 앞의 작은 방갈로였다.

"노르딘, 조엘 말이에요……."

노르딘과 밥을 먹으러 나온 나는 조심스럽게 그에게 물었다.

"사무엘린 데리고 다니는 거, 내가 생각하는 그런 거 맞아요?"

은근슬쩍 묻는 나의 말에 늘 웃는 얼굴인 노르딘이 인상을 찌푸렸다.

"그러니까 말이야. 정말 역겨워서."

"아니, 혹시 무슨 사정이 있는데 우리가 오해하는 걸 수도 있잖아요."

"무슨 사정인지는 몰라도 한 침대에서 같이 잘 사정이면 둘이 무슨 사이인 건가, 남매 사이?"

노르딘은 껄껄 웃었다.

"잘 된 일이지. 안 그래도 같이 다니기 불편했거든."

나는 함께 손을 잡고 협곡을 오르던 동갑내기 사무엘린의 해맑은 웃음이 생각나 애꿎은 자갈만 걷어찼다. 결혼 14년 만에 늦둥이로 태어나 친척들 사이에서도 가장 막내인 나는 가끔 그녀가 언니 같기도 했다. 그녀가 집안의 가장이라고 했던가? 아무튼 그녀는 첫째 딸이라고 했었다. 그녀가 집에 돌아갈 때에는 돈뭉치와 함께일까. 어쩌면 그녀도 나처럼 집을 싫어할까.

노르딘과 내가 찾아간 곳은 피터팬이라는 숙소 겸 레스토랑이었다. 툴리아 항구에서 짙은 화장에 뾰족하게 기른 손톱을 청록색으로 칠한 이탈리아인 소년을 한 명 만났는데, 그는 자신이 아나카오에 피터팬이라는 레스토랑을 운영하고 있으니 꼭 들러보라고 했던 것이다.

피터팬은 금방이라도 무너질 것 같은 2층짜리 바다 앞 오두막이었다. 알록달록한 크레파스 모양의 울타리 안에는 빨간색과 파란색으로 페인트칠을 한 오두막이 한 채 있었고 삐뚤빼뚤한 글씨로 크게 피터팬이라 적혀있었다. 오두막 안으로 들어서니 벽에는 온통 해골그림과 밥 말리의 포스터가 나붙어 있었고, 얼굴에 장난기

그리고 어느 날 우연히 구글어스에서
이 땅을 발견했을 때, 당장 짐을 쌌다는 것이었다.
그렇게 이 빨간 오두막과 해변은
두 소년의 보금자리가 되었다.

가 줄줄 흐르는 잘생긴 소년 한 명이 우리를 기다리고 있었다.

"안녕! 뭐 좀 먹을래요?"

레스토랑 구석에서 고양이 한 마리가 바퀴벌레 사냥하는 것을 구경하는 동안 소년은 건너편 주방에서 대충대충 뿌리고 굽고 하더니 요리를 척 내왔다. 그 요리는 입에 넣는 순간 어릴 적 만화영화에서 보던 것처럼 입속에서 소용돌이치는 것 같은 맛이었다. 신선한 마다가스카르 재료로 만든 이탈리아식 프랑스 요리라고 하면 이 음식을 설명할 수 있을까.

"칵테일을 한 잔 마셔야겠어."

칵테일을 추천해 달라고 하자 소년이 내 취향을 묻길래, 술이란 자고로 술맛이 나야 한다고 했더니 그는 망설임 없이 자신의 작품이라는 코코넛밤을 추천했다. 나는 모래가 묻은 맨발로 흥얼거리며 칵테일을 만드는 소년을 바라보고 있었다.

소년들은 백사장이 깔린 해변에서 좋아하는 술을 맘껏 퍼마시고 마리화나를 피우며 평생 흥청망청 사는 것이 오랜 꿈이었다고 했다. 그리고 어느 날 우연히 구글어스에서 이 땅을 발견했을 때, 당장 짐을 쌌다는 것이었다. 그렇게 이 빨간 오두막과 해변은 두 소년의 보금자리가 되었다.

그는 곧 빨대를 꽂은 코코넛 한 개를 통째로 가져왔다. 코코넛 밤을 한입 빨아들이자 독한 알코올이 쭉 올라왔다. 소년은 콜록대는 나를 자랑스럽게 쳐다보고 있었다. 그는 코코넛에 알코올을 냅다 들이

부은 모양이었다. 사레들린 것을 진정시키는 데 꽤 시간이 걸렸다.

"아 맞다, 고래를 보려면 어떻게 해야 해?"

"요즘은 고래 보기 힘든데…… 고래는 7, 8월에 볼 수 있어."

나는 잠시 주투에게 속은 것 같은 기분이 들었다. 지금은 9월 말이었기 때문이었다.

"정말? 고래를 꼭 보고 싶었는데……."

내가 실망하는 표정을 짓자 소년은 어깨를 으쓱하며 운이 좋으면 아직 남아있는 고래들을 볼 수 있을지도 모른다고 했다. 소년의 말에 나는 노르딘을 조르기 시작했다.

"노르딘! 같이 고래보러 가요! 운을 믿어 보자구요."

노르딘은 여느 때와 같이 호탕하게 웃으며 말했다.

"그래, 보고 싶으면 보러 가야지."

이튿날 우리는 소년이 빌려준 카누와 그가 싸준 생선 샌드위치를 들고 우리를 안내해줄 선장을 따라 나섰다. 길다란 통나무 속을 깎아 3명이 겨우 끼어앉을 수 있을 만한 쪽배에 선장이라는 단어는 조금 우스웠지만, 어쨌든 소년과 우리는 그를 깍듯이 선장님이라고 불렀다.

선장이 쪽배를 이끌고 점점 바다 깊은 곳으로 향하기 시작했다. 바다의 물빛이 점차 옥빛에서 푸른색으로 변하기 시작하더니 이내 우리를 빨아들일 듯 깊은 검은색이 되었다. 통나무 쪽배는 망망대해 위에 덩그러니 떠있었다.

아나카오는 조용함 그 자체였다.
바닷가의 집집마다 어부들의 쪽배가 늘어서 있었고
인근 숙소에 묵고 있는 여행객은 우리밖에 없었다.

우리는 일렁이는 검푸른 바다 위를 한참이나 떠다녔다. 바다에는 고래는커녕 정어리 한 마리 눈에 띄지 않았다.

"노르딘, 역시 고래는 없나 봐요."

푸념을 하며 노르딘에게 말을 거는데 그의 몸이 떨리는 것이 느껴졌다. 나는 그제서야 아차 하고 말았다. 까마득히 잊고 있었다. 그가 수영을 하지 못한다는 걸.

'괜히 여기까지 오자고 했나.'

내색도 못하고 식은땀만 흘리고 있을 노르딘에게 미안한 마음에 나는 이만 돌아가자고 할까 고민하고 있었다. 그때, 선장이 다급한 목소리로 외쳤다.

"고래다! 고래!"

선장이 가리킨 곳에는 검고 둥근 물체가 수면 위로 살짝 드러나 있었다. 그것은 도무지 고래인지 무엇인지 알 수 없는 형상이었다.

"잘 안 보여요. 좀만 더 가까이 가요!"

선장은 고개를 저으며 더 가까이 가면 위험하다고 했다. 그런데 잠시 후, 검은 물체 위로 물줄기가 푸푸 하고 뿜어져 나오더니 그것이 수면 위로 거대한 몸을 드러냈다. 노르딘과 내가 탄성을 지르는 순간, 고래는 꼬리로 수면을 탁-한 번 내려치고는 순식간에 바로 물속으로 들어가버렸다.

세상에, 저렇게 큰 생선꼬리는 본 적이 없었다. 이 검은 물속에 저런 생명체가 산다니. 나와 노르딘이 환호하는 동안 선장은 고래를 몇 마리나 더 찾아냈고 우리는 고래를 보는 내내 넋을 잃고 있었다.

　그날 밤, 숙소로 돌아온 노르딘과 나는 맥주 한 병에 그날의 무용담을 쏟아냈다.

　"꼬리 봤어요, 꼬리? 와하하, 그 꼬리에 맞으면 아마 우리가 탄 배는 박살나고 말았을 거예요."

　"봤지, 봤어. 정말 대단해. 솔직히 못 볼 줄 알았는데 네 말 듣기 잘했어."

　노르딘은 낮의 흥분이 가시지 않았는지 상기된 얼굴로 이야기했다. 나는 슬그머니 사과했다.

　"노르딘, 무서웠을 텐데 나랑 같이 가줘서 고마워요. 노르딘이 수영을 못한다는 걸 잊고 있었어요."

　그는 빙긋 웃으며 말했다.

　"고맙긴, 내가 고맙지. 네 덕분에 고래를 봤잖아."

　"그래도……."

　나는 멋쩍게 웃었다.

　"가끔은 이럴 때 노르딘이 아빠 같아요."

　"하하, 영광인데."

　"사실 부모님이랑 사이가 좋지 않거든요. 저는 우리 집의 망나니 같은 존재랄까요. 후후."

　"그런 것 같다고 생각했어."

　"어떻게 알았어요?"

"한번도 가족 이야기를 안 하길래."

"그랬나?"

나는 무안하게 웃어버렸다. 정신분석학자인 그에게 내 속을 전부 들켜버린 것만 같았다.

"우리 부모님은 나랑 많이 달라요. 그래서 많이 싸워요."

나는 애꿎은 맥주병 라벨을 잡아 뜯기 시작했다. 전부 몇 년 전 내가 갑자기 삐뚤어지고 나서 시작된 갈등이라는 구구절절한 사연까지 설명하고 싶지는 않았다. 나만 숙이고 들어가면 아마 대부분 해결될 갈등이라는 것도.

"…… 하지만 우리 엄마도 내가 오늘 뭘 봤는지 알았더라면 부러워했을걸요."

나는 심술궂게 웃었다.

"분명 그러셨을 거야. 고래는 정말 대단했거든."

노르딘이 반짝반짝 눈을 빛내며 말했다. 나는 노르딘의 말에 환하게 웃었다가 서글퍼지고 말았다. 나는 지금 행복한데, 엄마는 지금 행복할까.

언젠가 엄마가 한두 번쯤 들려준 적이 있던 이야기를 떠올렸다. 엄마가 어릴 적, 자신의 아버지가 집을 나가 다른 살림을 차렸다던 이야기. 의사인 아버지의 집을 찾아가 등록금을 달라고 손을 벌리던 날의 상처를 아직까지도 생생하게 기억하고 있는 그녀는 바람 피울 요령이 없는 나의 아빠와 결혼하여 꾸린 안정적인 가정에서 딸의 등록금을 턱턱 내줄 수 있는 것을 최고의 행복이라 여기고 살았다. 어린 소녀였던 그녀가 아버지의 여인에게 머리채를 잡힌 그날 이후로 꿈꿔온 행복이란 아마 그런 모습일 테지.

"노르딘, 나 있잖아요."

내가 문득 입을 열었다.

"나는 앞으로도 부모님께 지고 들어갈 생각은 눈곱만큼도 없거든요. 내 인생이잖아요."

노르딘은 온화한 얼굴로 내 이야기를 듣고 있었다.

"그런데 어쩌면 다 괜찮은 건지도 모르겠어요."

"뭐가?"

"서로를 이해하지 못한다는 거요."

방갈로 앞에는 파도가 쏴아쏴아 하고 치고 있었다. 왠지 노르딘은 웃음을 머금고 있는 것 같기도 했다.

"친구해줘서 고마워요, 노르딘."

"네 덕분에 즐거운 여행이었어."

"나도 너무너무 재미있었어요."

나는 그에게 씨익 웃어주고는 어둠 속에서 하얗게 부서지는 파도를 바라보고 있었다. 저 물속을 헤치고 나가면 어딘가에 거대한 고래들이 살고 있겠지. 내가 알지 못하는 더 큰 생물들까지도.

"세상이 너무 넓어요, 노르딘. 나는 이 세상을 전부 알고 싶어요."

노르딘이 반짝반짝 눈을 빛내며 말했다.
나는 노르딘의 말에 환하게 웃었다가 서글퍼지고 말았다.
나는 지금 행복한데, 엄마는 지금 행복할까.

·

길 위에

혼자 서는 것

　　　　　　　이른 아침부터 부산스럽게 짐을 챙긴
나는 숙소를 뛰쳐나오다시피 했다. 나를 툴리아 시내로 데려다줄
배가 이미 도착해 기다리고 있기 때문이었다. 무릉다바에서 시간
을 너무 지체한 나머지 케냐행 비행기가 고작 일주일 앞으로 다가
와 있었다.

"노르딘, 잘 있어요. 건강해야 해요."

"프랑스에 꼭 놀러 와야 해. 기다리고 있을게."

이메일, 화상 통화 아이디, 전화번호에 집 주소까지 빼곡하게 적
힌 메모를 쥐여준 노르딘은 자기가 사는 프랑스 리옹에 꼭 놀러 와
야 한다며 몇 번이나 당부했다. 노르딘과 마지막 포옹을 한 나는
그제야 툴리아로 돌아가는 배에 몸을 실었다. 배가 멀어질 때까지

노르딘이 해변가에 서서 손을 흔들고 있었다.

　내가 딱시브루스를 타고 향한 곳은 피아나란추였다. 피아나란추에는 동쪽 해안도시 마나카라행 기차가 있었는데, 나는 마다가스카르를 떠나기 전 이 기차를 타볼 작정이었다.

　딱시브루스보다 느리고 비싼 기차를 타고 볼 것도 없는 마나카라에 가려고 피아나란추 기차역에는 외국인들이 줄을 서서 표를 끊고 있었다. 깊은 산속 열대우림을 헤치고 나아가는 이 기차여정 자체가 하나의 멋진 사파리라는 소문 때문이었다.

　하지만 아침 7시에 출발 예정이라던 기차는 점심시간이 지나도록 보이질 않았다.

　"기차가 고장났어요. 언제 출발할지는 모르겠네요."

　역무원의 말에 구걸하는 아이들에게 학을 접어주며 시간을 때우던 나는 담배를 피우러 역 앞으로 나갔다. 수단의 담배는 맛있었고 에티오피아 담배는 독했지만 그럭저럭 피울만은 했는데 마다가스카르의 담배는 역하기 짝이 없어서 피우는 양이 절로 줄던 중이었다. 게다가 한 갑에 2천원 돈이었던 마다가스카르 담배는 말라가시인들의 한 끼 식사가 몇백 원 정도인 것을 감안하면 정말로 건방지기 짝이 없는 가격이 아닐 수가 없었다.

　담배를 피우는데 저 멀리서 남자들 무리가 나를 주시하고 있는 것이 느껴졌다.

　'뭐지? 여자가 담배를 피워서 이상하다고 생각하나?'

나는 대수롭지 않게 담배꽁초를 발로 비벼 끄고 역으로 돌아가기 위해 일어났다. 그런데 내가 자리를 뜨자마자 아까 버린 꽁초에 그 남자들이 모여들기 시작했다. 그들은 꽁초를 주워 상태를 확인하더니 성냥을 꺼내 불을 붙이는 것이었다. 나는 발로 짓이겨 끈 것을 후회했다.

쓰레기와 먼지가 나뒹구는 기차는 거대한 고철 쓰레기통 같았지만, 거대한 쓰레기통 안 다른 여행객들과 나는 기차가 고쳐진 것만으로도 기뻐 환호했다. 아침 7시에 출발해서 오후 3시에 도착했어야 할 기차는 오후 2시 반이 되어서야 출발했고, 밀림 속을 달리기 시작한 지 3시간도 되지 않아 탈선했다. 환호성을 지르던 우리들은 기분이 착 가라앉고 말았다. 그나마 전복하지 않고 곱게 탈선한 게 행운이라면 행운이랄까.

사람들은 하나둘 자포자기하여 드러눕기 시작했다. 이미 바깥은 어둑어둑해지고 있었고 열대우림과 그 사이로 쏟아지는 폭포 따위는 포기한 지 오래였다. 기차 안은 흡사 난민촌 같았다.

"오늘 안에 기차를 고치기라도 했으면 좋겠군."

옆에 있던 남자가 한숨을 쉬었다. 그는 벨기에인 윌이었다.

윌은 마다가스카르를 배낭여행 중인 38살의 대학교 심리학 연구원이었다. 그와 나는 기차 안에서 유일하게 프랑스인이 아니었는데, 우리는 나아갈 줄 모르는 기차 안에서 몇 시간 내내 수다를 떨던 중이었다. 같은 공부를 하는데다 비슷한 여행 스타일과 관심사를 가

진 우리는 가볍게 주고받기 시작한 대화에 불이 붙더니 멈출 수가 없게 되었던 것이다. 특히 우리는 서로의 여행 이야기에 매료되었다.

"에티오피아에서 염소를 샀단 말이야? 살아있는 염소를?"

"너 미쳤구나. 미친 게 틀림없어. 수많은 배낭여행자들을 만나봤지만 살다살다 너 같은 앤 처음 본다."

하드코어한 배낭여행 마니아인 윌의 이야기 역시 흥미진진하긴 마찬가지였다. 그는 스테이크와 랍스터를 5,000원이면 먹을 수 있는 마다가스카르에서조차 오직 길거리 음식으로만 연명하는 중이었다. 윌은 마나카라에 가면 함께 방을 쓰자고 했다. 우리는 할 이야기가 너무 많았다.

기차는 다행히 3시간 만에 복구되었지만 이미 밖은 깜깜해진 뒤였다. 기온이 뚝 떨어지며 기차 안은 싸늘해졌다. 이미 기차를 탔던 목적을 상실한 사람들은 여기저기 드러누워 각자 가방에서 옷과 담요를 꺼내 걸치기 시작했고, 나도 가진 옷은 전부 꺼내서 껴입었지만 이가 딱딱 소리를 내며 부딪히는 것은 어쩔 수가 없었다.

"여자 혼자 여행하는 거, 무섭지 않아?"

"재미있는데, 뭐."

"그래도 아찔했던 순간들도 많았잖아. 성범죄나 그런 거."

"사실 그래서 아프리카에 올 때 적어둔 준비물 리스트 중 하나가 콘돔이었어."

"콘돔? 대체 왜?"

"위험한 상황이 오면 '잠깐!' 하고 뒷주머니에서 그걸 스윽 꺼내는 거지. '날 죽이지 않겠다고 약속하면 네가 원하는 건 들어줄게. 대신 이걸 사용하는 게 어떻겠니?' 뭐 이래보기라도 할까 해서."

"농담이지?"

윌은 어처구니가 없다는 듯 나를 쳐다보았다.

"좋은 발명품이잖아?"

나는 씨익 웃었다.

"막상 아무짝에도 쓸모는 없었지만 말이야."

"대체 그런 발상은 어떻게 하는 거야?"

"처참한 실패작이었어, 윌. 필요할 때 곁에 있었던 적이 한 번도 없었다구."

윌과 수다를 떨며 얼어 죽을 것 같다고 중얼거리던 나는 언제부터인지도 모르게 꾸벅꾸벅 졸기 시작했다. 밀림의 밤이 깊어가고 있었다.

기차는 다음날 아침 8시 반이 되어서야 겨우 마나카라에 닿았다. 기차를 기다린 아침 7시부터 장장 26시간 만에 도착한 마나카라였다. 윌과 나는 숙소를 찾은 뒤 시장 탐방에 나섰다. 그리고 노점들을 기웃거리며 먹을거리를 찾기 시작했다.

"혹시 컴포제 먹어본 적 있어?"

"아니. 길거리 음식은 제부 꼬치랑 바나나 잎에 찐 떡…… 또 뭐

먹었더라. 아, 빵이랑 밀가루 튀김 같은 것들만 먹어봤어."

마다가스카르의 길거리 음식에서만큼은 윌이 나보다 한수 위였다. 나는 그를 따라 한 노점 앞에 자리 잡고 앉았다. 컴포제는 약간의 국수 위에 당근이나 양상추 같은 채소나 고기를 조금씩 얹어주는 길거리 음식이었는데, 그건 말라가시인들의 평범한 한 끼 식사이기도 했다. 보아하니 한 그릇 가지고는 도저히 양도 차지 않을 것 같은데다 하루 종일 땡볕 아래 노출된 컴포제는 틀림없이 쉬었을 것 같아서 나는 먹어보려 한 적도 없었던 것이다. 하지만 처음으로 맛본 컴포제는 생각과는 달리 꽤 맛있어서 나는 한 그릇을 더 주문했다. 예상대로 조금 쉰 것 같은 맛이 나긴 했지만, 나는 원래부터 신맛을 좋아했다.

윌과 함께한 2박 3일 동안 우리는 잠이 든 시간을 빼놓고는 입을 다물지 않았다. 이틀 후 윌은 피아나란추로, 나는 안치라베를 거쳐 안타나나리보로 목적지가 갈리게 되었다.

"함께 피아나란추로 가지 않을래? 그 다음에 너는 안타나나리보로 돌아가 비행기를 타는 거야."

윌은 내게 동행을 제의했다. 하지만 나는 웃으며 고개를 저었다.

"이틀 동안 너무 즐거웠어, 윌."

우리는 경쾌한 하이파이브를 마지막으로 돌아섰다. 돌아서고 보니 이틀 동안 수다만 떠느라 사진 한 장, 연락처 하나 남긴 것이 없었다. 자리를 박차고 나서자 권태는 녹아버렸고 나는 다시 혼자가 되어 길 위에 서 있었다.

안치라베행 딱시브루스는 꼬불거리는 산길을 털털거리며 나아갔다. 아슬아슬 느려터진 딱시브루스에서는 어김없이 고막이 터질 듯한 마다가스카르 가요가 흘러나오고 있었다. 나는 휴대폰을 꺼내 며칠 전 도착한 메시지를 다시 열어보았다.

[나 한국 가.]

나는 연락이 끊겼던 그에게서 몇 년 만에 온 메시지를 다시 한 번 읽어보았다가 이내 다시 가방 안으로 휴대폰을 던져 넣었다.

"따다딴따단 따다딴따단~"

비슷비슷한 멜로디에 리듬, 낭랑한 3도 화음. 나는 이제 웬만한 마다가스카르 가요는 어렵지 않게 흥얼거릴 수 있었다. 창문 밖으로는 야자수가 자라있는 언덕 사이로 해가 지며 석양 빛이 쏟아지고 있었다. 나는 잠시 동안 넋을 잃었다. 바퀴벌레에 치를 떠느라 몰랐는데, 마다가스카르의 석양은 천도복숭아 빛이었다. 분홍색으로 살랑거리는 바람이 기분 좋게 콧속으로 스며 들어왔다.

가만, 그러고 보니 내가 언제부터 혼자인 시간이 이렇게 좋았더라.

나의 마다가스카르 여정은 마지막까지 평탄한 구석이 없었다. 케냐행을 하루 남기고 안타나나리보의 동물원에 놀러 간 나는 하얀 가운을 입은 동물원장을 마주쳤다.

"일본인?"

"한국인이에요."

"여우원숭이를 만져볼래요? 내가 만져볼 수 있게 해줄게요."

냉큼 그를 졸졸 쫓아 나선 나는 그의 지시로 사육장 문을 열어준 사육사들이 내 손가락과 볼에 발라준 꿀을 핥아먹으려고 머리와 어깨에 올라온 여우원숭이들을 귀여워 어쩔 줄 몰라 하고 있던 중이었다.

"마음껏 놀고 나면 잠깐 내 사무실에 들러요. 상의하고 싶은 게 있거든요."

실컷 여우원숭이들과 놀고 나서 찾아간 그의 사무실에서 그는 한국에도 동물원이 있느냐고 물었다.

"당연히 있죠. 왜요?"

나는 그가 안내한 검고 긴 소파에 앉아 있었다.

"다른 나라의 동물원들과 협업을 하고 싶어서요. 그러니까 그 나라의 동물을 마다가스카르에 데려오기도 하고, 마다가스카르의 동물을 그 나라에 보내기도 하고……."

"글쎄요, 저는 동물원과 관련된 사람은 아니지만 연락을 해봐 줄 수는 있을 것 같은데요."

나는 어리둥절하게 이야기했다. 뭐 설마, 내 덕분에 서울대공원에 여우원숭이가 생기게 되거나 그런 건가?

"고마워요. 한국에 가면 동물원에 이걸 전해줘요."

그는 동물원 팜플렛을 한 장을 들고 내 옆으로 와 앉았다. 그런데 팜플렛을 건네는 그의 눈빛이 갑자기 돌변했다.

"유 아 쏘 뷰티풀."

그는 저돌적으로 내게 입술을 들이밀었다. 내가 고개를 뒤로 쑥 빼자 이번에는 내 무릎을 베고 누우려고 했다. 무릎을 반대편으로 치워버린 나는 고개를 으쓱 하고는 그대로 사무실을 걸어 나왔다. 동물원장에겐 사무실 문고리를 잠그는 치밀함조차 없었다.

동물원 밖에는 마다가스카르를 떠나기 전 만나기로 약속한 주투가 나를 기다리고 있었다. 그와 잠시 이야기를 나누다 시간이 늦어지자 주투는 숙소까지 스쿠터로 데려다주겠다고 했다.

"날 믿어, 이 시간에 네가 버스를 타는 건 자살행위야."

과연 그의 스쿠터를 타고 지나친 버스정류장의 줄은 그의 말대로 끔찍스럽게 길었다. 주투의 스쿠터는 교통체증으로 꽉꽉 틀어막힌 도로의 자동차들 사이로 바람을 맞으며 시원하게 달렸다. 덜컹덜컹하는 도로 때문에 엉덩이가 아파왔지만 나는 타나의 마지막 밤 야경을 감상하느라 여념이 없었다.

안녕, 빌어먹을 꿈과 환상의 나라.

케냐, 우간다, 탄자니아

Kenya, Uganda, Tanzania

•

아수라장이 된
케냐로 돌아오다

케냐로 돌아오기 얼마 전, 오랜만에 인터넷에 연결된 휴대폰은 갑작스러운 폭탄 메시지로 불이 나고 있었다. 한국으로부터 날아온 메시지들은 뜻밖에도 전부 무사하냐는 내용이었다. 2013년 9월 21일, 당시 대형사건이었던 케냐 웨스트게이트 쇼핑몰 테러사건이 터진 것이었다. 이것은 내가 케냐로 돌아가기 불과 열흘 전에 일어난 사건이었다.

웨스트게이트 테러 당시 케냐는 완전히 아수라장이 되어 내가 돌아왔을 때에도 그 여파가 채 가시지 않은 채였다. 나는 곧바로 케냐를 넘어 3일 내에 우간다로 갈 계획으로 입국했다. 그리고 얼마 안가 나는 쓸데없는 계획을 세웠다는 것을 깨달았다. 나는 3일 만에 케냐를 떠나지 않았기 때문이었다.

모든 것은 내가 마다가스카르에서 돌아오던 순간부터 시작되었다.

"나이로비, 대체 누가 위험하다고 한 거야? 사람이 이렇게 많은데."

방금 마다가스카르에서 돌아온 나는 룰루랄라 콧노래를 부르며 짐을 끌고 숙소로 향하고 있었다. 공항에서 시내까지는 버스가 있었지만 시내에서 숙소까지는 택시가 유일한 교통편이었다. 그리고 나는 피 같은 돈을 택시비 따위에 소비할 생각이 없었다. 해가 뉘엿뉘엿 지고 있긴 했지만 한번 가본 숙소인데다 큰길로만 가면 된다고 생각 중이었고 게다가 거리는 사람들로 북적북적해서 나는 태평하기 짝이 없었다. 중간중간 사람들이 나를 멈춰 세우며 이 시간에 걸어 다니면 위험하니 택시를 타라고 했다.

"오, 케냐 사람들은 영어도 참 잘하는군! 게다가 이렇게 걱정까지 해주다니."

케냐인들의 친절에 감동한 나의 발걸음은 전에 없이 신나고 가벼웠다. 고지대인 나이로비의 날씨는 딱 기분 좋게 선선했고 나는 고층 빌딩들이 솟아있는 시내를 지나 변두리로 접어들었다. 이제 곧 숙소가 나타날 터였다. 그런데 이상한 일이었다. 걸어도 걸어도 숙소가 나오지 않는 것이었다.

"분명 이 길이 맞는 것 같은데…… 이렇게 멀었나?"

내 공간지각 능력을 과대평가했던 걸까. 당황하여 미적거리는 동안 순식간에 해가 지더니 어둠이 깔리고 말았다.

　나는 덜컥 겁이 나기 시작했다. 길을 따라 줄줄이 서 있는 가로 등은 전부 불이 나가있어서 주위는 순식간에 깜깜해져 버렸다. 설상가상 반대편에서 달려오는 차들이 내 눈을 겨냥하듯 하이빔을 쏘자 나는 패닉에 빠지고 말았다. 나는 눈부신 섬광에 아려오는 눈을 제대로 뜨지도 못한 채 한 치 앞도 볼 수 없는 장님이 되어버린 것이다. 한참을 허우적대던 내가 비로소 정신을 차렸을 때, 나는 인적 드문 길을 어둠 속에서 혼자 걷고 있었다.

　"오, 맙소사."

　나는 식은땀이 나기 시작했다. 나이로비에 대한 무수한 괴담들이 생각나는 중이었다. 골목 어딘가에 총이나 각목을 든 누군가가 숨어있을까? 자기 몸만한 배낭에 작은 캐리어까지 끌고 있는 마른 체구의 여자. 누가 봐도 나는 내 전 재산을 등판에 짊어지고 길을 가는 어설픈 여행객이었다!

　'절대로. 해가 지면 밖에 나가서는 안 돼.'

　단호한 목소리로 경고하던 친구가 생각났다. 근처에 강도가 있다면 아마 그의 눈에 내가 후광으로 번쩍번쩍 빛이 나고 있을 것이 틀림없었다.

　심장이 쿵쾅쿵쾅 뛰며 나도 모르게 발걸음이 빨라졌다. 이미 방향을 잃어버린 나는 무작정 앞을 향해 경보하고 있었다. 그리고 저 멀리 앞서 걷고 있던 남자 두 명을 발견했을 때, 나는 살기 위해서는 저들에게 따라붙어야만 한다는 일념으로 최대한 빠르게 휘적휘적 걷기 시작했다.

"도와줄까?"

두어 걸음 뒤에서 낑낑대며 쫓아오는 나를 발견한 남자들이 말을 걸어왔다. 나는 괜찮다고 사양했지만 그들은 짐이 무거워 보인다며 한사코 내 캐리어를 가져갔다. 자세히 보니 그들은 꽤 앳된 얼굴의 남자애들이었다.

"여행 중이야?"

"응, 지금 막 마다가스카르에서 오는 길이야."

"그렇구나. 넌 어디 사람인데?"

"난 한국인이야."

"한국인?!"

내 말에 남자애 하나가 소스라치게 놀라며 반갑게 외쳤다.

"안녕하쉐요! 줘는 데스몬드입니다!"

한국말을 한 지도, 들은 지도 언제인지 까마득하던 나는 예상치 못한 곳으로부터 흘러나오는 서툰 꼬부랑 한국말에 잠시 멍해져 그를 훑어보았다.

"오, 이렇게 운이 좋을 수가! 한국인을 만나다니! 반가워, 나는 데스몬드야. 방금 한국어 수업을 마치고 집에 가는 중이었어. 한국어 배운 걸 이렇게 써먹다니 너무 운이 좋은걸!"

잔뜩 흥분해서 하얀 치아를 드러내며 웃던 데스몬드는 자기는 나이로비 대학교 학생이며 이번에 교양수업으로 한국어를 듣고 있다고 했다. 내가 믿지 않는 눈치이자 그는 신나게 가방을 열더니 한국어가 프린트 되어있는 유인물을 꺼내 보여주었다.

"봐! 맞잖아!"

"나이로비 대학교에 한국어 수업이 있어?"

"응, 이번에 처음으로 생겼어. 개강한 지도 며칠 안 되었어. 우리 교수님 완전 쿨하고 좋아!"

아프리카 한복판에 웬 한국어 수업이람. 데스몬드는 아랑곳 않고 신이 나서 떠드는 중이었다. 그는 자신의 한국어 교수님을 소개해 주겠다고 했다.

"고마워 데스몬드. 그런데 나 내일 모레 우간다로 떠나."

"우간다? 좋지, 나 우간다 사람이야!"

이런 행운이! 이번에는 내가 데스몬드 만큼이나 흥분하고 말았다.

"정말? 나 우간다에 대해서 아무것도 몰라. 우간다에 가는 방법을 알려줄 수 있어?"

"그래! 오늘은 늦었으니까 내일쯤 차 한 잔하면서 얘기하자."

어두컴컴한 어느 길거리에서 만난 데스몬드와 넬슨은 나를 숙소까지 무사히 데려다 주었다. 나는 기이하기 짝이 없는 하루였다고 생각하며 숙소로 들어왔지만, 그것은 앞으로 줄줄이 일어날 기이한 일들의 시작에 불과했다.

내가 체크인 한 곳은 가장 저렴한 6인실 도미토리였다. 그런데 한 달 전만 해도 여행자들로 북적이던 숙소는 이상할 정도로 횡했다. 방 안에는 여자 한 명이 있을 뿐이었다. 그녀는 혼자서 6인실을 전부 차지하고 있었다. 3개의 이층침대 중 하나의 아래층에는 그녀가 드러누워 책을 읽고 있었고 그 위층과 나머지 침대들에는 그녀의 화장품과 간식거리, 옷가지 등이 어지럽게 늘어놓아져 있었다.

"미안, 다른 누군가 올 줄 몰랐어."

나를 발견한 그녀가 벌떡 일어나 황급히 그녀의 짐을 치우기 시작했다.

"괜찮아, 어차피 금방 떠날 거라서. 그나저나 숙소가 텅텅 비었네?"

"얼마 전 테러 때문에 사람들이 전부 떠났거든."

"아, 웨스트게이트 테러 사건에 대해서는 들었어. 정말 유감이지."

그녀는 짐을 전부 그녀의 이층침대 위층으로 쏟아 부었다. 나는 남은 두 개의 이층 침대 중 하나를 골라잡고는 그녀처럼 위층에 짐을 풀기 시작했다.

"근데 너 설마 지금 이 시간에 걸어온 거야?"

그녀는 놀란 눈초리로 나를 훑어보았다.

"그렇게 됐어."

"조심하는 게 좋을 거야. 어제 여기서 묵던 뉴질랜드 남자가 근처에서 퍽치기를 당했거든."

룸메이트였던 뉴질랜드 남자는 두개골이 박살 난 채 병원에 입원해 있다고 했다.

"세상에, 나이로비에 대한 소문들이 사실이었구나."

"길거리에서 절대 귀금속 같은 건 하지 않는 게 좋을 거야. 곧바로 타겟이 될 테니까."

내게 조언해준 그녀는 케냐에서 태어난 인도계 미국인이자 캐나다인으로 미국의 명문대에서 의학을 공부하는 리한나였다. 그녀는 집안의 소송 문제로 미국에서 케냐로 날아와 한 달 가까이 머무는 중이라고 했다.

"심심하던 차에 룸메이트가 생겨서 좋다. 피넛버터 샌드위치 먹을래?"

리한나는 침대 위층에 널브러진 피넛버터 잼 한 통을 집어 들며 물었다. 나는 무언가에 홀린 듯 고개를 끄덕였다.

•

기이한
나날들

　　　　　나는 분명 어젯밤에 막 마다가스카르
에서 케냐로 날아왔고, 테러와 범죄로 얼룩진 이 도시를 하루빨
리 벗어나 우간다로 갈 예정이었다. 그런데 대체 내가 왜 나이로비
대학교의 강의실에 앉아 유인물을 읽고 있는 것인지 도무지 알 길
이 없었다. 꼭 귀신에 홀리기라도 한 기분이었다.

　"여기야, 여기!"

　약속한대로 나는 시내의 한 카페에서 데스몬드와 넬슨을 만났
다. 우간다로 가는 방법에 대해 물어보기 위해서였다. 물론 거의 초
면이나 다름없는 사람을 만나 다짜고짜 우간다에 대해 정보만 토
해내라는 것은 예의도 도리도 아니지 않은가. 우리는 인사를 하고
이런저런 이야기를 나눴다. 그러다 데스몬드의 취미가 시 쓰는 것

이라는 이야기가 나왔고, 데스몬드는 직접 쓴 시를 낭독하기 시작
했다. 한때 국문학도였던 나는 당연히 공들여 시를 감상하지 않을
수 없었을 뿐이고 그렇게 시간 가는 줄 모르고 수다를 떨다가 데스
몬드가 문득 시계를 확인하더니 곤혹스러운 표정을 지었던 것이다.

"맙소사, 벌써 수업 갈 시간이잖아."

"앗, 정말? 그럼 가야지. 아쉽다."

나는 서둘러 남은 커피를 입에 털어 넣었다.

"오늘 수업은 그냥 째지 뭐. 수업 빠질 거라고 가서 교수님께 말
씀 드려야겠다."

"아니야, 데스몬드. 그건 좋은 생각이 아닌 것 같아. 얼른 수업
들어가."

해맑게 이야기하는 데스몬드를 나는 진심으로 말렸다. 그런데
순간 번득이는 아이디어가 데스몬드를 스치고 지나간 모양이었다.

"아, 같이 가면 되겠구나! 마침 너에게 우리 한국어 교수님을
소개해 주고 싶었어."

"지금 가려는 수업이 한국어 수업이야?"

"응!"

"……."

"왜?"

"…… 지금 나를 데리고 수업에 들어가서 교수님 면전에다 '저
오늘은 얘랑 놀아야 되니까 수업 빠질게요'라는 말을 하겠다고?"

신이 난 데스몬드는 당혹스러워하는 나를 의아하다는 듯이 쳐다보았다.

"응, 그게 뭐?"

"데스몬드, 날 믿어. 그건 정말 좋은 생각이 아닌 것 같아."

"왜 어때서? 어서 가자."

데스몬드는 그를 뜯어 말리는 나를 끌고 기어이 나이로비 대학교로 갔다. 그를 따라 캠퍼스 안의 한 건물로 들어가자 과연 '한국학과'라는 문패가 달린 강의실이 보였다. 데스몬드는 문밖에서 버티려는 내 팔을 잡고 당당하게 강의실로 끌고 들어갔다.

"안녕하세요!"

데스몬드가 우렁찬 목소리로 인사를 건넨 이는 언니뻘 정도의 한국인이었다. 그녀는 데스몬드의 인사를 받고는 나와 그를 어리둥절하게 번갈아 쳐다보았다.

"안녕하세요, 데스몬드. 그런데 누구⋯⋯?"

"아, 저⋯⋯ 안녕하세요. 데스몬드 친구 조은수라고 합니다. 데스몬드가 나이로비 대학교에 한국학과가 있어서 저한테 보여주고 싶다고⋯⋯."

어색하게 그녀와 눈을 마주쳐버린 나는 하하 웃으며 뒤통수를 긁적였다.

"선생님, 저 오늘⋯⋯."

데스몬드가 말을 하려는 찰나 나는 황급히 그의 말을 가로막았다.

"저, 혹시 실례가 안 된다면 같이 수업을 듣다가도 될까요? 오랜만에 한국인을 보니 너무 반가워서……."

호탕한 웃음으로 흔쾌히 청강을 허락한 그녀는 나를 데스몬드 옆에 앉혔다. 그리고 나는 그녀가 시키는 대로 발음 예시를 위해 유인물을 읽어 내려가기 시작했다. 그 2시간짜리 한국어 수업은 정확히 3일 전, 나이로비 대학교에 최초로 개강한 한국어 수업이었다.

이 기이하기 짝이 없는 사건들은 전부 케냐로 돌아온 지 불과 이틀 만에 일어난 일들이었다. **나는 이미 서둘러 케냐를 떠나려고 했다는 사실조차 잊어버린 지 오래였다.**

•

대학생
행세를 하다

    나는 데스몬드의 한국어 수업은 물론 아프리칸 댄스 수업까지 청강하기 시작했다. 나는 수업시간 내내 긴 팔을 허우적거리는 데스몬드를 보며 입을 쩍 벌렸다. 데스몬드는 어마어마하게 보기 드문 몸치였다.

    나는 데스몬드, 넬슨과 어울려 다니며 나이로비 대학교의 대학생 행세를 하고 다니는 중이었다. 수업시간에는 같이 수업을 듣다가 공강시간이 되면 다른 학생들과 우루루 나와 학교 옆 식당에서 감자튀김으로 점심을 때웠다.

    "감자튀김에는 케첩 아니야?"

    나는 하나같이 감자튀김에 소금을 뿌리는 친구들을 이상하게 쳐다보며 꿋꿋하게 케첩을 뿌렸다. 그러나 빈 음료수 페트병을 재활용해서 만든 케첩통에서 투명한 핑크빛 케첩이 꿀럭이며 나오는 걸 보고 케첩 짜는 것을 멈추었다.

"이거 케첩 맞아?"

"응, 케첩이잖아."

핑크빛 케첩에서는 형용할 수 없는 싱거운 토마토 맛이 났다. 결국 나는 넬슨 손에 들려있던 소금통을 빼앗고 말았다.

우리는 학교 앞 잔디 밭에 앉아 맥주를 마시거나 드러누워 노래를 들었다. 넬슨에게서는 틈틈이 스와힐리어 과외를 받았다. 영문도 모른 채 친구들 손에 이끌려 따라간 곳에서는 얼떨결에 학생 회의에 참가하게 되었고, 학생회의가 끝나고는 또 우루루 결혼식장으로 몰려가는 바람에 나는 모르는 사람의 결혼식장에서 열렬히 박수를 치고 있었다. 가끔은 밤늦게 교정에 남아 슈퍼에서 사온 보드카를 따 술판을 벌이기도 했다.

"이건 코리안 스타일이야."

사람이 아무도 남지 않은 캄캄한 학교 앞 풀밭에 앉아 보드카와 콜라를 섞으며 내가 말했다.

"캠퍼스 풀밭에서 술을 마시는 것 말이야."

그렇게 매일 캠퍼스를 쏘다니다 수업이 전부 끝나면 같은 방향인 넬슨 그리고 데스몬드와 셋이서 집까지 걸어가는 것이다. 맨 처음 그들을 만났던 그날처럼 말이다.

넬슨은 아프리카 최대 규모의 슬럼가인 키베라에 살고 있었다.

유엔에 따르면 키베라는 주민 3분의 2가 하루에 1달러 이하의 돈으로 생활을 하는 곳으로 이미 경찰의 통제를 벗어난 빈민촌이었지만, 넬슨은 늘 단정한 옷차림을 하고 있어서 나는 눈치채지 못 했다.

넬슨을 따라 키베라로 들어가던 날, 데스몬드는 혹여나 타겟이 될 지도 모르는 나를 대신해 내 가방을 멨다. 미로 같은 키베라를 속속들이 알고 있는 넬슨은 우리를 데리고 키베라 깊숙이 들어갔다. 다닥다닥 붙어있는 판잣집들이 끝없이 펼쳐진 어마어마한 규모의 슬럼에는 쓰레기가 산더미처럼 쌓여 썩어가고 있었고, 그 쓰레기 물이 흘러 개울을 이루고 있었다. 그리고 상상을 초월하는 악취가 풍기고 있는 개울에는 장난을 치며 노는 어린아이들이 있었다.

그리고 케냐에 온 지 나흘째 되던 날, 나는 생일을 맞았다. 배낭여행객인 나는 나 자신에게 간식거리라도 하나 선물하며 자축할까 생각 중이었지만, 그날이 내 생일이라는 것을 알게 된 데스몬드와 다른 나이로비 대학교 친구 벤은 생일을 결코 그렇게 보내서는 안 된다고 주장했다.

"말도 안 돼! 네가 태어난 날이라고!"

결국 벤은 케냐식 생일상을 차려주겠다며 사촌동생과 함께 사는 자신의 원룸으로 나와 데스몬드를 초대했다. 벤은 집에 가는 길에 양파와 약간의 고기도 구입했다.

그리고는 집에 도착하자마자 벤과 데스몬드는 소매를 걷어 부치고 우갈리와 스꾸마위끼를 만들기 시작했다. 옥수수가루를 물에

풀어 저으며 서서히 졸이면 떡 같은 식감의 케냐 주식인 우갈리가 완성되었다. 우갈리에는 케냐인들이 항상 곁들여먹는 채소인 스꾸마위끼가 빠질 수 없었는데, 그것은 케일을 심심한 소금 간에 볶아낸 것으로 먹을 것이 없어 일주일 내내 그것만 먹으며 버텨야 한다고 해서 붙여진 이름이었다. 마지막으로 그들은 고기와 양파를 볶아내더니 음식을 접시에 예쁘게 담아 내게 건넸다.

"생일 축하해, 은수!"

푸짐한 저녁을 먹고 밤이 늦도록 놀다가 침대를 기꺼이 내게 내주고 바닥의 매트리스에서 남자 셋이서 복작복작하게 잔 그들은 다음날 아침 냄비에 우유를 붓고 찻잎을 띄워 밀크티를 끓여주었다. 아침은 우간다 출신인 데스몬드의 우간다식 마토케였다. 마토케는 단맛이 나지 않는 조리용 바나나로 그것을 다른 채소와 볶은 음식이었다.

·

대학생에서
주민으로

대학생 행세를 하고 다니기 시작하면
서 본의 아니게 케냐에서의 체류기간이 길어지고 있었다. 리한나
의 변호사인 존의 사무실에서 근무하던 친구 로버트는 우리를 불
러놓고 은밀한 조언을 속삭이기에 이르렀다.

"그냥 이 참에 시민권을 따는 건 어때?"

"푸하하, 시민권?"

웃음을 터트리는 나와 리한나에게 그는 짐짓 심각한 얼굴로 말
했다.

"내가 증언을 설게. 네가 케냐 사람이랑 결혼한 바가 있다고."

"결혼!"

리한나와 나는 배를 잡고 데굴데굴 구르기 시작했다. 그러자 로

버트는 더없이 심각한 목소리로 말했다.

"그게 마음에 안 들면 사실 네 엄마가 케냐인이라고 할게."

로버트가 바람을 넣어버린 덕분에 리한나와 나는 며칠 내내 케냐 시민이 되는 진지한 공상에 빠져있었다.

"은수, 솔직히 우리는 케냐인이 되어서 이곳에서 함께 살아야 한다고 생각해."

"동감이야. 내가 케냐 시민이 되면 제일 먼저 뭘 할 건지 알아?"

"뭘 할 건데?"

"투표권을 행사할 거야."

리한나와 나는 전에 없이 신이 나서 떠들기 시작했다.

"투표는 어디에 하지?"

"몰라, 녹색당?"

어쨌든 길어지는 체류 기간에 숙소에 걸린 숙박비가 눈덩이처럼 불어가기 시작하자 나는 이 물가 높은 나이로비에서 새로 지낼 곳을 알아보아야 한다는 것을 깨달았다.

가장 먼저 알아본 보금자리는 나이로비 대학교의 기숙사였다. 기숙사는 나이로비 그 어느 곳보다도 저렴한 방세를 자랑하기 때문이었다. 데스몬드를 통해서 방을 넘기겠다는 학생이 나타나서 방을 보러 갔지만 기숙사에서 지내려는 계획은 불발되고 말았다. 안팎으로 무너져 내릴 것만 같은 건물이나 악취에 벌레가 들끓는 화장실, 양동이에 차가운 물을 받아 써야 하는 샤워실 보다 걱정스러운 것은 방을 커튼으로 나누고 있다는 것이었다. 이 정도면 각종 전자기기나 현금 등 내가 가지고 있는 귀중품들을 도난 당할 것이 불보듯 뻔해 보였다.

"이러고 있을 게 아니라 우리 같이 제대로 된 방을 구해서 함께 사는 건 어때?"

룸메이트 리한나와 나는 이런 작당을 하기에 이르렀다.

그러던 중 거짓말처럼 내게 집이 떡 하니 생기는 일이 벌어졌다.

"오늘 우리 집에 와서 와인 한 잔 할래요? 마침 집에 맛있는 와인이 한 병 있거든."

종종 데스몬드를 따라 한국어 수업에 들어가던 나는 교수님의 초대를 받았다. 한국에서 온 지 얼마 되지 않았던 그녀도 마침 새로운 보금자리를 찾아 이사한 터였다. 그리고 와인 잔에 먹음직스러운 와인을 가득 따라주던 그녀가 내 사정을 듣더니 흔쾌히 방이 하나 남으니 그곳에서 머무는 게 어떻겠냐고 한 것이다. 그녀의 아파트는 깨끗하고 예쁜 단지 안에 수영장과 정원이 딸린, 대부분의 거주민들이 외국인들인 아파트였다.

나는 예기치 못한 행운에 잠시 멍했다. 하지만 일이 술술 잘 풀린다고만 생각했지, 우연이라기에 너무나도 기이한 일들이 줄줄이 엮인 굴비처럼 꼬리에 꼬리를 물고 벌어지고 있다는 것을 그땐 미처 눈치채지 못하고 있었다.

예컨대 첫 번째 굴비란 바로 이런 것이었다. 하루는 데스몬드 그리고 넬슨과 함께 학교 풀밭에서 술을 진탕 마시고 어둑어둑해져서야 집에 가고 있었다. 술기운이 얼큰하게 올라 잔뜩 좋아진 기분에 낄낄거리며 걷는데, 반년이 넘게 나와 사막과 산과 들 속을 누비며 아프리카를 견뎌온 내 조리가 기어이 끊기고야 만 것이다.

"아이 씨……."

인상을 확 찌푸린 나는 부러진 조리를 집어 들고는 맨발로 걷기 시작했다. 바닥이 험하다며 넬슨과 데스몬드가 부축을 해주었지만 어느 쪽이든 썩 편하지는 않아서 맨발로 걷다 부축을 받았다 반복하던 중, 갑자기 낯선 차 한대가 서더니 창문을 내렸다.

"도움 필요해요?"

우리에게 말을 건 것은 다름아닌 젊은 동양인 남자였다.

"아, 괜찮아요. 집이 바로 이 앞이거든요."

"고맙지만 우리가 데려다 줄게요."

우리는 손사래를 쳤다. 하지만 그 남자는 자신의 집도 이 앞이라며 한사코 태워주겠다고 하는 것이었다.

"음……. 데스몬드, 넬슨! 그럼 나 먼저 가볼게. 너희도 늦었는데 얼른 들어가."

반쯤 혀가 꼬부라진 내 말에 데스몬드와 넬슨은 경계하는 눈으로 잠시 망설이더니 남자의 신원을 묻고는 전화번호를 받아 적었다.

"들어가서 연락해!"

그들에게 손을 흔들어준 나는 헤헤거리며 차에 탔다.

"그럼 실례 좀."

"집이 어디예요?"

그 남자가 묻는데, 나는 그것보다 자동차 스피커에서 흘러나오는 익숙한 멜로디의 전주가 먼저 귀에 들어왔다.

"제 집은……."

입이 대답을 하는 동안 나는 어렴풋이 무엇인가 생각날 듯 말 듯 하고 있었다.

"아, 이거 뭐더라. 이 노래 익숙한데…… 이건…… 이건!"

고뇌 끝에 나는 무릎을 탁치며 다 안다는 듯 그 남자를 향해 반갑게 외쳤다.

"두 유 라이크 케이팝?!"

그 남자는 당황한 듯 대답했다.

"아…… 아임 코리안……."

그런 기이한 우연으로 만난 은총오빠는 나이로비 대학교 한국학과 교수님과 같은 아파트 단지에 사는 한인 중 한 명이었다.

"오빠, 그때 내가 누구일 줄 알고 차에 막 태웠어요?"

"너 그때 맨발이었잖아. 길에 유리 깨져있는 것도 못 봤어? 그리고 밤도 늦었고 부축을 받고 가길래 혹시 위험한 상황인가 했지."

그는 L 기업에서 근무하며 몇 년째 케냐에서 거주 중이었다. 나는 금방 그와 친해졌고, 그와 함께 살던 K 기업의 박과장님을 알게 되었다. 그리고 그것은 두 번째 굴비였다.

기업 행사를 하루 앞두고 통역을 펑크 낸 통역자를 대신하여 박과장님이 나를 고용했던 것은 단순히 가난뱅이 배낭여행객이 호텔 밥에 쏠쏠한 용돈벌이까지 할 수 있었던 일로 끝나는 것이 아니었다. 그 다음 굴비란 아아주 나중에 벌어진 일이다.

뒷골목의
갱스터들

나는 간덩이가 땡땡 부어오른 것이 분명하다. 한두 번 케냐인 친구들을 대동해 밤마실을 나가던 나는 결국 케냐의 밤을 작정하고 누비고 다니기 시작했던 것이다. 길가에 깨진 유리병과 흥건한 핏자국을 보는 것도 이제 놀라운 일은 아니었지만, 그런 건 이미 눈에도 들어오지 않았다. 변명하자면 내가 밤 문화에 눈을 뜬 건 순전히 리한나 때문이었다.

리한나와 나는 닮은 점이 많았다. 정리정돈에는 젬병이어서 6인실을 온통 난장판으로 만들어 놓았던 것, 먹을 것과 술 그리고 노는 것이라면 사족을 못 쓰는 것, 심지어 어리바리한 것까지 비슷해서 함께 식당에 밥을 먹으러 가면 밥값을 둘로 나누어야 하는데 우리는 계산서만 뚫어지게 쳐다보곤 했다.

"……."

"……."

"…… 한국인과 인도인이 밥을 먹으러 와서 나눗셈을 못하고 있어."

내가 참지 못하고 정적을 깼다.

"쉿, 조용히 해. 다른 나라 사람들이 이걸 눈치채서는 안돼."

리한나는 원래 아가칸 종파의 무슬림 집안에서 태어나고 자랐다. 성인이 될 때까지 모스크에 가 기도하며 자라왔던 리한나는 이후 기독교로 개종했고 한동안 신앙생활을 하다가 결국엔 무신론자가 되어버린 독특한 종교력이 있었다. 그리고 지금은 보다시피 번쩍이는 밤과 유흥의 세계로 나를 초대한 유혹의 손길이 되어버린 것이다.

"은수, 내가 얼마 전에 클럽이라는 곳에 갔었는데……."

그녀가 은밀하게 이야기를 털어놓던 날, 우리는 당장에 밤마실을 계획했다.

초록, 파랑, 빨강으로 번쩍이는 촌스러운 조명이 돌아가는 홀에는 낮 동안 식사하는 손님들을 받았던 플라스틱 테이블과 의자가 구석으로 치워져 있었다. 그리고 그 공간에는 사람들이 뒤섞여 노래에 맞춰 흥겹게 춤을 추고 있었다.

해가 지고 나면 도시는 순식간에 어둠에 휩싸였지만, 시내 중심가만큼은 예외였다. 나이로비 시내의 몇몇 식당이 밤이 되면 술집이자 클럽으로 변신했던 것이다. 그곳에서는 밤마다 떠들썩한 파티가 열렸다. 클럽이 개장하면 그 앞에는 바비큐 노점이 섰는데, 그곳에서는 각종 고기 꼬치구이와 소시지를 구워서 팔았다. 리한나와 카첨바리라고 불리는 다진 야채를 반으로 가른 소시지에 끼운 것을 하나씩 들고 병맥주를 흥청망청 들이키는 것이 밤마실의 하이라이트였다.

고작해야 집 앞까지 택시를 불러 타고 곧장 사람들로 북적이는 시내 클럽 앞에서 내리는 방식으로 외출하던 우리는 날이 갈수록 대담해지기 시작했다. 해가 지면 외출을 삼가야 한다는 안전수칙 따위는 개나 줘버린 지 오래였다. 케냐의 밤은 우리의 것이었다. 그렇게 마치 내일이 없는 사람들처럼 밤거리를 누비고 다니던 우리가 나이로비의 밤거리에서 에릭을 만난 것은 어쩌면 필연적인 일인지도 몰랐다.

오, 에릭! 내가 너무나도 좋아해 마지 않는 에릭이 누군 줄 처음부터 알았더라면 나는 그와 친해질 수 없었을까.

번쩍번쩍하는 조명, 산더미처럼 쌓이고 나뒹구는 술병들. 유난히 사람들로 북적이는 주말에도 리한나와 나는 어김없이 클럽으로 출동했다. 물론 카첨바리 소시지에 맥주를 퍼먹기 위해서였다.

"헤이."

누군가 뒤에서 낮은 목소리로 내게 말을 걸어왔다. 뒤를 휙 돌아보니 산만 한 덩치에 근육이 울퉁불퉁 커다란 사내가 나를 껄렁껄렁 내려다보고 있었다. 그는 마치 미국 힙합 뮤직비디오에서 튀어나온 것 같은 모습을 하고 있었다. 험악한 덩치와 말투에 나는 잠시 움츠러들었다.

"어……. 안녕."

"여행 중인가 봐?"

"응, 너도? 넌 어디서 왔어?"

"난 케냐인이야. 루오족."

"발음이 미국인 같은데?"

"이민 2세거든. 텍사스 출신이지만 지금은 케냐에서 살고 있지."

새까만 피부에 굵직한 선, 매우 낮은 목소리를 가진 그는 솥뚜껑만한 손을 내게 내밀었다.

"난 에릭이야. 넌?"

"은수. 반가워."

그와 악수를 하자 절대 작지 않은 내 손이 아이 손 같아졌다.

"클럽에 자주 와?"

"무척. 앉을래?"

그의 물음에 나는 격하게 고개를 끄덕이며 앉을 것을 권했다. 우리는 맥주 몇 병에 금새 친해졌고, 그렇게 매일 밤 함께 클럽으로 출동하는 멤버가 되었던 것이다.

한때 미식축구 선수였다던 에릭은 사람들이 바글바글한 시내에서도 멀리서 걸어오는 것을 바로 알아볼 수 있을 정도로 덩치가 우락부락했다. 시퍼런 문신으로 가득한 그의 팔은 내 허벅지만했고, 늘 헐렁한 바지에 체인 금 목걸이를 걸고 다녔다. 안 그래도 밤 마실을 마다 않던 나는 에릭이 합류하고 나서는 마치 내가 갱스터라도 된 마냥 떵떵거리고 걷기 시작했다. 이 골목에서 우리가 제일 센 게 틀림없었다.

"에릭, 너도 강도 당한 적이 있어?"

그의 금목걸이를 힐끗 쳐다보며 내가 물었다.

"응, 그것도 대낮에."

"너를 상대로 강도를 시도한 사람이 있단 말이야?"

"응, 5명이 한꺼번에 달려들더라고."

에릭은 5대 1로 싸워서 그들을 물리친 무용담을 풀어놓았다. 한 명은 메다꽂고 또 다른 한 명은 던져버리고 하다 보니 어느새 모두 도망가 있더라나 뭐라나.

나는 에릭과 낮에 만나 종종 전혀 상대가 되지 않는 농구를 하거나 해가 지고 나면 어김없이 클럽에 갔다. 밤거리를 거리낌 없이 휘젓고 다니는 에릭 덕분에 뒤에서 따라오는 낯선 누군가를 따돌리기 위해 뛰어야 하는 상황에 처했던 것도 한두 번이 아니었다.

"은수, 리한나. 내가 뛰라고 하면 최대한 빨리 뛰는 거야."

그가 나지막이 말하면 우리는 모퉁이에 다다르길 기다렸다.

"뛰어!"

그의 말이 떨어지자마자 우리는 부리나케 골목골목 사이를 뛰기 시작하는 것이다.

에릭은 나이로비 뒷골목들을 샅샅이 꿰고 있는 유명한 마당발이었다. 늦은 시간, 나이로비 시내의 으슥한 뒷골목을 걷고 있으면 우리는 골목 어귀에서 무리지어 서성거리는 갱스터들을 마주치기 일쑤였다.

"요, 브로. 잘 지냈어? 은수, 인사해. 얘는 릴 웨인이야. 릴 웨인, 인사해."

"릴 웨인 안녕!"

긴 레게머리에 이빨을 훤히 드러내고 웃는, 릴 웨인을 꼭 닮은 케냐 발음의 릴 웨인과 악수했다. 에릭은 골목 구석구석에 숨겨져 있는 작고 허름한 술집들로 우리를 데리고 가곤 했는데, 어두컴컴한 술집 조명 아래에서는 정체를 알 수 없는 남자들이 술을 마시다 우리를 맞아주곤 했다.

"잘 지냈냐, 니가?"

에릭은 그들과 몸을 맞부딪히며 인사를 건넸다.

"에릭, 근데 있잖아……."

그의 옆에 자리를 잡은 나는 소심하게 속삭였다.

"그……. N으로 시작하는 단어……."

"뭐, 니가 말이야?"

"응, 그래 그거. 흑인을 모욕하는 말이잖아."

내가 그를 상기시키듯 말했다. 그러자 에릭은 어깨를 으쓱했다.

"니거는 모욕적인 말이지만 니가는 친구들끼리 쓰는 친근한 말이라고. 니가라고 발음한다면 말이야."

"아, 그렇구나……."

"난 또 뭐라고. 자, 따라 해봐. 니가."

고개를 끄덕이며 수긍하는 나에게 에릭이 갑자기 큰 소리로 말했다. 기차 화통을 삶아먹은 듯한 그의 목소리는 종종 볼륨 조절이 되지 않았다.

"으응?"

나는 순식간에 내게 집중되는 테이블의 험상궂은 남자들의 시선에 당황하고 말았다.

"니가, 왓츠 업, 니가. 따라 해봐."

잠시 동안 정적이 흘렀다.

"……."

나는 스리슬쩍 눈치를 보았다. 그리고 아마 살면서 다시는 입에 담을 일이 없을 것 같은 걸쭉한 욕을 국어책 읽듯 쏟아냈다.

"와하하하하!"

에릭이 낄낄대고 테이블의 무리들이 테이블을 쾅쾅 내리치며 웃기 시작했지만 내 등에는 식은땀이 흐르고 있었다.

에릭이 소개한 밤의 세계는 완전히 다른 세상이었다. 그중 특히

스트립클럽이 그랬다.

보통 클럽 앞은 노점과 사람들로 시끌벅적하기 마련인데, 에릭이 우리를 데리고 간 스트립클럽의 골목에는 쥐새끼 하나 얼씬거리지 않았다. 어딘가 모르게 쎄한 기분이 들었지만 평소에 스스로 개방적이라고 믿어왔던 나는 자신 있게 한쪽 눈썹을 올리며 거만하게 말했다.

"어디 한번 놀아볼까?"

그러나 나는 클럽에 들어가자마자 황급히 시선을 바닥으로 깔아버렸다. 방금까지 쿨한 척했던 내 입을 꿰매버리고 싶었다. 빨갛고 파랗게 번쩍이는 조명 아래에서 손님들은 앉아 술을 마시고 있었고 한쪽 구석의 텔레비전에서는 마치 의학 영상을 연상시키는 살색 동영상이 재생되고 있었다.

클럽 안에는 깡마른 여자부터 덩치 있는 여자까지 수많은 스트리퍼들이 실오라기 하나 걸치지 않고 클럽을 활보하고 있었는데, 그들은 공중에서 다리를 좍좍 찢는 폴 댄스나 손님 무릎에 앉아 자신의 엉덩이를 손님 얼굴에 들이밀다시피 하는 랩 댄스를 추면서 손님들과 진한 애무를 나누고 있었다. 수십 명이 동시다발적으로 애무를 나누는 광경은 흡사 영화 〈숏 버스〉에 나오는 섹스룸 풍경 같기도 했다.

"뭐해? 들어가자."

"응? 으응……."

에릭의 말에 멍했던 나는 정신을 차리고 그를 따라 클럽의 안쪽
으로 들어갔다. 클럽 한쪽에는 2층으로 올라가는 계단이 있었는데,
그곳은 섹스가 이루어지는 곳이라고 했다.

"1층이나 2층이나⋯⋯."

혼자 중얼거리던 나는 애꿎은 맥주만 들이키기 시작했다. 사방
이 온갖 난리 부르스 중이었다. 정말이지 생전 처음으로 보는 광경
이었다.

"은수, 뭐해? 그냥 즐겨!"

공손하게 두 손 모으고 앉아 맥주만 마시고 있는 나를 리한나가
타박했다. 그녀는 물 만난 고기처럼 신나있었다.

'그래, 여기도 결국은 클럽이지.'

나는 벌떡 일어났다. 그리고는 춤을 추고 있는 스트리퍼들 사이
로 돌진했다.

거의 매일 만나 놀다시피 하던 에릭. 나는 그가 평범한 사회인
이 아니라는 것 쯤은 직감하고 있었지만 생각해보면 그가 누군지,
무얼 하는지, 대체 왜 여기에 있는지 이상할 정도로 아는 것이 없
었다. 몇 살인지 지나가듯 물은 적은 있었지만 성의 없이 넘어가는
그의 대답에 더 이상 묻지 않았다. 궁금하지 않았던 것인지 알 필
요가 없다고 생각한 것인지는 잘 기억이 나지 않는다. 어쩌면 둘
다였는지도 모르겠다.

그의 집에 놀러 갔던 날, 나는 그의 집 벽면 빼곡히 붙어있는 그림들을 보고 물었다.

"에릭, 이거 누가 그린 거야?"

나는 한 여자와 남자가 뒤엉켜 있는 소묘를 가리키며 말했다. 종이를 찢어 싸구려 볼펜으로 그린 그림이지만 나는 왠지 그 역동적인 느낌에 사로잡혀 있었다.

"내가."

"정말? 미술을 배웠었어?"

대수롭지 않다는 듯 대답하는 에릭의 말에 나는 믿어지지 않는다는 듯 말했다.

"아니, 그냥 낙서야."

그의 그림 솜씨에 감탄하던 나는 그제서야 내가 그에 대해서 아무것도 모르고 있다는 것을 깨달았다. 하지만 그에 대해 좀 더 많은 것을 알게 된 것은 더 이후의 일이었다.

에릭의 SNS를 찾아 친구 신청을 하던 날, 나는 전혀 예상하지 못했던 새로운 정보들을 접하게 되었다. 그에게 미국에 백인 아내가 있다는 것, 그녀의 아들이 아닌 고등학생 아들이 있다는 것, 그리고 내게 말했던 것보다 훨씬 더 오래 전부터 케냐에서 살아왔다는 것.

"에릭, 너 유부남이었어? 가족들은 왜 같이 안 오고 미국에 있어?"

순진하게 묻는 내게 에릭은 퉁명스럽게 대답했다.

"위장결혼이야."

"위장결혼?"

"미국에서 추방당했거든. 다시 미국으로 돌아갈 수 있게 해보려고."

"…… 대체 왜 추방 당했는데?"

"…….""

횡설수설하며 설명하는 에릭의 말을 듣는 동안, 나는 그의 집 구석 작은 액자에 꽂혀있던 그의 아들 사진을 떠올렸다. 나는 잠시 그가 낯설게 느껴졌다가 이내 고개를 흔들었다.

그날 이후, 나는 두 번 다시 그 이야기를 꺼내지 않았다.

•

검은 해가 뜨는
우간다

　　　　　　내가　배낭여행　중이라는　사실조차
잊어버린 채 케냐에 눌러앉아 흥청망청한 나날들을 보내던 중, 다
음 행선지였던 우간다로 떠나게 된 것은 다름아닌 데스몬드 때문
이었다.

　"은수, 이번에 우간다에서 아주 희귀한 일식 현상이 일어난대. 우
간다에 있는 매형이 같이 일식 보러 캠핑 가자는데 같이 갔다 올래?"

　데스몬드는 케냐와 우간다 그리고 탄자니아의 국경에 걸쳐있는
아프리카 최대의 호수인 빅토리아 호수 근방에서 삶을 꾸려온 부
족인 루야족 출신이어서 가족들이 케냐와 우간다에 뿔뿔이 흩어져
있었다. 우간다 마케레레 대학교에서 동물학을 연구하는 데스몬드
의 매형이 북부 국립공원에 연구하러 갈 겸 일식을 보기 위해 캠핑

을 갈 거라는 것이었다.

일식이라기에 앞뒤 따지지 않고 콜을 외쳤던 나는 그것이 지난 오천 년 동안 단 26번 밖에 일어나지 않았다는 이름도 무려 '토탈 하이브리드 솔러 이클립스'씩이나 되는 현상이라는 것을 알게 되었다. 그것은 개기일식과 금환일식이 동시에 나타나는 아주 희귀한 현상이었다.

그동안의 방탕한 유흥생활 덕분인지 우간다의 수도 캄팔라에 도착하기까지 걸린 12시간 동안 나는 국경을 넘을 때 단 한 번을 제외하고는 기절한 듯 잠에 빠져있었다. 데스몬드의 매형인 잭슨이 우리를 데리러 정류장으로 마중을 나왔다.

"반가워요, 잭슨. 이야기 많이 들었어요."

"우간다에 온 걸 환영해, 은수."

캄팔라는 도시가 온통 산지임에도 불구하고 날씨가 말 그대로 찌는 듯해서 우리는 땀에 푹 젖어있었다. 거대한 빅토리아 호수를 둘러싼 수많은 언덕들 위에는 사람들이 살고 있는 소박한 집들이 보였다. 잭슨이 살고 있는 곳 역시 산속에 지어진 집들 중 하나로, 시내에서 멀지 않은 곳에 위치해 있었다.

하지만 그런 잭슨네 집까지는 무려 3시간이 걸렸다. 교통체증으로 악명 높은 나이로비보다도 심한 캄팔라의 교통체증 때문이었다. 푹푹 찌는 더위에 차가 움직일 줄 모르는 도로 위에서 3시간이나 늘어져있던 데스몬드와 나는 집에 도착하기도 전부터 지쳐있었지만 그런 우리와 달리 잭슨은 익숙하다는 듯 콧노래를 불렀다.

부유한 잭슨네 집은 최근에 짓기 시작해서 입주는 했지만 아직 완공이 되지 않은 신혼집이었다. 그의 집에 들어서자 새로 바른 반들반들한 시멘트가 우리를 반겼다. 나는 깨끗한 환경에 환호하다가 얼마 안 가 바로 입을 다물었다. 미완성인 이 집의 단점은 아직 샤워기가 없어서 양동이에 물을 길어와 씻어야 한다는 것과 완성은 되었지만 바퀴벌레 서식환경까지 완벽하게 완성된 재래식 화장실이 있다는 것이었다. 물론 신세지는 주제에 징징댈 처지는 아니었다. 이틀간 잭슨네 집에서 휴식을 취한 우리는 잭슨 그리고 그의 연구팀과 함께 일식을 이틀 앞두고 우간다 북부의 팍와치로 떠났다.

내가 데스몬드를 따라 우간다에 왔을 때에는 데스몬드를 가이드 삼아 몸 편하고 마음 편한 우간다 관광을 할 속셈이었다. 하지만 이제는 관광이고 나발이고 제발 케냐로 돌아갈 때까지 모가지만이라도 똑바로 붙어있길 기도라도 하고 싶었다. 나는 바들바들 떨고 있었다.

팍와치까지 가는 길은 세상이 멸망하는 것만 같았다. 일찌감치 출발을 했음에도 불구하고 교통체증 때문에 해가 지고 나서야 시내를 겨우 빠져 나와 출발다운 출발을 했는데, 갑자기 마른 하늘에 천둥번개가 치기 시작하더니 하늘에 구멍이라도 뚫린 것처럼 비가 쏟아지기 시작한 것이었다. 잭슨은 헤드라이트가 아니었으면 한 치 앞도 보이지 않았을 깜깜한 2차선 흙 도로 위를 당장 내려앉아

도 전혀 이상할 게 없을 것 같은 자동차로 140km를 밟고 있었다.

태평한 잭슨의 표정에 나는 잠시나마 안심할 뻔했다. 미끄러운 빗길을 미끄러져오는 자동차들과 몇 번이나 부딪힐 뻔하지 않았더라면 말이다. 그리고 맞은 편에서 달려오던 화물트럭이 빗길을 주욱 미끄러지며 정면으로 돌진해오던 순간, 모든 것은 슬로우 모션이 되었다. 트럭이 가까워지며 나는 눈을 질끈 감았다.

비명을 지른 줄도 몰랐던 내가 간신히 고개를 들자 우리가 탄 차는 오프로드로 빠져있었다. 잭슨이 황급히 핸들을 꺾어버렸던 것이었다.

"흠, 아슬아슬했지?"

잭슨은 여전히 콧노래를 부르며 다시 도로 위로 운전해 올라갔다. 일식은 고사하고 그대로 사망하는 줄로만 알았던 꽉와치까지의 여정은 오래 걸려봐야 5시간이라더니 무려 10시간이나 걸렸다. 우리는 일식 세리머니가 열릴 오위니 초등학교 근처의 캠핑 사이트에서 주룩주룩 내리는 빗소리를 들으며 텐트에서 하룻밤을 묵었다.

다음날 오위니 초등학교는 이른 아침부터 시끌시끌했다. 하늘에는 헬리콥터가 날아다니고 사방에는 군인들이 서 있었다. 초등학교 앞에는 대통령의 방문을 환영한다는 플래카드가 바람에 펄럭이고 있었고, 학교 안에서는 대통령을 비롯한 인사들을 맞기 위한 춤과 노래공연이 이어지는 중이었다. 각종 방송사에서는 카메라를 들고 취재준비가 한창이었다. 그리고 이 기회를 틈타 학교 근처에는 음식 노점이 섰고 상인들이 돌아다니며 기념품 티셔츠와 종이로 만든 관측안경을 팔고 있었다.

학교는 전에 없는 축제 분위기로 들떴지만 사람들은 하늘을 보며 웅성거리고 있었다. 일식 예정 시간이 가까워져 오는데 하늘에 구름이 잔뜩 꼈기 때문이었다. 구름이 일식을 가려버린다면 여기까지 찾아온 것이 전부 말짱 헛것이 될 터였다. 두껍게 낀 구름은 도무지 걷힐 줄을 몰랐다.

"살아서 꼭 일식을 보고 싶었는데."

내가 풀 죽은 목소리로 말했다. 비와 더위와 땀 때문에 마침 컨디션도 최악이었다. 데스몬드도 짜증스러운 표정으로 허탈하게 앉아있었다. 모두들 일식을 볼 수 없을 거라고 체념했다.

그런데 그때였다. 기적처럼 일식 직전에 구름이 서서히 걷히기 시작한 것이었다. 반쯤 포기했던 사람들이 다시금 흥분해서 관측안경을 끼기 시작했다.

달이 서서히 태양을 가리기 시작하자, 백주대낮의 쨍와치는 순식간에 저녁처럼 어두워졌다. 달의 형상과 해의 형상이 천천히 겹쳐지고 있었고 선글라스 같은 종이 관측 안경을 쓴 나는 안절부절 못하며 해만 바라보고 있었다. 그리고 달과 해가 완전히 겹치는 찰나, 빛나던 해가 갑자기 사라져버리며 검은 안경 속에는 암흑 말고는 아무것도 보이지 않았다.

'헉, 이게 뭐지.'

내가 흠칫 당황하는 순간, 사람들이 환호성을 질렀다. 상황을 파악하지 못한 나는 다급하게 안경을 벗어버렸다. 그 순간, 나는 이글거리며 검게 빛나는 일식을 두 맨눈으로 보고 말았다.

캄팔라로 돌아오는 길이 딱히 덜 힘들었다는 것은 아니다. 긴 하루 끝에 땀에 푹 젖은 나는 온 몸이 끈적끈적했고, 그 와중에 또 예기치 못한 생리마저 시작되었다. 학교에서 빠져나가는 길에는 학생들을 가득 실은 픽업트럭이 뒤에서 박아버리는 바람에 차 뒤창문이 산산조각이 나버렸다.

뒤늦게 도착한 교통경찰은 사고를 낸 픽업트럭 운전자와 같은 부족 출신이랍시고 무조건 그 아저씨 편을 들기 시작했고 결국 우리는 경찰서까지 갔다. 경찰서에서는 다행스럽게도 잭슨과 같은 부족 출신인 경찰을 만나 2대 2의 부족싸움으로 번졌지만, 트럭 운전사가 우리 앞에서 대놓고 돈을 쥐어주자 잭슨 편을 들던 경찰이 돌변해서 그쪽 편으로 돌아서버렸다.

결국 뒤창문을 이사용 테이프로 칭칭 감은 우리는 천둥번개와 비를 뚫고 140km를 밟은 끝에 새벽 3시가 되어서야 캄팔라로 돌아올 수 있었다.

．

꿈에서
깨다

　　　　　　　내가 우간다에서 1주일 반을 보내고
나이로비로 돌아왔을 때는 11월 중순이었다. 나이로비에는 지긋지
긋할 정도로 매일같이 비가 왔다. 덕분에 놀러 나가지도 못하고 그
저 커피를 마시며 주룩주룩 쏟아지는 비를 구경하던 리한나와 나
는 문득 시를 쓰기 시작했다. 우리의 습작들은 〈킬렐레슈아에는 매
일 비가 온다〉로 시작되어 에릭의 말투를 놀릴 요량으로 쓴 시 〈랩
하지 말고 말로 해〉 그리고 〈신이란 게 존재한다면 지구는 신이 싼
똥일 테지〉 등이 있었다.
　　"은수, 너는 나중에 결혼하고 아이를 낳을 거야?"
　　함께 머리를 맞대고 시상을 떠올리던 어느 날, 리한나가 문득 내
게 물었다.

"글쎄, 생각해본 적이 없는데. 왜?"

"그냥…… 난 살면서 단 한 번도 아기를 가지고 싶다고 생각해본 적이 없었거든."

"응."

"그런데 최근 들어 태어나서 처음으로 아기를 가지고 싶다는 생각을 했어."

그녀의 말에 순간 불안감이 엄습해왔다.

"…… 존의 아기를 말이야."

말을 잇는 그녀의 표정이 고통스럽게 일그러졌다. 존에게는 이미 아내와 갓난아기가 있었다.

"리한나, 네가 더 아까워."

나는 축복받을 수 없는 그녀의 고통스러운 짝사랑에 한숨을 쉬었다.

"도대체 왜 그에게 그렇게까지 목을 메는지 난 잘 모르겠다."

"그를 사랑해. 그를 가질 수 없다면 그의 아기만이라도 갖고 싶을 정도로."

그녀의 절박한 말을 나는 더 이상 듣기가 힘들어졌다.

"만약 아기를 갖게 된다고 하더라도 혼자서 아기를 기르는 건 끔찍하게 힘든 일일 걸."

"알아, 하지만 만약 살면서 아기를 가지게 된다면 그건 지금이어야만 해. 그게 그의 아이였으면 좋겠다고 생각했어. 더 이상 나이를 먹으면 아기를 갖기 어려워질 테니 말이야."

"리한나, 우리 엄마는 나를 서른여덟살에 낳았어."

나는 기어이 역정을 내고 말았다. 그러자 그녀가 원망스러운 눈으로 나를 쳐다보며 말했다.

"나는 그때의 네 엄마보다 나이가 많아, 은수."

내가 우간다로 떠나있던 동안 그녀는 홀로 더 괴로워했던 걸까. 내가 나이로비로 돌아온 지 얼마 되지 않아 리한나는 결국 아무 것도 매듭짓지 못한 채 도망치듯 케냐를 떠나 뉴욕으로 돌아갔다.

"은수, 이따 밤에 술 먹자. 나와."

"그래."

에릭의 전화에 나는 힘없이 대답했다. 창문 밖으로는 비가 주룩주룩 오고 있었다. 어차피 밤까지는 꼼짝없이 집안에 처박혀 있어야 할 것 같아 찬장에 처박아두었던 싸구려 위스키를 꺼내왔다. 유리잔에 얼음을 가득 채우고 위스키를 따랐다. 비가 와서 그런가, 술이 홀짝홀짝 잘 넘어갔다.

언제 잠이 들었던 걸까. 정신이 번쩍 들었을 땐 바깥은 한밤중이었고 휴대폰은 에릭의 연락으로 불이 나 있었다.

"은수, 오늘 나온다며! 뭐 하는 거야!"

에릭은 잔뜩 짜증이 나 있었다.

"금방 갈게. 거기서 딱 기다리고 있어."

나는 비장하게 전화를 끊었다. 그리곤 아는 택시기사 번호란 번호는 다 전화하기 시작했다. 하지만 늦은 밤인 지금, 그들은 이미 집으로 돌아갔다는 말만 할 뿐이었다.

케냐의 택시란 따로 아무런 표시가 없어 일반 승용차와 구분이 어려웠다. 그래서 택시를 사칭한 범죄가 많아, 사람들은 믿음직스러운 택시기사를 알게 되면 그의 번호를 저장해서 필요할 때 전화하는 방식으로 택시를 이용했다. 하지만 그런 택시의 단점은 기사가 이만 퇴근을 결정하고 집에 돌아가면 끝이라는 것이었다. 물론 기사들은 대부분 해가 질 때쯤이면 퇴근하고 싶어했다.

결국 나는 무작정 옷을 걸쳐 입고 황급히 밖으로 나왔다. 그리고 도로를 지나는 차들을 향해 무턱대고 손을 흔들기 시작했다. 나는 히치하이킹을 할 셈이었다.

나는 전에도 이런 식으로 히치하이킹을 해본 적이 있었다. 한밤중에 일어난, 정말 어쩔 수가 없는 상황이었는데 정말 말이 안 되게도 차를 세운 사람이 한국인이었던 것이다. 게다가 알고 보니 그 사람은 은총오빠의 직장 상사였다. 세상이 이렇게 좁을 수가. 반가워하던 그는 나를 초대해서 맥주와 마른안주까지 대접해 주었다.

"너 그러면 안 돼. 그 길에서 한 달에 한 번씩은 시체를 본다고."

나중에 이야기를 들은 은총오빠는 내게 신신당부를 했다. 하지만 지금 나는 다시 도로에 나와 지나가는 차들을 향해 손을 흔들고 있었다.

중간중간 경찰차를 포함한 차 한두 대가 섰지만 돈을 요구하길 래 돈이 없다며 징징대자 매정하게 지나쳐갔다. 결국 이렇게 못 가는 건가 시무룩해하고 있는 그때, 내 앞에 차 한 대가 섰다.

"어디가요?"

"시내요!"

타라는 손짓에 신이 나서 문을 활짝 열어젖히고는 냉큼 올라탔다. 앞자리에 아저씨 두 명이 타고 있던 차는 자신들의 행선지와 갈라지는 곳에서 나를 내려주기로 했다. 그들은 어김없이 내가 여기서 뭘 하고 있는 건지부터 물어왔다.

"저는 한국인이고 아프리카를 여행 중이에요."

"오, 그래요? 어디어디 가봤어요?"

"음…… 수단, 에티오피아, 마다가스카르……."

"수단? 수단에 있었어요?"

아저씨들이 급격히 흥분한 톤으로 물었다. 그렇다. 이 아저씨들은 수단인들이었던 것이다.

"수단! 저 수단에 4개월이나 있었어요! 수단은 제 집이나 마찬가지예요!"

나는 신이 나서 수단을 떠나며 봉인해둔 온갖 길바닥 아랍어와 이브라힘에게 배운 수단 농담들을 쏟아내기 시작했다.

"맞아요, 거기 가봤죠! 저는 맨시아에 살았어요! 아저씨들은요?"

우리는 한껏 들떠 수단 이야기를 하기 시작했다. 차 안에는 수단이 그리운 사람 셋이서 수단으로 대동단결을 하기 시작했다.

"목적지가 어디예요? 이 시간에 위험하게 아무데나 내려줄 수는 없잖아!"

정과 의리로 똘똘 뭉친 수단인들은 시내의 약속 장소까지 나를 데려다주겠다고 했다. 그리고 약속 장소에 도착해서도 아직 에릭이 나와있지 않은 것을 보고는 내리려는 나를 붙잡고 친구가 올 때까지 기다려주겠다며 차 시동을 끄는 것이었다. 멀리서 급하게 뛰어오는 에릭이 보이자 나는 그제서야 감사 인사를 하고 그들을 떠나보냈다.

에릭을 만나자마자 나는 방금 일어난 일에 대해 상기된 얼굴로 떠들기 시작했다.

"에릭, 방금 무슨 일이 있었는지 알아? 내가 히치하이킹을 했는데……."

흥분이 가시지 않은 나는 방금 만난 사람들이 글쎄 수단인들이었다는 이야기를 신나서 떠들기 시작했다.

"정말 신기하지 않아? 어떻게 차를 세운 사람들이 하필……."

하지만 나는 점점 굳어가는 에릭의 표정에 말을 끝마칠 수 없었다.

"…… 너 지금 히치하이킹을 해서 온 거라고?"

"응. 왜……?"

어리둥절하게 묻자, 가만히 듣고 있던 에릭이 소리를 버럭 질렀다.

“미쳤어?”

“…… 어?”

“너 죽고 싶어 환장했어? 까딱했다 무슨 일이 일어날 수도 있었는지 정말로 모르는 거야?”

불같이 화를 내는 에릭의 모습에 너무 놀란 나는 당황해서 얼굴이 빨개지기 시작했다.

“아니 난…….”

“너 아직 나이로비가 어떤 곳인 줄 모르는구나. 아직까지 머리통에 총구멍이 겨누어져 본 적이 없지?”

“아니, 나는 그냥 약속을 지키려고…….”

“그렇다고 이 밤중에 히치하이킹을 해? 네가 여기서 히치하이킹을 했다가 죽으면 누가 네 시체라도 찾을 수나 있을 거 같아?”

“미안…… 그냥 빨리 가야겠다는 생각밖에 없었어.”

“그냥 못 온다고 하면 됐잖아!”

“…….”

처음 보는 에릭의 화내는 모습이었다. 씩씩대는 에릭을 보며 나는 어찌할 바를 모른 채 멍해지고 말았다.

“미안, 아무 생각이 없었어. 화내지마.”

내가 애써 사과하자 에릭은 고개를 절레절레 흔들었다.

“은수, 제발 부탁이야. 다시는 이런 짓 하지마. 다시는.”

몇 번이나 ‘다시는’을 힘주어 반복하던 에릭은 내게 다시는 히치하이킹을 하지 않겠다는 약속을 기어코 받아내고서야 화가 누그러졌다.

그토록 화가 난 에릭을 처음 본 나는 잔뜩 의기소침해져 버렸다. 아프리카에서 지낸 시간이 얼만데, 내가 설마 그 정도 대처도 못 할까. **이런 생각을 한 순간, 나는 그런 생각을 한 나의 오만함에 흠칫 놀라고 말았다.**

여태껏 내게 일어난 행운들이 어떤 것이었는지를 생각했다. 오늘 무모하게 수단인들의 차를 타기 전, 나이로비의 밤거리에서 길을 잃고 두려움에 떨던 내가 데스몬드와 넬슨을 만나기보다 훨씬 오래 전, 시간을 거스르고 거슬러 맨 처음 아프리카 땅에서 이브라힘을 만났던 순간부터 말이다.

'반가워. 나는 이브라힘이야.'

'그거 알아? 네 이름이 아랍어로 무슨 말이랑 비슷한지?'

익숙한 목소리가 웅웅거리며 머릿속을 파고들었다. 그 순간 나는 차가운 물벼락을 맞은 듯 꿈에서 깼다.

차가운 밤공기에 뒷덜미가 서늘해지며 털이 삐죽 곤두섰다. 나일 강 다리 위에서 난간에 걸터앉아 발을 동동거리며 꿈속 모험의 세계에 빠진 것이 틀림없다고 생각했던 것은 전부 내 착각이었다. 처음부터 모든 것은 단 한 번도 현실이 아니었던 적이 없었다.

젯빛이기만 했던 풍경이 사막으로, 바다로, 초원으로 뒤덮여 있

었다. 그 세계는 내가 평생 동안 상상도 해보지 못한 것들로 가득
했다. 그리고 나는 그 세계 속에서 평생 동안 해볼 거라고는 상상
조차 해보지 않은 온갖 짓들은 전부 저지르고 다니고 있었다.

　그런데 이상하게도 죽으려고 하면 할수록 나는 더 살아나기만 했
다. 나는 그 어느 때보다도 더 동물처럼 예민하고 날카롭게 살아나
서, 내 몸에서 절절 끓고 있는 피가 절망스러울만치 몸의 세포 하나
하나로 느껴졌다. 나는 여지껏 살아있었다.

　그리고 깨달았다. 나는 죽는 것이 두려워져 버렸다.

•

마지막
모험

　　한국에는 눈이 왔다고 했다. 겨울이라
는 단어가 무색하도록 해가 쨍쨍하기만 한 케냐 식당들에는 반짝
거리는 싸구려 크리스마스 장식이 벌써부터 줄줄이 걸리기 시작했
고 반팔과 반바지를 입은 사람들이 나를 스쳐 지나가며 아직 한참
이나 남은 크리스마스 인사를 건넸다. 어느덧 처음 한국을 떠난 지
9개월라는 시간이 흘렀다. 그리고 나는 한국으로 돌아가는 비행기
를 한 달 앞두고 있었다.
　　연말은 케냐의 대학교 졸업시즌이었고 내 친구들 몇 명도 학사
모와 졸업가운을 입었다. 나이로비 대학교 교정에서 그들과 얼싸
안고 기쁘게 웃으며 기념사진을 찍던 나는 문득 나도 학교로 돌아
가야겠다는 생각을 했다. 나는 공부가 하고 싶어졌다.

지상낙원으로 불리는 탄자니아의 해변, 잔지바르의 형광 에메랄드빛 해변가에 수건을 깔고 누워 3주 가까이 빈둥빈둥거리며 크리스마스를 지내고 나니 어느새 새해만을 남겨두고 여행이 끝나가고 있었다. 어떻게 하면 아프리카에서 가장 뜻깊은 새해를 보낼 수 있을까 궁리하던 중, 나는 문득 붉은 마사이족을 떠올렸다.

케냐와 탄자니아 국경에 걸쳐 드넓게 펼쳐진 마사이마라와 세렝게티 초원에서 살아가며 자신의 용맹함을 증명하기 위해 사자를 사냥하던 부족. 그들은 이제 관광지라면 어디서나 찾아볼 수 있게 되었지만 정작 나는 그들의 삶에 대해서는 전혀 아는 바가 없었다. 한때 사자를 때려잡던 붉은 전사들은 어쩌다 기념품을 사지 않겠다며 인상을 찌푸리는 관광객들과 실랑이를 벌이게 된 걸까.

"데스몬드, 너 혹시 마사이족 친구 있어?"

나는 대뜸 데스몬드에게 전화를 걸어 물었다.

"있지, 왜?"

"혹시 나한테 소개해줄 수 없을까? 나 마사이족에 대해 알고 싶어."

데스몬드는 흔쾌히 나에게 전화번호를 하나 알려주었다. 번호의 주인인 빅터 역시 나이로비 대학교의 학생인데, 방학 시즌을 맞아 지금쯤 마사이의 땅이자 고향인 마사이마라 초원이 있는 나록으로 돌아갔을 거라고 했다. 나는 빅터를 만나기 위해 탄자니아 잔지바르를 떠나 킬리만자로를 거쳐 곧장 케냐 나록으로 향했다. 그것은 마지막 모험이 될 여정이었다.

·

마사이족에
대하여

      나록 시내에 도착하기까지는 4일이 걸
렸다. 대체 우기도 아닌데 어째서 가는 곳마다 작정한 듯 비가 쏟
아지는 건지 이해할 수가 없었다. 덕분에 며칠 내내 나는 비를 쫄딱
맞은 생쥐 꼴이었다. 더 서러운 것은 차가운 빅터의 첫인상이었다.

    "네가 머물 숙소를 알아보자."

    정류장으로 마중 나온 빅터는 무뚝뚝하게 말했다. 보통 케냐인
들은 외국인이게 매우 호의적인데, 호의와 친한 체에 익숙해져 있
던 나는 풀이 죽고 말았다.

    "내가 너무 막무가내로 찾아오긴 했지……."

    빅터는 재래식 화장실에 손 하나 씻는 데에도 양동이로 물을
길어와야 하는 허름한 현지인 숙소에 나를 혼자 내버려 두고 가버

렸다. 밤새도록 천둥번개가 무섭게 치는 동안, 나는 그가 내일 아침 나를 데리러 오기만을 눈이 빠지게 기다려야 했다.

"인사해, 애는 내 사촌 프레드야."

다음날 약속대로 빅터가 나를 데리러 왔을 때에 그는 혼자가 아니었다.

"반가워, 은수."

악수를 하기 위해 손을 건넨 남자애의 씩 웃는 얼굴에는 장난기가 덕지덕지 붙어있었다.

"안녕. 그런데 빅터 사촌이면 같은 마사이족이지? 약간 루오족을 닮았다고 생각했어."

내 말에 남자애는 발끈했다.

"루오족이라니! 그놈들은 포경도 안 하는 겁쟁이 놈들이라고. 마사이 여자들은 루오족이랑은 결혼도 하지 않아!"

내 또래의 마사이 전사는 이글이글 불 타오르는 눈으로 말했다. 나는 얼른 사과했다. 그러자 빅터가 그에게 핀잔을 주었다.

"팅기팅기, 네 걸음걸이부터 어떻게 좀 해보시지."

"팅기팅기?"

내가 어리둥절하게 묻자 빅터가 실실 웃었다.

"애 걸음걸이를 봐. 팅팅 거리고 걷는다고."

빅터의 말에 나는 남자애를 훑어보았다. 전사 마사이족은 특유의 진중하고 근엄한 걸음걸이를 가지고 있는데, 해맑고 촐싹 맞은

프레드는 진중이나 근엄과는 거리가 먼 팅팅거리는 경박한 걸음걸이 때문에 친구들 사이에서 팅기팅기라는 별명으로 불린다는 것이었다. 그런 팅기팅기는 놀랍게도 나이로비 대학교의 마사이 학생회 회장이라고 했다.

"나이로비 대학교에 마사이 학생회가 있었구나. 몰랐어."

"마사이 학생회라고 해봤자 몇 명 없어. 학교 전체에 15명이나 되려나?"

"그거밖에 안돼?"

"마사이들은 자녀를 학교에 잘 보내지 않거든."

팅기팅기의 설명에 의하면 신이 하늘에서 가축을 내려주며 이들을 돌보며 살라고 했다고 믿는 마사이족들에게 가축을 기르며 사는 일보다 성스러운 것은 없다고 했다. 그래서 돈이 있어도 굳이 자녀를 학교에 보내지 않는 경향이 있다는 것이었다.

"그래서 우리 부모님들은 스와힐리어도, 영어도 배운 적이 없어. 오직 마사이어만 할 줄 아셔."

하지만 팅기팅기와 빅터의 부모님들은 마사이 중에서도 드물게 교육에 관심을 가졌다. 팅기팅기와 빅터가 대학교까지 진학할 수 있었던 것은 그런 이유였다.

"그럼 지금도 초원 속에서 가축을 기르고 계시는 거야?"

"응, 초원 속에는 아직도 목축업으로 살아가는 마사이족들이 제법 있어. 그런 마사이족들에게 가축은 전 재산이야. 가축은 돈이 되고 옷이 되고 음식이 되니까 말이야."

마사이 사회는 극도의 남성 중심 사회인데, 일부다처제 안에서 남자들은 가축을 돌보고 여자들은 집안일과 육아를 도맡아 한다고 했다. 나록의 한 대지주 할아버지는 아내가 12명, 자식이 75명이나 된다는 것이었다. 빅터의 아버지도 아내가 세 명이라고 했다.

전사 마사이족에게 남자의 용맹함은 최고로 칭송받는 덕목이었다. 사자를 사냥하는 이유는 가축을 물어 죽이는 사자로부터 가축들을 지키고 자신의 용맹함을 증명하기 위해서였다. 그리고 모든 남자아이들은 어른이 되었다는 것을 증명하기 위해 성인식을 거쳐야 했다.

마사이 성인식 전통이란 포경과 할례를 통한 것이었다. 그리고 이런 과정을 거쳐 진정한 사회의 일원이 되는 것을 몹시 자랑스럽게 여겼다.

"우리도 모두 전통방식으로 포경을 했어."

빅터와 팅기팅기는 초면에 당황스러운 자랑을 했다. 그들은 뿌듯한 얼굴로 성인식의 과정을 설명해주었다.

마사이 남녀는 각각 15살 전후가 되면 시술을 받는다. 모든 시술은 아무런 마취 없이 진행되지만 결코 소리를 지르거나 얼굴을 찡그려서는 안 된다. 심지어 손가락을 움찔하는 것조차 고통의 표현으로 간주된다. 고통을 드러내는 것은 전사 마사이족 최대의 수치라는 것이다.

고통을 드러내는 순간, 성인식을 축하해주러 온 손님들은 욕을 하고 침을 뱉으며 집으로 돌아가버릴 것이다. 이것은 집안의 불명예이자 모욕이다. 그래서 성인식 과정 중에는 손님이 소년에게 용기를 북돋아주기 위해 온갖 입에 담지 못할 쌍욕을 해주는 의식이 있다고 했다.

'너는 그냥 아기일 뿐이야.'

'넌 겁쟁이야.'

심지어는 소년의 어머니를 창녀로 모욕하기까지 한다는 것이다. 모든 것은 소년에게 분노를 일으켜 자신이 아이가 아니라는 것을 증명할 수 있도록 용기를 내게 하는 과정이라고 했다. 오죽하면 너무 화가 난 나머지 부들부들 떨다가 까무러치는 경우까지 있는데, 이것을 '아루아'라고 부른다는 것이었다. 아루아는 용기의 기절이라는 뜻이었다.

"용기의 기절이라니, 어학적으로 말이 이상한데?"

눈을 가늘게 뜨고 미심쩍게 시비를 거는 내게 빅터는 설명을 하기 시작했다.

"어른들이 머리에 차가운 물을 붓고는 시술을 시작할 거라고. 그게 유일한 마취야! 너 같으면 무섭지 않겠어?"

"그야 무섭겠지. 너도 많이 무서웠어?"

당연한 걸 묻느냐는 듯한 나의 표정에 빅터는 헛기침을 했다.

"무섭기야 했지만 괜찮아. 난 남자니까!"

또 한 가지 흥미로운 사실은 성인식 전, 어른들이 와서 소년에게 할례를 한 여성과 잠자리를 한 적이 있는지 묻는다는 것이었다. 할례를 한 여성은 성인이기 때문에 아직 성인식을 거치치 않은 소년이 잠자리를 가져서는 안 된다고 한다. 할례를 한 여성과 잠자리를 가진 적이 없는 소년은 순결한 존재로 여겨져 비로소 성인식을 치를 수 있게 된다.

"그런데 이미 했으면 대체 어떻게 되는 거야?"

내가 알쏭달쏭한 표정으로 묻자 빅터는 생각해 본 적이 없다는 듯이 대책 없는 답변을 내놓았다.

"글쎄, 그럼 불쌍하게도 의지할 사람이 아무도 없는 거지, 뭐."

성인식 당일 소년은 새벽 4시에 일어나 강가에 간다. 손님들이 축복해 주는 가운데 소년은 발가벗고 차가운 물로 몸을 씻는다. 그가 집으로 돌아오면 차가운 물이 담긴 항아리 하나가 준비되어 있을 것이다. 이것이 고통을 완화시켜주기 위한 유일한 장치이다.

포경을 진행할 마을 어르신은 소가죽 위에 앉아있는 소년의 머리 위에 차가운 물을 부어 정신을 혼미하게 한 뒤 포경을 시작한다. 포경이 진행되는 동안 소년은 몸을 움직여서는 안 된다. 손가락을 움찔하거나 눈을 질끈 감는 것조차 용납되지 않는다. 포경이 끝나면 어머니가 와서 피가 흐르는 소년의 성기와 다리에 우유를 부어주고, 소년은 집 안으로 실려 들어가 가축의 피를 섞은 요구르트를 마시게 된다. 이는 피를 보충하는 의미라고 한다. 그리고 막 성인식을 마친 소년은 이제 어른이 되었다는 걸 알리기 위해 한동안 빨간색이 아닌 파란색 슈카를 입고 다니게 된다.

성인식을 통해서만 소년은 비로소 어엿한 성인으로 인정받게 된다. 그것은 당당하게 성인 대 성인으로 어른에게 악수를 청할 자격이 주어진다는 뜻이다.

"안 아팠어?"

상상을 해버린 내가 고통스러운 표정으로 간신히 말했다.

"아파! 근데 괜찮아, 남자니까!"

빅터와 팅기팅기는 입을 모아 자신만만하게 외쳤다.

새로운 해가 뜨는
사바나

"초원에 들어가자."

어딘가에서 오토바이를 빌려 온 팅기팅기가 고갯짓으로 뒷자리를 가리키며 타라고 했다.

"진짜 마사이를 보여줄게."

남쪽 세렝게티부터 북쪽으로 나룩을 지나 마사이마라까지의 거대한 초원은 전부 마사이의 땅이었다. 그리고 그는 이 고물 오토바이를 끌고 야생의 사바나 초원 속으로 들어갈 생각이었다. 출국 일이 열흘도 채 남지 않아 아주 잠시 고민했지만 난 냉큼 올라탔다.

털털거리는 빨간 고물 오토바이는 마사이 전사 둘, 한국인 여자애 하나 그리고 그 여자애가 멘 사람 한명만 한 배낭을 싣고 초원을 향했다. 곧 앞뒤 양옆으로 끝이 없는 초원이 드러나자, 팅기팅기는 속력을 내어 질주하기 시작했다.

"빅터, 팅기팅기! 저길 봐, 임팔라야!"

나는 풀을 뜯는 임팔라 떼를 발견하곤 흥분해서 소리를 질렀다. 빅터와 팅기팅기는 길 고양이를 보듯 힐끗 쳐다보고는 심드렁하게 말했다.

"음, 임팔라는 맛있지."

"그런데 설마 사자라도 나오는 건 아니겠지."

순간 엄습한 불안감에 내가 묻자 빅터가 나를 안심시켜 주었다.

"사자 같은 맹수들은 국립공원 안에나 있을 거야."

그리곤 자신 없는 목소리로 덧붙였다.

"아마도."

그렇게 사바나 초원 속으로 들어가버린 나는 장장 6박 7일 동안 초원 밖을 나오지 못했다. 이곳저곳을 떠돌며 가축을 돌봐주는 대가로 밥과 잠자리를 얻어 생활을 한 탓이었다. 출국이 임박해서야 겨우 공항으로 달려간 나는 그야말로 거지 꼴이 따로 없었다. 하루 종일 양을 치다가 햇빛에 화상을 입어 울긋불긋 껍질이 벗겨지기 시작한 얼굴, 제대로 씻지 못해 벼룩이 옮아 여기저기 벅벅 긁어대는 때 낀 손톱. 이런 모습으로 귀국을 하게 될 줄 초원에 들어갈 때에는 꿈에도 몰랐던 것이다.

비와 함께 찾아온
사람

　　　이리저리 초원 속의 마사이 마을을 옮
겨 다니며 신세 지는 나날들이었다. 쉭쉭 소리를 내며 소와 염소
그리고 양을 우리 안으로 몰아넣는 일은 어렵지 않았지만 소젖 짜
는 일은 험난했다. 소 발길질에 놀라 뒤로 나동그라지길 몇 번. 하
지만 마사이족들은 매일 아침 갓 짠 우유에 찻잎을 띄워 차를 끓여
먹기 때문에 나는 아침마다 열심히 소젖을 잡아당겼다.
　아침에 소젖을 짜고 나면 다른 마사이들과 함께 가축들을 몰고
나갔다. 우리는 저마다 오소코노이라는 나뭇가지를 하나씩 꺾어
꼬나문 채였다. 오소코노이 나무 끝부분의 껍질을 벗겨 씹으면 막
대기에서 쩽하고 매운맛이 나는데 그 매운맛이 사그라들고 나면
입안이 상쾌해졌다. 이것은 마사이 양치법이었다.

그렇게 하루 종일 양을 치다 저녁에 집에 돌아오면 마사이들은 사위가 온 것 마냥 내게 고봉 우갈리를 차려줬다. 그럼 나는 또 기대를 저버리지 않고 우걱우걱 다 먹어치웠다. 빅터와 팅기팅기가 끝내 못 먹고 음식을 남기기라도 하면 남은 음식은 전부 다 내 뱃속으로 들어갈 지경이었다.

마사이 사람들은 나를 나샤라고 불렀다.

"나샤!"

"에오?(네?)"

"수파.(안녕하세요)"

"수파올렝.(네, 안녕하세요)"

내가 나샤라고 이름 지어진 것은 초원에 들어온 첫날이었다. 우리가 처음으로 방문한 곳은 팅기팅기의 누나네 마을이었는데, 마침 그곳에서 한 이웃 마사이의 결혼식이 열리는 중이었던 것이다.

"아이고 축하합니다, 어르신."

잔칫집을 제 집처럼 누비고 다니며 우리는 잔치 음식을 허겁지겁 먹어치웠다. 모로 봐도 닮은 점이라곤 하나도 없을 것만 같은 마사이들과 나는 한 가지 엄청난 공통점을 가지고 있었는데, 그것은 바로 우리가 고기 마니아라는 것이었다!

"고기는 최고지."

"암."

"우리 마사이족은 농사 따위 짓지 않아. 농사짓는 건 영 폼이 안

나서 말이야."

"맞아, 닭을 키우는 것도."

"너네 이상하다. 치킨이 얼마나 맛있는데."

우리는 염소 냐마초마를 뜯으며 수다를 떨었다. 냐마초마는 마사이족이 가장 사랑하는 음식으로, 말 그대로 바비큐라는 뜻이다.

냐마초마를 열심히 먹고 있는 나를 보고 잔칫집의 어르신들이 보더니 궁금함을 참지 못한 듯 이것저것 물어왔다.

"얘 이름은 은수예요, 어르신. 한국에서 왔대요."

직접 통역을 자처한 그날의 신랑 데이빗이 열심히 설명했다. 데이빗은 마사이마라 국립공원의 가이드로 영어가 제법 유창했다.

"이름이 뭐?"

"은수요, 은수!"

이러한 대화가 몇 번이고 반복되던 중이었다. 사람들은 방에 모여 미라라는 환각성 풀을 씹으며 결혼식의 하이라이트인 '네이밍 세리머니'를 기다렸다.

마사이들은 결혼을 하면 결혼식 날 신부의 이름을 새로 지어주는데, 신부는 그날부터 평생 동안 새로운 이름으로 불리게 된다고 했다. 신부의 이름은 하객 어르신들이 한 방에 모여 의논한 뒤 결정하여 그 이름을 네 번 불러주고 노래를 불러 축복을 해준다는 것이었다.

"농코코, 농코코, 농코코, 농코코. 나샤, 나샤, 나샤, 나샤."

비로소 시작된 네이밍 세리머니에서 의논이 지루하게 길어지던 중, 겨우 의견이 모아진 듯 어르신들이 이름을 부르더니 몸을 앞뒤로 흔들며 짐승 울음소리와 비슷한 노래를 부르기 시작했다.

'이름이 농코코라는거야, 나샤라는거야.'

내가 혼란스러워하자 팅기팅기가 내 옆구리를 쿡 찌르며 속삭였다.

"네 이름 나샤래."

그들이 연신 부르며 축복했던 이름 중 하나는 나의 것이었다. 내 이름이 너무 어려웠던 마사이 어른들은 신부 이름을 짓는 김에 내 이름도 같이 지어주기로 합의했다는 것이다. 그것은 '비와 함께 찾아온 이'라는 뜻이라고 했다. 비 한 방울 떨어지지 않던 마사이 땅에 내가 온 날부터 비가 쏟아지기 시작했기 때문이었다.

"비는 생명이자 축복이야, 나샤."

짐승 울음소리 노래를 부르던 팅기팅기가 슬쩍 귀띔을 해주었다. 그렇게 2013년의 마지막 날, 내 이름은 나샤가 되었다.

"비는 생명이자 축복이야, 나샤."
짐승 울음소리 노래를 부르던 팅기팅기가 슬쩍 귀띔을 해주었다.
그렇게 2013년의 마지막 날, 내 이름은 나샤가 되었다.

•

전사의

식사

초원 속에서 오토바이는 풀을 뜯는 임팔라와 가젤, 얼룩말 그리고 누떼 가운데를 신나게 질주했다. 우리가 향한 다음 마을은 빅터와 팅기팅기의 친구가 살고 있는 마을이었다. 그곳에서는 풀 숲 속에 모가지가 썰린 양 한 마리가 우리를 기다리고 있었다. 새해에 맞춰 마사이들이 마침 양을 한 마리 잡은 것이었다.

냄비와 칼을 뺀 모든 도구와 재료는 풀 숲에서 구할 수 있는 것이어야만 했다. 그래서 음식에는 아무런 간을 할 수 없었다.

빅터는 마을 최고 어르신 키돌레시타 할아버지에게서 양 머리를 받아 들고는 손질을 시작했다. 우선 눈알을 칼로 도려내 뺀 뒤, 양의 콧구멍에 나뭇가지를 쑤셔 넣어 뇌를 잡아뺐다. 손질이 끝난

양 머리는 불에 살짝 그을려 겉을 긁어낸 뒤 각종 내장들이 끓고 있는 냄비 속으로 투하되었다. 뼈, 머리, 심장, 폐 등 각종 부속물 재료를 넣고 각종 약재와 따로 모아 굳혀놓은 지방을 넣어 함께 몇 시간 동안 푹 고은 모토릭 수프는 내장은 건져먹고 국물은 찌꺼기를 걸러서 마시는 음식이었다. 갈색 모토릭 수프에서는 느끼하면서도 칼칼한 맛이 났다.

다리살과 갈비 그리고 췌장은 냐마초마가 되었다. 그중 척수는 귀한 음식이라 남자들만 먹을 수 있는 음식이지만 마사이들은 기꺼이 손님인 내게 그것을 양보했다. 척수는 느끼하면서도 제법 고소했다.

마사이들은 모두들 무노노를 기다리고 있었다. 무노노는 생 피에 구운 고기를 말아먹는 마사이 최고의 별미인 전통음식이었다. 흥건한 피에 둥둥 떠있는 고기를 한 접시 받아 든 나는 에티오피아에서 먹었던 염소 핏덩어리의 비릿한 향을 떠올리면서 눈을 질끈 감았다. 나는 심호흡을 크게 한 뒤 무노노를 한입 떠먹었다.

"…… 응?"

흥미진진하게 내 표정을 살피고 있는 마사이들과 눈이 마주쳤다.

"맛있어!"

나는 와하하 웃은 뒤 무노노를 입에 털어 넣었다. 무노노는 생각보다 비리지 않았다.

실컷 양의 온갖 부위를 얻어먹고 부른 배를 두들기던 내게 한 마사이 청년이 슬그머니 다가오더니 무언가를 꼬옥 쥐어주었다.

"근데 이게 뭐야?"

"귀. 먹어봐, 맛있어."

이쯤 되자 나는 이제 내가 대체 뭘 먹은 건지 알 수 없었다.

양치기 소녀의
고난

"어휴, 무토토(스와힐리어-아기)들은 이
런 거 마시는 게 아니란다."

나는 신나게 빅터와 텅기텅기를 놀리며 연거푸 마라티나를 들
이켰다. 마라티나라는 이름의 술은 마사이족들이 잔치가 있을 때
담그는 술로 꿀과 약 40가지 약초로 만든 것이었다. 마사이 사회에
서는 남자가 서른은 되어야지 당당하게 어른들 앞에서 술을 마실
수 있기 때문에 내 친구들은 아직 마라티나를 한 번도 먹어본 적이
없었다.

"오늘 나샤가 와줘서 너무 기쁘고 영광입니다."

"초대해 주셔서 감사합니다."

나는 잔칫복이 있는 모양이었다. 사바나의 목동 생활을 하던 우

리는 또 한 번 초원 어디에선가 잔치가 열린다는 소문을 듣고 오토바이에 올라 잔칫집을 찾아갔다. 이번 잔치는 성인식으로, 11월에서 12월 초 사이에 진행되는 성인식 본식을 치른 뒤 한 달 후 소년들의 무사 회복을 축하하고 또 그들이 어른이 되었다는 의미에서 다시 한 번 여는 것이었다.

어르신들은 세리머니를 외국인에게 보여준 것이 자랑스러운지 잔뜩 흥분해서 내게 음식과 술을 권했다. 배가 고파 밥도 두 접시나 내리 비운 나는 포만감과 취기가 올라와 잔칫집에서 그대로 잠들어버렸다. 그때까지만 해도 나는 마사이 생활이 제법 익어 자신감이 붙어가던 중이었다.

"맨야타에 가보고 싶어. 맨야타로 가자!"

내가 당당하게 다음에 머물고 싶은 곳을 이야기하자, 늘 흔쾌히 '출발!'을 외치곤 했던 빅터와 팅기팅기가 웬일로 흠칫했다.

맨야타란 마사이 전통가옥이었다. 흙으로 빚은 뒤 짚과 소똥을 지붕으로 올린 맨야타는 멀리서 보면 마치 식빵처럼 보이기도 했다. 하지만 이런 전통 맨야타는 초원 아주 깊은 곳의 가난한 집이 아니면 찾아보기 힘들었는데, 오늘날에는 대부분 양철지붕을 올리거나 견고한 철제 문을 세우기 때문이었다. 나는 진짜 전통 맨야타에 가보고 싶었다. 코끼리가 발로 차도 무너지지 않는다는 전통 맨야타 말이다.

"너 거기서 잘 자신 있어?"

"왜? 못 잘 건 뭐람?"

어리둥절하게 묻는 내게 빅터와 팅기팅기는 곤란하게 웃었다.

"그래, 그럼 맨야타로 가자. 맨야타에 사는 이모를 알아."

빅터가 내 편을 들어주자 팅기팅기가 얼른 끼어들었다.

"아 그래? 근데, 나 실은 나이로비로 돌아가 봐야 해. 기말고사를 아직 안 친 게 있어서 말이야. 빅터랑 초원에서 더 놀다 와."

"아 참, 그럼 나도 팅기팅기를 나룩 시내까지 데려다주어야겠네. 나샤, 맨야타에서 오늘 하룻밤 지내고 있어. 오토바이로 팅기팅기를 데려다주고 내일 널 데리러 올게."

그들은 대뜸 초원을 나가봐야겠다고 했다. 그러니까 그 말인즉슨, 나만 말도 안 통하는 초원 어딘가의 맨야타에 혼자 덩그러니 남겨두고 떠나겠다는 말이었다.

"그래, 그럼. 빅터는 내일 보고 팅기팅기는 나중에 나이로비에서 보자."

나는 맨야타에 간다는 기대에 부풀에 해맑게 수긍했다.

맨야타의 천장은 내 키보다 낮아 늘 허리를 푹 숙이고 있어야 하는 집이었다. 벽에는 끽해야 내 손바닥만한 구멍이 창문 대신 뚫려 있었고, 온통 깜깜한 내부는 불이 난 듯 연기로 자욱했다. 들어가자마자 눈물 콧물을 쏙 빼고 뛰쳐나온 나는 몇 번이나 숨을 쉬기 위해 안팎으로 들락날락한 후에야 비로소 안으로 들어가 연기의 출처를 찾을 수 있었다. 그건 바로 맨야타 한가운데에 놓인 아궁이였다. 빅터와 팅기팅기가 왜 그렇게 황급히 떠났는지는 다음날 벼룩이 온몸에 잔뜩 옮고서야 알게 되었다.

맨야타 흙 바닥에 포대를 깔고 잔 하룻밤 새에 나는 팍 늙어버린 기분이었다. 다음날 온몸을 벅벅 긁으며 나를 데리러 온 빅터를 맞이한 나는 오토바이에 타기 전 배낭을 끌러 내가 가진 모든 옷가지를 맨야타의 가족에게 쥐어주었다.

"너네 맨야타에서 자기 싫어서 나만 두고 간 거지."

내가 빅터를 째려보았다.

"티 났어?"

빅터는 우물쭈물하면서 먼 산만 바라보고 있었다.

잘자,
아프리카

　　　맨야타를 떠나 빅터의 세 번째 어머니
네 집에서 양을 치며 며칠 휴식을 취한 우리는 다시 오토바이에 올
랐다. 끝없는 지평선의 초원을 달리다가 한가롭게 풀을 뜯는 수십
마리의 얼룩말과 누 떼 그리고 타조들을 발견했다.

　빅터는 갑자기 장난기를 가득 머금고 나를 돌아봤다.

　"나샤."

　"응?"

　"재미있는 거 보여줄까?"

　빅터는 내가 대답할 틈도 없이 얼룩말과 누 무리 속으로 돌진했다.
그와 동시에 짐승들이 날벼락을 맞은 듯 먼지 날리게 뛰기 시작했다.

　"우와아아아!"

나는 환호성을 질렀다. 우리는 땅에 지진이 난 듯 울리도록 달음 박질치는 얼룩말과 누 떼 수십 마리 사이에서 질주하고 있었다.

그중 가장 빠른 것은 단연 타조였다. 가는 다리로 우아하게 총총 거리는 발걸음은 야생 얼룩말의 질기고 탄탄한 근육의 뒷다리로 도, 기를 쓰고 달리는 고물 오토바이로도 따라잡을 수 없었다.

한참을 정신 없이 동물들 사이를 휘젓고 다니며 놀던 중, 갑자기 빅터가 정신이 번쩍 든 듯 당황스러운 얼굴로 말했다.

"어쩌지? 동물들이 가축 쪽으로 간 것 같아."

나는 뜨악한 얼굴로 빅터를 쳐다봤다. 놀란 동물들이 가축들이 풀을 뜯는 쪽으로 뛰기 시작한 것이었다. 혹시 양이나 염소가 밟혀 죽기라도 하면 주인 마사이가 우리를 쫓아올 터였다.

"어떡하지?"

"튀자!"

우리는 그대로 줄행랑을 치기 시작했다.

그렇게 '하루만, 딱 하루만 더' 하고 나이로비로 돌아가는 것을 차일피일 미루다 결국엔 출국 날이 임박하고 말았다. 초원에서의 마지막 밤은 빅터네 아버지 댁에서 맞이하기로 했다.

풍채가 좋은 빅터의 아버지는 스와힐리어나 영어를 하지 못했 지만 그 특유의 아우라는 정말 전사의 그것 같았다. **나는 빅터를 처음 만났던 날 차가웠던 그의 첫인상을 떠올렸다. 이제는 알았다. 그**

가 나를 그렇게 대했던 것은 내가 단지 외국인이라는 이유로 그에게 특별한 사람이 아니었기 때문이라는 걸. 나는 진중하고 과묵한 빅터가 아버지를 꼭 빼닮았다고 생각했다.

'인킥엠푸스.'

그것은 빅터의 별명이었다. 마사이어로 고양이 똥이라는 뜻을 가진 그의 별명은 고양이가 똥을 파묻어 숨겨버리는 것처럼 조용하고 비밀이 많은 그의 성격을 놀리는 말이었다.

"초원에 땅을 많이 가지고 있으니 언제든 놀러 와서 캠핑을 하려무나."

빅터의 아버지는 다정하게 말해주었다. 빅터의 할머니와 고모들은 마사이 의복인 슈카와 장신구들을 한 보따리 가져오더니 내게 입히기 시작했다. 먼저 파란색 천을 내 허리에 두르고 양쪽 어깨에 대각선으로 빨간 천을 하나씩 묶어주었다. 그리고 그 위에 장식이 가득 달린 빨간 망토를 해주더니 마지막으로 각자의 목걸이와 머리띠, 팔찌 등을 하나씩 가져와 주렁주렁 걸어주었다. 그중 빅터의 할머니는 손녀가 만들어준 아끼는 팔찌를 내게 건넸다. 그녀는 너무 작아서 하지 못한다고 했다.

"어때, 좀 마사이 같아?"

"완전 마사이 다 됐네."

빅터는 낄낄거리며 웃었다. 나는 온몸에 화려한 마사이 액세서리들을 짤랑이며 빅터와 양을 치러 나갔다. 그리고 몸은 하얀데 모가지만 까만 작은 아기염소를 한 마리 발견했을 때, 나는 탄성을 지르며 귀여운 아기염소를 안아 올렸다.

"그거 네 염소 할래?"

그런 나를 보고 있던 빅터가 말했다.

"얘 나 준다고?"

"응. 네 걸로 이어마크도 해."

"하지만 한국에 데려갈 수도 없는걸."

"그럼 내가 대신 키우고 있을게. 내년에 또 케냐와서 보러 와."

"좋아! 얘 이름은 우갈리야."

나는 우갈리를 쓰다듬으며 말했다.

밤이 깊자 모두들 잘 준비하기 시작했다. 나는 마지막 은하수를 아쉬운 듯 올려다보았다. 이런 하늘을 보는 것도 오늘 밤이 마지막일 것이었다.

"빅터, 오늘이 마지막인데…… 역시 안 되겠지?"

초원에서 지내는 그간 나는 밤마다 빅터와 팅기팅기를 들들 볶아왔다. 이렇게 예쁜 밤하늘을 보면서 밖에서 자고 싶은데, 하이에나가 나온다고 하루도 빠짐없이 거절당했던 것이었다. 나는 아직도 초원 풀밭에 드러누워 자는 환상에 대한 미련을 버리지 못한 채였다. 빅터는 잠시 고민을 하더니 처음으로 못 이긴 듯 오케이 사인을 내려주었다.

"그래, 그럼. 이 부근에는 하이에나가 많이 없으니까."

지성이면 감천이라고, 나는 신이 나서 텅텅 빈 배낭 속 구석에 잠들어있던 침낭을 꺼내 펼쳤다. 고모들이 밤새 몹시 추울 거라며 뜯어말리다가 내 소원이라는 말에 창고에서 포대자루와 소가죽, 담요 등을 꺼내오더니 풀밭에 깔아주었다. 침낭이 있어 괜찮다고 했지만 그녀들은 고개를 저으며 반드시 필요할 거라고 했다. 이렇게 밖에서 자는 사람은 내가 처음이라며 빅터의 조카들은 깔깔거리며 웃더니 저마다 한 번씩 내 이부자리에 누워보았다.

"잘자, 모두들!"

사실 고모들이 담요를 깔아주어서 정말 다행이었다. 초원의 밤은 한겨울 같아서 밖으로 내놓은 얼굴이 얼어붙을 듯 시려오기 시작한 것이다. 다행히 고모들 덕분에 몸은 춥지 않았다. 나는 금새 달콤한 잠에 빠져들었다.

잠결에 짐승 울음소리를 들었다. 하이에나인가 싶어 번뜩 눈을 뜬 나는 그 순간, 막 떨어지고 있는 별똥별을 마주쳤다.

'사바나 초원 한복판에서 하이에나가 나올까 봐 무서워하면서 잠을 자고 있다니, 나는 참 살다 살다 별 걸 다 하는군.'

다시 감기는 눈을 뜨려고 애쓰며 떨어지는 별똥별을 셌다. 14개를 넘기지 못하고 다시 스르르 잠이 들며 나는 중얼거렸다.

나는 살아있다. 나는 살아있구나.

"그녀를 찾아!"

비명에 가까운 한 여자의 목소리가 초원에 울려 퍼졌다. 가장 깜깜한 시간 초원 아주 깊숙한 곳, 잔칫술 마라티나를 한 독 가득 담아놓은 한 맨야타 앞에는 총기로 무장한 경찰들이 한 치 앞도 보이지 않는 어둠 속에서 우왕좌왕하고 있었다.

"플래시를 켜, 나샤! 빨리!"

다급한 여자의 목소리에 내가 서둘러 플래시를 켰을 때, 빨간 마사이 의복을 입은 여인은 이미 온데간데 없었다. 나는 식은땀이 흐르기 시작했다. 내 실수로 플래시가 꺼지는 바람에 암흑에 휩싸인 현장은 순식간에 아수라장이 되었던 것이다.

"분명 할아버지를 부르러 간 거야! 할아버지는 총을 가지고 있어. 아직 멀리 도망치지 못했을 테니까 샅샅이 뒤져야 해!"

누군가의 말에 경찰들이 우거진 숲 속을 수색하기 시작했다. 그리고 멀지 않은 곳에서 나무 뒤에 숨어 있던 빨간 마사이 의복의 여인을 발견했다.

"나이루코를 학교에 데려가게 해줘요."

이 일의 총책임자이자 모든 것을 진두지휘하고 있던 루시는 아이 엄마에게 당당하게 요구했다. 루시는 경찰들 사이에서 잔뜩 겁을 집어먹은 채 얼어붙은 여자아이를 가리키며 분통을 터트렸다. "아이가 학교에 간 적이 없으니 영어는커녕 스와힐리어도 전혀 하지 못하잖아!"

장장 10개월에 걸친 나의 아프리카 방랑은 2014년 1월, 가장 추운 겨울에 끝이 났다. 그리고 내가 케냐로 돌아온 지도 어느새 한 달이 다 되어가고 있었다. 초원에서 막 기어 나온 거지꼴로 성큼성큼 인천공항을 걸어 나온 지 9개월 만의 일이었다. 그동안 일어난 일들을 어디부터 설명해야 할까.

한국에 돌아온 나는 신기한 것 투성이었다. 눕기가 죄송할 정도로 깨끗한 침대, 틀기만 하면 물이 콸콸 쏟아지는 수도꼭지, 가만히 누워만 있어도 때가 되면 차려져 나오는 밥상. 그건 그렇고 빨래는 대체 왜 해야 하는 건지 이해가 가지 않았다.

한국으로 돌아왔을 때, 그렇게 많은 것들이 변했고 또 동시에 많은 것들이 변하지 않았다.

　이브라힘은 내가 수단을 떠난 후 슬럼프에 시달리다 그의 어머니와 나의 권유로 미국으로 건너가서 살기 시작했다. 가끔 시간을 내서 한국어를 공부하는 모양인데 아직도 내가 가르쳐 준 '죽을래? 따라와' 수준에서 크게 발전하지 못한 것 같았다. 우리는 언젠가 멋지게 고쳐진 프리덤을 타고 수단에서 미국까지 대서양을 건너 일주하기로 약속했다.

　연락이 끊겼던 나니에게서는 SNS를 통해 친구신청이 왔고 나는 수락했지만 우리는 더 이상 교류하지 않았다. 뉴욕으로 돌아간 후에도 고질적인 우울증에 시달리던 리한나는 레즈비언으로 전향했고 의대를 그만두고 가장 성적으로 개방된 버클리로 이사를 갔다. 그녀는 행복해 보였다. 그곳이 얼마나 좋은 곳인지 설명하며 비행기표를 사는데 부담할 테니 꼭 놀러 오라고 당부할 정도이니 말이다. 한동안 알콩달콩 사귀던 여자친구와는 헤어졌지만 씩씩하게 이겨내고 있는 것 같았다.

　한국으로 돌아온 지 얼마 되지 않던 어느 날, 나는 메시지를 한 통을 받았다.

　[어디야? 지금 집 앞으로 갈게.]

　그의 메시지에 나는 피식 웃고 말았다. 그는 스무 살 때나 지금이나 변한 것이 없었다.

　몇 년 만에 재회한 그는 키가 조금 더 큰 것 같았다. 그는 나에게

두 팔을 벌렸고 우리는 포옹했다. 그는 유학생활을 마치고 어엿한 영화감독이 되어 있었다.

"너 그거 알아?"

"너 아프리카 갔던 거? 알아, 사람들에게 네 소식을 물어봤었어."

그리고 믿기지 않는다는 표정으로 말했다.

"아프리카에는 대체 왜 갔던 거야?"

나는 씨익 웃었다.

"야, 네가 말했던 마다가스카르의 돌산."

"응."

"되게 별거 없더라."

나는 웃음을 터뜨렸다. "지난 몇 년간 기다려왔던 이 순간도"라는 말은 굳이 덧붙이지 않았다.

그리고 9개월 후, 한국에 살을 애는 칼바람이 부는 동안 나는 덥디더운 나이로비 시내의 사무실을 정신 없이 뛰어다니는 중이었다.

"은수 씨, 이 서류 번역 좀!"

"예, 알겠습니다!"

"은수 씨, 행사 안내 메일 돌렸어?"

"아뇨, 지금 곧바로 하겠습니다!"

"은수 씨! 자료 어디 있어!"

사무실 곳곳에서 나를 부르는 소리가 들렸다. 행사를 고작 며칠

앞둔 회사 사람들은 모두 정신이 없었다.

'젠장, 주소록은 대체 어디로 간 거야?'

나는 욕지거리를 내뱉으며 책상과 서랍을 뒤지기 시작했다. 여전히 정리정돈에 젬병이었던 내 책상 위에는 산더미처럼 쌓인 서류들이 어지럽게 흩어져 나뒹굴고 있었다.

나는 더 이상 배낭여행객이 아니었다. 내가 다시 올 줄은(적어도 한동안은) 생각지도 못했던 이곳에 고작 9개월 만에 돌아온 것은 K기업 나이로비 지부 박과장의 제의로 인턴을 맡기로 했기 때문이었다. 이것은 바로 기이한 세 번째 굴비였다. 그 덕분에 나는 지금 그 빌어먹을 주소록을 찾지 못한 채 서류들과 씨름을 하고 있는 것이다.

내가 한국에 가 있는 동안 내 마사이 친구들은 졸업을 했다. 그리고 빅터는 정식으로 취직해서 일을 시작했다. 한국에 있는 내게 한동안 꾸준히 우갈리의 근황을 전해주다가 언제부터인가 소식이 뜸해지더니 약속대로 케냐에 돌아왔는데도 별 언급을 하지 않는걸 보면, 아마 우갈리는 누군가에게 이미 잡아먹힌 것이 틀림없었다.

한편 팅기팅기는 카지아도라는 지방에 내려가 봉사활동을 시작했다고 했다. 덕분에 나는 케냐로 돌아온 뒤에도 단 한 번도 팅기팅기를 보지 못했다.

"거기서 대체 뭘 하는 건데?"

나는 오랜만에 걸려온 팅기팅기의 전화에 반가움 반, 불만 반으로 대꾸했다.

"주말에 시간되면 한 번 내려와. 전화로 설명하기엔 어려워."

통명스럽게 묻는 내게 팅기팅기가 말했다. 그를 만나기 위해서는 주말을 반납하고 카지아도까지 내려가는 수밖에는 없는 모양이었다.

"아 예, 예. 제가 찾아 뵙도록 합죠."

나는 잔뜩 시비를 걸며 전화를 끊었다. 그리고 주말이 되자 간단하게 짐을 챙겼다. 카지아도는 나이로비에서 한 시간 반이면 도착할 수 있는 곳이었지만 회사를 다니는 인턴 나부랭이에게도 주말은 황금 같은 것이어서 몸이 무겁기 짝이 없었다. 그렇게 그저 팅기팅기의 차 한 잔을 얻어먹기 위해 찾아간 카지아도의 AIC 여자기숙초등학교에서 나는 루시를 만났던 것이다.

루시는 학교 선생님으로, 그녀가 몸담고 있는 AIC 여자기숙초등학교의 조혼과 할례, 성폭력 구조프로그램의 총책임자였다. 루시는 그녀 스스로도 마사이 여성이자 어릴 적 할례가 두려워 집으로부터 도망친 장본인이기도 했다.

"할례는 법으로 금지되어 있어. 하지만 케냐에서 법 따위가 얼마나 무력한지 나샤도 알고 있겠지."

루시는 따끈한 차를 내오며 말했다.

"하지만 아무도 할례를 하지 않은 여자를 아내로 맞이하고 싶지 않아 하거든. 조혼도 마찬가지야. 여자아이를 시집 보내면 지참금을 받을 수 있지. 그래서 부모는 아이를 빨리 할례 시키고 남자에게 시집보내고 싶어해."

"……."

"보통 10살에서 15살 사이면 할례를 하지만 난 8살짜리 아이가 할례를 받는 것을 본 적도 있어. 그렇게 시집을 가고 나면 아마 그 여자애는 평생 학교 문턱도 밟아보지 못하고 남편과 집안을 돌보면서 살게 되겠지. 그런데 더 큰 문제는 뭔 줄 알아? 그건 아주 운이 좋은 케이스라는 거야."

방학 시즌임에도 불구하고 AIC 여자기숙초등학교에는 루시가 수소문해 구조해온 여자아이들로 바글거렸다. 이들은 모두 갈 곳이 없는 아이들이었다. 할례와 조혼으로부터 도망친 아이, 가족친지로부터 성폭행을 당한 아이, 남편에게 죽도록 매질을 당하다가 도망친 아이.

"어떻게 방법이 없을까요?"

"아주 오래된 관습이야, 나샤. 아무리 경찰이라도 함부로 나서서 개입하기는 어려운 문제지."

그래서 루시는 할례나 조혼이 예정되어 있다는 정보를 입수하면 직접 경찰을 대동하고 쳐들어가 아이를 구조해 오는 일을 하고 있었다. 그리고 내가 학교에 머물고 있던 그날 밤, 거짓말처럼 정보가 흘러 들어왔다.

"정보를 입수했어. 이틀 후가 결혼식이야."

루시가 나를 은밀하게 불러낸 그녀의 숙소에는 팅기팅기를 비롯한 구조활동 멤버들이 이미 모여 앉아 있었다.

"무슨 결혼식이요?"

"12살 나이루코라는 여자아이의 결혼식. 오늘 입수한 따끈한 정보야."

"언제 구조하러 가는 거죠?"

"오늘 밤."

"오늘 밤 당장이요?"

나는 눈을 동그랗게 뜨고 그녀를 쳐다보았다.

"결혼식 전날 신랑이 신부 집에서 자고 가는 풍습이 있어. 시간은 오늘 밤밖에 없어."

그녀는 행여 누군가 엿들을까 조용하게 목소리를 깔았다. 구조는 한밤중, 전사부족인 그들이 무방비 상태일 때 총기로 무장한 경찰을 대동하여 급습하는 일이었다.

"나샤, 함께 가겠어?"

루시가 조심스럽게 물어왔다.

"그렇게 되지 않길 바라지만, 상황이 위험해질 수도 있어."

나는 나를 쳐다보는 그들을 쭉 둘러보았다. 그리고 내 몫으로 테이블에 놓인, 이미 차갑게 식어버린 차를 원샷했다.

"…… 몇 시에 출발이죠?"

그리고 지금 루시와 나이루코의 어머니는 한참이나 마사이어로 언쟁을 벌이고 있었다.

이들은 모두 갈 곳이 없는 아이들이었다.
할례와 조혼으로부터 도망친 아이,
가족친지로부터 성폭행을 당한 아이,
남편에게 죽도록 매질 당하다가 도망친 아이.

"우리가 공부시킬게요. 아이를 데려가게 만이라도 해줘요."

거칠게 화를 내던 루시는 그녀를 설득하기 시작했다. 언쟁과 실랑이가 길어지며 나이루코의 어머니도 지친 기색이 역력했다. 집 안에는 남자가 한 명도 없었고, 그녀는 경찰들에게 둘러싸인 채였다. 그녀가 더 이상 버틸 수 있는 방법은 없었다.

"…… 아이를 데려가면 나한테 아무것도 요구하지 않을 건가요?"

"아이를 공부시킬 거고 아무것도 요구하지 않을 거에요."

"당신도 같은 마사이잖아. 마사이의 이름을 걸고 맹세할 수 있나요?"

"마사이의 이름을 걸고 아이를 공부시킬게요."

내가 카지아도로 돌아온 것은 다다음 주말이었다. 나는 주변 지인들을 통해 모금한 몇 명분의 학비, 후원받은 학용품과 옷가지 박스를 손에 든 채였다. 그리고 두 달 반 남짓의 시간 동안 약 40kg의 물품과 7명분의 학비가 모였다.

하지만 성인식 시즌인 연말, 지난 한 달 동안 새롭게 구조된 아이들만 7명이었고 학교에서 보호 중인 아이들은 이미 100명이 넘어있었다. 이것은 내가 앞으로도 계속 고민해야 할 숙제로 남아있다.

한편, 나는 여전히 제멋대로이고 집안의 둘도 없는 망나니 같은 자식이었다. 아프리카를 방랑하며 큰 깨달음을 얻은 줄로만 알았는데, 개가 똥을 끊는 게 빠른 모양이었다. 인턴기간이 끝나자마자 둘도 없이 신나는 일이 떠올라버린 것이다.

1년 전 아프리카를 처음 여행할 때부터 정말이지 꼭 가보고 싶었던 나라가 하나 있었다. 오랜 내전으로 완전히 풍비박산이 나 있는데다 강간율이 세계 최고에 달한다는 그곳. 유엔이 '강간의 세계 중심지'라고 비판했다던 그곳은 들리는 소문부터 무시무시하기 짝이 없는 나라였다. 이 나라는 바로 케냐에서 서쪽으로 우간다를 지나 위치한 나라 콩고민주공화국이다.

이런 무시무시한 나라에 대체 왜 제 발로 걸어 들어가고 싶냐 하면 콩고에는 세계 최대의 용암 호수가 펄펄 끓는다는 니라공고 화산이 있기 때문이었다. 시뻘겋게 타오르는 용암이라니! 게다가 그곳에는 동화 속에 나오는 난쟁이 피그미족들이 오직 전세계에서, 그것도 사람의 발길이 닿지 않는 콩고 정글 깊숙한 곳에서만 서식한다는 전설의 동물 오카피를 키우며 살아가고 있다는 것이었다. 오카피는 20세기에 들어서야 발견된 동물로 얼굴은 기린 같고 몸은 당나귀 같은데 얼룩말의 무늬를 가진 짐승이었다. 이쯤 되자 나는 직접 가보지 않고는 도저히 베길 수가 없어졌다.

그래서 콩고에 가기 위해 정보를 수소문하기 시작했는데 이상한 것은 내가 만난 수많은 여행자 중 콩고에 가본 사람은 단 한 명도 없다는 사실이었다. 콩고는커녕 콩고에 용암호수가 있다는 사실조차 아는 이가 거의 없었다. 1년 가까이 아프리카를 여행하는 동안, 나처럼 용암호수를 보고 싶어 우간다에서 국경을 넘으려 했지만 오히려 국경이 닫혀있는 것만 확인하고 허탕을 쳤다는 사람을 한 명 본 것이 전부였다.

결국 나는 여행 가이드북의 바이블이라 일컬어지는 론리플래닛 아프리카 편을 구입했다. 그런데 가이드북을 읽던 나는 더 수수께끼에 빠지고 말았다. 면적이 세계 11위, 아프리카 2위인 거대국가인데 론리플래닛에 콩고에 대한 정보는 고작 10페이지 남짓이었다. 콩고의 치안정보에 대한 페이지를 펼치자 아주 간단한 설명 한 줄이 나를 반겼다—'그것은 아무도 알 수 없다.'

"이럴 거면 쓰질 말던가."

나는 불만스러운 표정으로 페이지를 닫았다. 결국 수소문 끝에 내가 확인해낸 정보는 내전으로 인해 니라공고 화산이 있는 비룽가 국립공원 전체가 폐쇄되어 버렸다는 것이었다. 그렇게 나는 이 베일에 싸인 땅에 가는 것을 포기했다.

인턴생활이 끝나갈 무렵, 나는 지난 2년간 폐쇄되어있던 비룽가 국립공원이 최근 다시 개장했다는 정보를 입수했다. 문제는 그곳에 어떻게 입국할 수 있는지 알 수 없다는 것이었다.

콩고의 서쪽 끝에 위치한 수도 킨샤사에는 한인들도 사는 모양이었지만 내가 가려는 동쪽 끝의 도시 고마는 내전의 중심지였던 탓에 그야말로 미지의 땅으로 남아있었다. 설사 정보를 얻었다고 하더라도 급변하는 정세에 정보의 신뢰도가 현저히 낮았다.

대사관 정보에 의하면 콩고로 입국할 수 있는 방법은 주한 콩고

대사관에 초청장을 제출하고 비자를 발급받는 방법밖에 없었다. 나에게 초청장이 없는 건 차치하고서라도 케냐 한복판인 지금, 내가 비자를 발급받을 수 있는 방법은 전무했다.

론리플래닛을 뒤적거리자 콩고야생환경보존협회 공식 웹사이트를 통해 화산이나 고릴라 투어를 사전 예약하면 2주 동안 유효한 비자를 발급 받을 수 있다고 쓰여있었다. 이것은 온라인으로 예약하고 결제까지 마치면 국경에서 비자를 발급해 주는 방식이었다.

"아프리카에서 온라인 결제를 하라고?"

아프리카 행정이라는 게 얼마나 믿을게 못 되는지 뻔히 알고 있던 나는 코웃음을 쳤다. 화산투어는 250불에 육박하는 고가의 투어였다. 나한테 지금 몇십만 원짜리 도박을 하라고?

무작정 국경까지 찾아가 발급이 된 건지 안 된 건지도 모를 비자를 찍어달라고 우겨야 하는 건 둘째치고 더 골 때리는 건 이 비자를 어느 국경에서 받는 것인지도 알 수가 없다는 것이었다. 르완다-콩고 국경이 열려있다는 것까지는 확인했지만, 나에게 지리적으로 훨씬 편리한 우간다-콩고 국경에서도 그 비자를 받을 수 있는지는 알 수가 없었다. 그러니까 나는 넘을 수 있을지 없을지도 모르는 콩고 국경을 넘기 위해 케냐에서 우간다를 지나 르완다까지 가야 하는 것이었다.

이러한 방법으로 국경을 넘은 사례가 있는 지 알아보기 위해 대사관에 두 차례에 걸쳐 문의했지만, 대사관 측에서는 공식적으로 확인

된 사례는 없다는 대답과 주한 콩고대사관을 통해 발급받은 비자가 아니면 입국을 거절당할 가능성이 크다는 부정적인 답변만 보내왔다.

"젠장, 알게 뭐람."

무표정하게 마우스를 딸깍거리던 나는 그냥 결제 버튼을 눌러버렸다. 그렇게 다시 모험이 시작되었던 것이다.

그래서 어떻게 되었냐고? 나는 멋도 모르고 후드티에 스니커즈를 신은 채 공기가 희박한 해발 3,470미터의 화산 분화구 끄트머리까지 다녀왔다. 죽을 둥 살 둥 꼭대기에 도착해서 분화구 아래를 들여다본 순간, 나는 생 불지옥 같은 광경에 심장이 멎는 것만 같았다.

아쉽게도 피그미족과 오카피는 보지 못했다. 맘바사라는 지역에 그들이 살고 있다는 이야기를 들었지만, 내 콩고인 친구 존이 나를 극구 뜯어말렸기 때문이었다.

"거긴 못 가."

"왜?"

"맘바사에 가려면 베니라는 지역을 거쳐가야 하는데, 거긴 안돼. 반군 점거 지역이야. 목숨 걸고 가야 할걸."

"잡혀서 죽을 확률이 얼마나 되는데?"

순진무구한 내 질문에 존은 기가 막힌다는 듯 나를 쳐다봤다.

"물론 살 수도 있지! 죽을 수도 있고! 죽을 확률이 얼마나 되냐니, 도대체 그게 무슨 질문이야?"

결국 길거리에 보이는 것이라곤 유엔 평화군밖에 없는 이 폐허

무표정하게 마우스를 딸각거리던 나는
그냥 결제 버튼을 눌러버렸다.
그렇게 다시 모험이 시작되었던 것이다.
죽을 둥 살 둥 꼭대기에 도착해서 분화구 아래를 들여다본 순간,
나는 생 불지옥 같은 광경에 심장이 멎는 것만 같았다.

도시에 견딜 수 없이 지루해하는 나를 존은 거대한 키부호수 건너편의 도시, 부카부에 사는 자신의 친척집으로 보내버렸다. 그의 친척들은 유엔이 구호물자로 지급한 생수까지 한사코 내 손에 쥐어줄 정도로 나를 극진하게 대접해 주었다.

그리고 나는 다시 한국으로 돌아왔다.

오빠가 세상을 떠난 지 만 7년이 넘었다. 그러나 나는 여전히 왜 그가 죽었는지 알지 못했다.

따뜻하고 안락한 방으로 돌아온 나는 가만히 서서 낡은 침대를 손으로 쓸어보았다. 오빠가 죽은 이후 나는 여름에는 덥고 겨울에는 춥던 내 방을 놔두고 오빠 방으로 옮겨왔다. 그리고 그가 마지막으로 의식을 잃었던 침대에서 지난 7년간 잠을 잤다.

나는 스물세 살에 영원히 멈춘 그의 나이를 지나 어느덧 스물여섯 살이 되어 있었다. 얼마 전 문득 나는 엄마에게 이 낡고 삐걱거리는 침대를 버리겠다고 말했다.

"더 큰 침대가 갖고 싶어."

새 방을 꾸미기 위해 방을 정리하던 중, 나는 빛바랜 분홍색 일기장을 발견했다. 온 아프리카를 휘젓고 다니는 동안 언제나 내 곁에서 떨어지지 않았던 그 일기장이었다. 지난 일기들을 읽어 내려가자 그동안 있었던 일들이 하나하나씩 새록새록 떠올랐다. 그때가 그리워졌다가, 웃겨서 피식피식 웃었다가, 나는 다시 그때가 그리워졌다.

상처투성이였던 스물세 살의 나는 내가 그렇게 질기고 강한 사람일 줄 몰랐다. 스물세 살의 당신도 그랬을까. 일기장을 읽던 나는 문득 펜을 잡았다. 그리고는 글을 써내려 가기 시작했다.

가장 아팠던 스물세 살의 나와 스물세 살의 당신에게.

스물셋, 죽기로 결심하다

1판 1쇄 발행 2016년 7월 18일
1판 5쇄 발행 2020년 12월 15일

지은이 조은수

발행인 양원석 **편집장** 차선화
디자인 별을잡는그물 **영업마케팅** 양정길, 강효경

펴낸 곳 ㈜알에이치코리아
주소 서울시 금천구 가산디지털2로 53, 20층 (가산동, 한라시그마밸리)
편집문의 02-6443-8861 **도서문의** 02-6443-8800
홈페이지 http://rhk.co.kr
등록 2004년 1월 15일 제2-3726호

ISBN 978-89-255-5972-8 (03810)